未発選書⑮

昭和十年前後の太宰治

〈青年〉・メディア・テクスト

松本和也

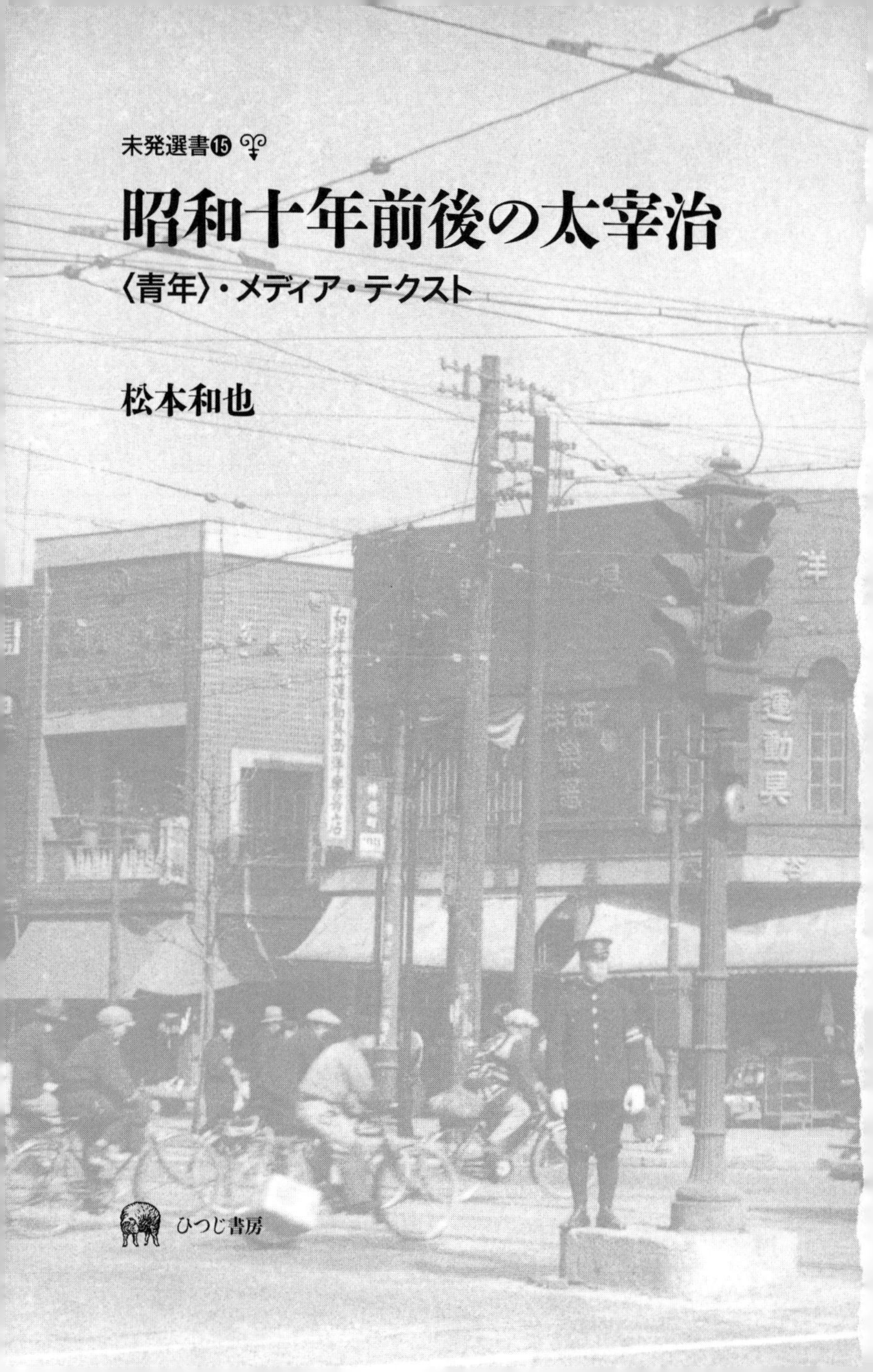

ひつじ書房

目次

序　〝太宰治〟へのアプローチ
――太宰神話・青年・戦略

1

太宰治は、しばしば現役作家であるといわれる。

もちろん、生身の身体をもった太宰治は、昭和二十三年に入水自殺を完遂しており、そのことが事実として疑わしいわけではない。にもかかわらず、確かに太宰治には、現役作家だと思わせる何かがある。どういうことか。例えば、『人間失格』をはじめとする文庫本は、今なおよく売れているというし[1]、若手を中心に現代作家の何人もが太宰治に影響を受けたと公言してはばからない[2]。あるいは、中学・高校の国語教科書をひらけば、そこには「走れメロス」、「富嶽百景」や『津軽』といった太宰治の作品が教材として収められてもいる。しかし、こうした事実を並べただけでは、死んだ作家を現役作家と呼ぶ説明としては、まだ不十分だろう。

言葉本来の意味で現役作家である高橋源一郎は、作品レベルの議論ではあるが、《太宰の作品は、ばりばりの現役である》として『斜陽』を絶賛し、次のように述べている。

永遠の名作。それこそが現役の必須条件であることはわたしにも理解できる。しかし、永遠に読まれるということは、どの時代の人間にも好かれるということだ。逆にいうなら、どの時代の人間にも色目を使っているということだ。ここに、現役の名作の一大欠陥がある。八方美人、というか。そんな感じ。(3)

つまり高橋は、作品が《現役》(普遍的)であることから、メリットばかりでなく、歴史的な固有性の欠如という《一大欠陥》をえぐりだしてみせたのだ。それでもなお、作品の普遍性こそが太宰治の魅力だというならば、それは先にあげたいくつかの事実とも符合する。ただし、そうした見方から太宰治にアプローチする時、当然のこととはいえ、いくつかの死角ができることは避けられない。死角は死角で仕方がないにせよ、その死角が、魅力の影で見過ごされてきた死角こそが、今日、太宰治を考え直す際のポイントだとしたら、どうだろうか。本書の出発点は、ここにある。つまり、〝普遍的な現役作家太宰治〟といった見方を疑うこと、疑いながらも、やはり太宰治について考え直すこと、それが本書の課題である。

さて、ここで改めて考えておきたいのは、太宰治とは誰か、あるいは作家をめぐる現象(の仕方)に重きを置くならば、太宰治とは何か、といったいささか原理的な問いである。

例えば、《われわれが使う「太宰治」ということばには、通常三つの意味が含まれている》という安藤宏は、それを《まず生身の人間としての太宰治。次に太宰治の書き残した作品。さらにはそれらをトータルに含めた時代性》とし、それぞれが《「人間」「ことば」「状況」という、「文学」を構成する三つの大きな要素》であると論じている。(4) 確かに、今や太宰治という作家名は、かつて生きて死んだ生身の身体を指すのみではないだろう。それは曖昧ながらも、より広い意味をもつ文学的社会的記号として、流通しているようにみえる。

また、本書を貫く主題として導入する青年というキーワードにしても、すでに太宰治という記号と無縁ではない。よく知られたいい方をあげておくならば、太宰治は〝青春のはしか〟であるという。青年期には、夢中になって太宰治の作品を読む時期があるが、大人になれば自然とそういう時期は去る、その意味で太宰治への心酔は一時的なはしかのようなものだ、というのがそれである。逆にいえば、ここには、太宰治の作品は大人になってまで読むものではない、という冷ややかな含みがある。これを読者側のものだとすれば、作家側でもまた、〝青年の旗手〟といったいわれ方で、青年（層）の問題を、青年（層）に（のみ）理解される仕方で表現した作家、と長らく位置づけられてきた。つまり、実状は措くとして、言葉の世界においては、作家も読者も、太宰治なる作家とその作品を〝青年の文学〟としてまなざしてきたようにみえるのだ。もっとも、生身の身体をもった作家にしてもその読者にしても、作品の書き方やその読み方は多様なものであるには違いない。しかし、例えば森鷗外や夏目漱石、時代を下って芥川龍之介や川端康成を〝青年の文学〟と呼ぶには、そう呼び得る作品もあるにせよ、作家総体の見方としてはいかにも無理がある。そうである以上、太宰治が〝青年の文学〟であるということは、それ自体で、ある程度は作家固有の特徴だともいえそうである。

おそらく、このことは、〝普遍性をもつ現役作家太宰治〟という見方と根を一つにして繋がっている。いつの時代に生まれた人にも青年時代があり、それぞれの青春がある以上、太宰治はその都度、それぞれの読者にとって〝青年の文学〟たり得るはずだし、こうした理解によって太宰治の普遍性・現役らしさは保持されてきたように思われる。

しかし、ここにも死角がある。

確かに、人には誰しも青年期があり、それぞれの青春を生きるだろう。生身の身体をもった太宰治もまた、そのようにして、青年期を作家として過ごし、ドラマチックと呼んでいい青春を生きた。その上、同時代の青年（層）から熱い支持を受け、周囲からも実際に〝青年の旗手〟とみなされた。とはいえ、それはいつの世でも、そこに太宰治なる作家がいて、その作品があれば成立したことだろうか。本書にいう死角とは、端的にはこのことに関わる歴史的な条件こそを指す。つまり、太宰治が〝青年の文学〟として読み継がれているのが一つの事実であるように、太宰治とは、ある歴史的時期に、ある歴史的文脈においてはじめて〝青年の文学〟とみなされていたこともまた確かなはずなのだ。その具体的な検証は本書で行うが、当時の、そして現在流通している太宰治とは、他のいつでもない昭和十年前後という歴史的条件を抜きにしては考えられない、というのが本書の基本的な立場である。

こうした条件が、いつしか見過ごされてきたのだとしたら、それは《神話はそれが語っている対象からすべての歴史を奪う》[5]とR・バルトがいうように、神話作用の結果に他ならない。やや遠回りにはなるが、本書が対象にする太宰治に厳密にアプローチするために、ここで〝太宰神話〟と称すべき機制についても、本書での考えを示しておきたい。

〝太宰神話〟については、本書を通じて具体的な局面で論及していくが、さしあたり、個人によって多様な、その上、本来抽象であるはずの作家像を実体（論）的に思い描きながら、作中人物と現実世界の作家とを素朴に重ねあわせ、かつ、そのことを自明の前提とする読解枠組みを指す。太宰治なる作家の読者（層）と作家神話を検討した社会学者の山本明は、《太宰の死後、今日までの読者》について、生前の読者との違いにふれつつ次のように述べている。

> 第一に、現在の読者は、太宰の生涯と太宰の作品とを混同し、あるいは同一線上でとらえる人が大部分である。戦前の読者は太宰個人について、ほとんど何も知らない人ばかりであった。作品は自立して読まれていた。今日は太宰の生涯をたどりながら作品を読む人が多い。作品と作者との関係は、いちど整理しなおす必要がある。(6)

図式的なきらいのある右の指摘はていねいに検証する必要があるが、傍線を付した指摘については、少なくとも太宰受容の大勢において今なお当たっているだろう。そしてこうした事態は、山本の指摘する《太宰の生涯と太宰の作品》の《混同》に端を発している。

もっとも、この《混同》こそは太宰研究最大の難問（アポリア）でもある。かつて、長部日出雄はバフチンの『ドストエフスキイ論』をもじって、《おびただしい太宰治文献の大部分において問題になってきたのは、作者がつくり出した**なん人かの**主人公ではなくて、小説を書いた**ひとりの**作家のことであった(7)》と述べていたが、最近も田中和生に《太宰治の文学について語る文章がいつのまにか太宰治について語ってしまっている、そんな文章はいくらでも見つけることができる(8)》との指摘がある。もちろん、作家の実像／虚像のズレが多少の神話を生むのは太宰治に限られたことではないだろう。ただ、〝太宰神話〟ゆえに太宰治の作品が小説というよりは事実としてばかり読まれ、しかも《太宰治という作家のエクリチュールの大半は十五年戦争に翻弄された日本の歴史との抗争のなかで生産されてきた(9)》にもかかわらず、そうした相貌がスキャンダラスかつ魅力的な生きざまやそれを喧伝したメディア（とそれらが織りなす神話）に覆われてしまっているのだとしたら、〝太宰神話〟は決して過去の問題ではないし、むしろ今こそ問い直すべき課題といえるはずだ。

とはいえ本書は、偶像破壊それ自体を目指して〝太宰神話〟に異を唱えるのではない。そうではなく、〝太宰神話〟がいつ、どのように形成されたのか、そこにはどのような力学が働いていたのか――こうした一連の問いを立て、神話にもぐりこむような場所から、それに関わる同時代の言説を分析し、記述していくこと。こうした作業は、少なくとも、普遍的に語られるそれとは異なるかたちで、いうならば歴史的な相貌において太宰治を描き出すことに道を開くだろうし、そのことで作家神話形成の過程や力学の対象化が可能ならば、そこから〝太宰神話〟に包まれた作品を読むための新たな視界が開けてもこよう。従って、本書が目指すのは、〝太宰神話〟を内破するための道標たらんとする新しい作家論である。

2

ここまで述べてきた問題意識に即して、太宰治について考え直そうとする本書では、すでに述べたように、昭和十年前後という時期と青年という主題とによって検討対象を絞り込む。もちろん、そのことで論じられない部分（別の死角）ができてしまうのは避けられないが、逆に、問題の所在は鮮明になるだろうし、主題の考察を深めることもできるはずだ。

三部から成る本書を貫くのは、何よりも太宰治であるが、加えて昭和十年前後における青年という主題があげられる。両者の関係は、本書第三章を中心に、個別具体的に論じていくが、ここでは普遍的に語られるそれとは異なる青年の歴史性を、太宰治なる作家との関わりにおいて素描しておこう。まずは、昭和十年前後の歴史的な意味から確認しておきたい。

昭和十年前後、つまり左翼の崩壊した八年から日支事変の勃発した十二年にかけての数年間は、「文芸復興期」と呼ばれている。これは、左翼の「政治」から解放されるとともに、まだ帝国主義の「政治」に支配されるにいたらない一時期である。経済的には、軍需産業の拡大にともなう一時的な安定期であった。この時期が一つの分水嶺になることは事実である。また、この後敗戦に至るまで八年しかないのであってみれば、この時期に昭和期の主要な仕事が集中しているのも無理はない。のちに

「近代の超克」と呼ばれる諸派の仕事も、実質的にはこの時期に全貌を示している。[10]

この時期の文壇動向として、宇野浩二「枯木のある風景」(『改造』昭8・1)・谷崎潤一郎「春琴抄」(『中央公論』昭8・6)・志賀直哉「万暦赤絵」(『中央公論』昭8・9)等が一挙に発表されたのを目立った現象として、大家の復活があげられることが多い。ただし、それは同時に、後に昭和十年代作家と呼ばれる青年作家群の台頭期でもあったのだ。

そして、太宰治と同じく第一回芥川賞候補となりながら落選した高見順などをその典型として、昭和十年前後の青年作家とは、それぞれの仕方ではあるが、左翼運動にコミットし、プロレタリア文学を書くことで、主体形成をしてきた世代なのだ。本書では、生身の身体をもった作家自身は直接問題にしないが、太宰治なる作家もまた、そのようにして主体形成をしてきた作家の一人である。[11] こうした事実を基盤としながらも、本書で注目していきたいのは、太宰治を〝青年の旗手〟へとおしあげ、そして〝青年の旗手〟であるがゆえに、同時代メディアから退場を余儀なくされていく、他ならぬ昭和十年前後の動向である。

そこには複合的な要因が想定されようが、太宰治を軸に考えた時に重要なのは、第一に太宰治という作家像が、この時期ひろく議論された青年という概念(の一部分)を体現するにふさわしい存在とみなされていったこと、第二に、太宰治という署名を付してこの時期に発表された作品(の一部)が、同時代の青年をめぐる議論(の一部)と共振するものであったこと、である。昭和十一年にピークを迎える青年論ブームを背景に、この二つの要素は双方向的な関連を保ちつつ、影響を及ぼしあっていく。その意味で、太宰治なる作家にとって昭和十年前後とは、青年という主題を軸に、浮き沈みという一つのサイクルを描いた時期でもあったのだ。

こうした見取り図に基づき、本書では根を一つとした、二つの問題領域を設定する。

一つは主に「Ⅰ　〈太宰治〉はいかに語られてきたか」で前景化される、〝太宰神話〟と直接的に関わる作家像の問題、もう一つは主に「Ⅱ　〈太宰治〉の小説テクストを読む」に通底する、太宰治という署名を付された小説を対象とした、テクストの読み直しである。（時期が下る「Ⅲ」では、双方の観点を組みあわせた。）それに応じて、複眼的に二つのアプローチを採る。一つは言説分析、もう一つは構造言語学の成果に基づくテクスト分析で、本書ではそれぞれ対象や局面に応じてアレンジしたアプローチを試みた。[12] いずれも、本書にあっては方法（論）というより、太宰治を考え直すステージを新たに準備するための手がかりとして、戦略的に導入したものである。

3

作家像の語り直しについては、やはりその固有名が神話をまとった森鷗外を論じる大塚美保が、従来型の作家論と対比しながら、次のように議論の水準を仕切り直している。

かつて作家論的研究は、〈作者〉を、優れた才能を持つ選ばれた人間、その人生を通して形成された独自の価値ある内面（感性、思想等）を作品に表現する者、それゆえに作品の唯一の起源であり、彼の創作意図こそが作品の読みの正しさの判定基準となるような存在、と捉えてきた。しかし、このようなロマン主義的な〈作者〉像が、今日以降、そのままの姿で生き残ることはできまい。なぜなら、私たちは今日、人間を、ロマン主義的〈作者〉像が前提としてきたような一個の完結したコギト的主体としてではなく、社会的・文化的なあらゆる〈関係〉の中の存在、と見る人間観をすでに有しているからである。(13)

右に大塚美保が正しく指摘するように、もはや実体（論）的な作家、ならびに、そうした概念を基盤とした作家把握（作家論）や作品解釈は、破産宣告を受けているはずである。

では、作家という問題領域は、今日どのように捉え直せるだろうか。十年も前に吉田和明が指摘していたように、《私たち（また当時の文壇や読者）の認識しうる太宰治とは、フィクションとしてしか存立しえない》(14)。そうであるならば、フィクションとしての太宰治という作家像が、どのような言説によって構築され、さらにはその言説はいかなる条件下で産出され、いかに作用したか、といった歴史に即した個別具体的な成型（S・J・グリーンブラット）の様相を分析することはできるだろう。こうした見方を採ることで、生身の身体をもった太宰治とは理論的に弁別された、作家像それ自体を対象とした議論のステージが準備できる。本書では以後、こうした意味あいにおける作家・太宰治を指示する際に、厳密な議論を期して作家表象という概念・用語を導入することとし、〈太宰治〉と表記する。（同様にして、本書の主題である青年についても、実体的なそれと弁別された、青年に関する言説がつくりあげる青年という表象を指示する際には、〈青年〉と表記することにする。）

もちろん、こうした枠組みを採る以上、〈太宰治〉が機能していた共時的な言説編成にも目を向ける必要があろう。本書「I」を中心に試みるのは、こうした広大な問題領域から、〈太宰治〉を軸としたいくつかのトピックをとりあげて検討し、歴史の断面を各論として提出していくことである。そのことで、昭和十年前後における〈太宰治〉の成型をめぐる一連の問題系が議論可能になるだろうし、その位置（価値）(15)を問うこともできるだろう。こうした作業は同時に、〃太宰神話〃最大の死角である〈太宰治〉をめぐる歴史的な文脈を議論に組み込み、テクスト受容に関わる様々な条件を可視化することにも繋がるはずだ。

また、右に述べた〈太宰治〉に関わって、太宰治という署名を付された作品がその重要な一因をなしていたであろうことは想像に難くない。また、小説（の言葉）が、それだけで自律して読まれるということは考えにくく、こと太宰治という署名を付された作品に関しては、その時々の〈太宰治〉が、テクストの同時代的な配置やその読解・受容に、陰に陽に少なからず関与しただろう。そうした条件をふまえて太宰治という署名を付された小説を読む、そのことだけでも、〃太宰神話〃とは読解の構図が決定的に異なる以上、神話的な解釈への批判になろうし、また、作品の歴史的な意味作用を考える手がかりが得られるかもしれない。

ただし、〃太宰神話〃の陥穽という時、小説それ自体が作家表象の影ですりぬけられてきたことが問題なのだから、小説をそれとして読むことも重要な課題であるに違いない。高橋修は「新しい文学研究のために」と題された座談会で、次のように発言している。

テクスト論は texture の語が示すように一本一本の意味の織物、その錯綜体として理解するわけです。テクストは相互に置換される他のテクスト・言説と対照させることによって意味性を帯びており、それは当然、外のテクストと絡み合っている。作品論からの出口も、そこに自ずからあるはずでした。(16)

こうした立場から高橋は、《七〇年代テクスト論に自足しない新しいテクスト概念を編成していくべき》だと提言している。本書「Ⅱ」を中心とした議論が目指すのも、太宰治という名の下に文学史に配列された作品を出発点としながらも、それらを読み直す過程で、何かしらその外部との双方向的な関係にまで辿り着く議論(の仕方)であり、その結節点をなすのが青年という主題である。この作業は同時に、〈太宰治〉と相関関係にある、太宰治という署名を付された作品の歴史的な相貌を、その精読を通じて照らし出すことにもなろう。

だから、本書の「Ⅰ」と「Ⅱ」とは〝地/図〟でもなければ〝図/地〟の関係にあるのでもない。「Ⅲ」も含めて本書を貫くのは、青年という歴史的な主題を見据えつつ、昭和十年前後の太宰治を考え直すというモチーフであり、それぞれの対象や局面に応じて戦略的なアプローチを試みながら、太宰治をめぐる言葉/歴史を読むことこそが、本書のねらいなのである。

注

（1）「「ライト」な表紙　太宰売れた」（『読売新聞』平19・8・18）によれば、表紙を小畑健のイラストに変えた集英社文庫版『人間失格』は、異例の売り上げを記録した。

（2）こうした事態は、柳美里・辻仁成「書くしかない――ドストエフスキー、フォークナーを目指して」（『文芸春秋』平9・3）以降、顕著な動向である。

（3）高橋源一郎『文学じゃないかもしれない症候群』（朝日文芸文庫、平7）。なお、没後四十年に行われた対談、吉本隆明・高橋源一郎「〈対談〉なぜ太宰治は死なないか」（『新潮』昭63・9）も参照。

（4）安藤宏『太宰治　弱さを演じるということ』（ちくま新書、平14）

（5）R・バルト／篠沢秀夫訳『神話作用』（現代思潮社、昭42）

（6）山本明「太宰神話の過去と現在――読者論不在の状況、桜桃忌にふれて――」（『国文学』昭57・5）

（7）長部日出雄『神話世界の太宰治』（平凡社、昭57）

（8）田中和生「道化の作者――太宰治論」（『三田文学』平12・9）

（9）関井光男「太宰治とテクスト」（『太宰治全集13（月報13）』筑摩書房、平11）

（10）柄谷行人「近代日本の批評　昭和前期［Ⅱ］」（柄谷行人編『近代日本の批評・昭和篇〔上〕』福武書店、平2）

（11）斉藤利彦「太宰治・非合法活動の実態」（『文学』平13・9）他参照

（12）主に、M・フーコー／中村雄二郎訳『言語表現の秩序〔改訂版〕』（河出書房新社、昭56）、G・ジュネット／花輪光・和泉凉一訳『物語のディスクール――方法論の試み』（書肆風の薔薇、昭60）、R・バルト／花輪光訳『物語の構造分析』（みすず書房、昭54）等を参照した。

（13）大塚美保『鷗外を読み拓く』（朝文社、平14）。また、《〈作家〉とは、あくまで〈作品〉（その集積）を読む過程で、読者の意識の中においてつくり出された観念であることを厳密に規定し、生身の作者とは区別しておかなければならない》と指摘する、小森陽一『構造としての語り』（新曜社、昭63）の議論にも示唆を受けた。

（14）吉田和明『さまよえる〈非在〉太宰治というフィクション』（パロル舎、平5）

（15）位相という表現では抽象的にすぎてしまう、言説編成におけるある要素のポジションを示すために、本書では「位置」という言葉を用い、ある時ある場所にポジションを占めること自体が意味をもつという見方から、「（価）」の語を付す。

（16）高橋修・三田村雅子・ハルオシラネ・松浦寿輝・兵藤裕己「《座談会》新しい文学研究のために」（『文学』平14・9）

I

〈太宰治〉はいかに語られてきたか

今や文学史上の〝文豪〟の一人となった太宰治なのだから、多くの人はその名を聞くことで、何かしらのイメージを思い描くことだろう。その構成要素としては、太宰治という署名を付された小説のみならず、薬物中毒や情死等、実生活にまつわることごとが次々とあがってくるだろう。いずれにせよ、とりたてて〝太宰治〟について勉強したことなどなくても、多かれ少なかれ〝太宰治〟について知っている情報から、作家像は思い描かれていくことだろう。

ただし、いうまでもないことだが、断片的にせよ〝太宰治〟に関わる情報は、いつか・どこかで読んだり聞いたりしなければ、知り得ない。もちろんそこには、耳にした噂、テレビや雑誌からいつしか得た情報など、多様なものが含まれる。それらは、それぞれに〝太宰治〟の多面性を照らし出しているのだろうけれど、今日、その多くは普遍的な作家として〝太宰治〟を語っているように見受けられる。つまりは、作家のキャラクターばかりが肥大化される反面、そうした作家像を形成した個々の情報が、いつ・どのように世に出て、流通し、〈太宰治〉を形作っていったのかが問いにくくなってはいないだろうか。

さて、本書「I　〈太宰治〉はいかに語られてきたか」には、昭和十年前後のメディアの中で〈太宰治〉がどのように語られていたのか、そのことを具体的な当時の状況から再検討していく議論を五つ集めた。デビュー間もないこの時期、今日の文学史上で屈指の知名度をもつ〝文豪・太宰治〟はまだ存在していない。それでも、小説を含む太宰治をめぐるトピックを核に、この時期の各種メディアの中で、〈太宰治〉にはおびただしい量の言及が差し向けられていく。もちろん、太宰治関連言説（作品評・作家評・人物評・その他）は、それとして自律して産み出されたわけではなく、ある歴史的な条件下で、さまざまな媒体に表出されていったはずなのだ。

そうであれば、本書の主題である〈太宰治〉に照準をあわせながらも、太宰治関連言説もその渦中にあった昭和十年前後のメディア状況にも、できる限り注意を払うべきだろう。そのことによって、当時〈太宰治〉がどのようにみえていたかがより明らかになるだろうし、その相対的な位置（価）や、言説編成の力学も考えていくことができるはずだ。しかも、こうして浮かび上がってくる〈太宰治〉とは、〝文豪・太宰治〟という普遍的なイメージに浸食されない、同時代の〈太宰治〉である。つまりは、イメージ先行で非歴史的に描かれてきた〈太宰治〉を、昭和十年前後という歴史的視座を導入することで批判しながら、その新たな捉え方を提示してみたいのだ。

第一章から第五章までの五つの章では、昭和十年前後の言説編成を視野に入れながら、太宰治関連言説の調査・分析を通じて、生成期の〈太宰治〉が具体的にどのように形作られていったのか、その過程を検証した。各章ごとに、失踪事件（第一章）、第一回芥川賞（第二章）、「ダス・ゲマイネ」評と青年論ブーム（第三章）、「虚構の春」評と小説表現（第四章）、第一創作集『晩年』・「創生記」・第三回芥川賞（第五章）といった太宰治をめぐるトピックを軸に、他ならぬ昭和十年前後の〈太宰治〉を描き出すことを目指した。こうした作業を通じて、昭和十年前後の〈太宰治〉が担った主題が、他ならぬ〈青年〉であったことも浮き彫りにされていくだろう。

第一章　〈苦悩する作家〉の文壇登場期
――メディアの中の作品評・失踪事件

1

すでに死んだはずの作家、例えば太宰治という作家について、人々はなぜ多くの（あるいはいくつかの）ことを知っているのだろうか。

一見素朴にみえるこの問いは、しかし十分かつ具体的に検討されたことはなかったのではないだろうか。多くの人々は、太宰治なる作家を直接には知らないし、知る者にしても、原理的にそれは太宰治なる作家に関する情報・知識の一部分に留まる他ない。ということはつまり、人々が太宰治なる作家について何ごとかを知る（あるいは知っているという錯覚を抱く）のは、太宰治という作家に関する様々なメディア言説（ここには文学史、教科書を含めた学校教育、噂話、近年では漫画等も含まれる）を通してということになるに違いない。

このことは、太宰治なる作家の死後に限らず、本章でとりあげる文壇登場期においても重要な確認事項である。なぜなら、太宰治なる作家を語る言葉の多くは、太宰治なる作家が戦後ベストセラー作家と化して以後の地平から、その文業や人生、メディア言説を総合して一つの作家像を制作するばかりでなく、それ以前の作家像をも過去遡及的に（いわば遠近法的倒錯を経て）上塗りしてきたようにみえるからだ。

そこで本章では、実生活上の事件が多発したこともあり、《「排除と反抗」の時代[1]》や「恍惚と不安」（「葉」）等といった標語によるイメージが先行する影で、歴史的な検討が十全になされてはこなかった、文壇登場期の〈太宰治〉に照準をあわせる。

2

本節では、「列車」（『サンデー東奥』昭8・2・19）以降、太宰治という筆名を用いて、昭和八、九年に同人雑誌誌上に発表された小説、ならびに、文壇登場を果たした昭和十年に入っての「逆行」（『文芸』昭10・2）までを対象に、同時代の言説編成における受容や位置（価）といった視角から分析を試み、生成期の〈太宰治〉を再検討してみたい。

まず、昭和八〜十二年の文芸復興期の文壇状況を同時代の視座から素描してみよう。ある年次総括では、《一九三三年の日本文壇》で《著しく眼についた》ものとして、《文芸復興の呼声》・《左翼文芸陣営の混乱と、そのメンバアの大量的転向》・《大衆文学に、理論的な検討の声がぼつ〳〵聞えてきた》といった《三個の現象》があげられている。[2] ただし、これら三つは共時的な現象として相関的なものであり、昭和初年代〜十年前後にかけて、三つの文芸潮流（純文学・プロレタリア文学・大衆文学）の勢力が、社会情勢（弾圧・転向やジャーナリズム）の影響を受けながらも各自のポジションを築くため、お互いを差異化していく過渡的な動向として捉えられる。このような時期にジャーナリズム主導で喧伝されたのが文芸復興であるが、それはプロレタリア文学の衰退と期を一にし、プロレタリア文学のみならず大正型の私小説や、大衆文学等に対する純文学サイドからの反措定（アンチ・テーゼ）として、前世代、ならびに、他ジャンルとの差異化を志向する言説動向であったと、結果的にいえる。(3) この時期、特集「「純文芸の更正」に就いて」に「純文学の更正」（『新潮』昭8・7）を寄せた深田久弥は、次のように述べて、他ジャンルと差異化されるべき純文学の内実を照らし出す。

> インテリの苦悩を描け、といふ声が申し合はせた様に叫ばれる。しかしその現はれたものを見ると、多くはただ左翼へ行かうか行くまいかといふ感傷的な迷ひや、大学は出たが職がなくその日の暮しに困るといふ世俗的な苦しみなどであつて、未だインテリの知識の苦悩を真に描いたものは殆んどないと云つていい。

このような主題は、シェストフ的不安(4)がブームとなる翌年（昭9）以降の言説動向とも共鳴をみせつつ、引き続き論じられていくことになる。例えば《あらゆる月評家によつてとりあげられたことも、いはゆる不安時代なる背景に幸されたことにもよらう》と評された尾崎士郎「不安の季節」（『新潮』昭9・9）は、

《殆んで盲（ママ）目的な苦悩者として、その端的な告白が、時代的な意味を持つ》と意味づけられたが、そこでは同時代の文学的課題について、次のように述べられていた。

> 要するに今年の日本文壇の中心点は、いづこに在りやとすれば、時代に行き悩んだインテリゲンチヤが何処に行かんとするか、モラルをもとめ心境をもとめて暗中模索のうごめきに尽くると称して多く誤りないであらう。(5)

こうして、〃知識人青年の苦悩〃が同時代的課題と切り結びながら純文学の主題として浮上しつつある時期に、新進作家として次第に文壇に流通し、認識されていくことになる〈太宰治〉とは、当時にあって、どのような存在として現象していたのだろうか。

同人雑誌『海豹』に発表された「魚服記」（『海豹』昭8・3）に対しては、乾直恵「葉緑素の感応」（『季刊文学』昭8・6）が《この作品は小説と云ふよりは寧ろ一つの伝説をとりあつかつた散文詩とみた方がいい》と指摘しているが、その同時代的意味は《如何にその作家がリアリズムに立脚してゐようと、正しくこの種のものは散文詩とか或は詩的散文のカテゴリイに入れるべく、小説としては余りに神秘的すぎてはゐはしまいか》という一節に明らかだろう。本章で注目したいのは、同時代評の評価よりも評価軸そのもので、乾直恵はリアリズムを肯定的価値と前提して、《神秘的すぎ》るスタイルを否定的に語っている。つまり、ここでは従来型のリアリズムに対する反措定（アンチ・テーゼ）として「魚服記」（の文体）が受容されているのだ。

逆に、現在この時期の作品群中、最も安定したスタイルとみなされるであろう「思ひ出」[6]（『海豹』昭8・4、6、7）に対する《「思ひ出」風のものを書いて一種の抒情味をねらふ安易さを私はとらない[7]》という評言は、一人太宰治に限らず、次世代を担うべき同人雑誌作家に対する〝新しいスタイル〟への、裏返された期待の表明なのである。

続いて小説が発表されたのは『鷭』で、同誌には「葉」（『鷭』昭9・4）が掲載される。尾崎一雄は、「創作時評「改造」「行動」」（『世紀』昭9・5）で次のように評している。

「葉」（太宰　治）自我の感傷がのたうち廻つてゐる。〔略〕要するに自我の高揚と陥没との交錯である。この調子で澄み深まつたら、この作者はものは書くまいと思はれる程歯ごたへのある作である。そして（好意を以つて）勝手にしろだ。

右の評言では、前衛的な形式をもつ「葉」から、主観的（内面的）な自我の問題が読みとられているが、同様の受容は、虚構世界内の水準構成が極めて複雑な「猿面冠者」（『鷭』昭9・7）においても看取される。中山議秀（ママ）「時評」（『作品』昭9・9）を引く。

「部屋」の「仮描」（吉沢雄蔵）と「鷭」の「猿面冠者」（太宰治）とは共に独白体の小説である。才分のある人々がかういふ物を巧みに書いてそれぞれ相応の味なり効果なりをだしてゐるのは、幸福なやうであつて実は不幸なことであると思ふ。

右は否定的な評価ながら、形式への注目と、中山が小説表現の紙背に作家の姿を探り当て、そこに《才文》を読みとっている点を確認しておこう。

「彼は昔の彼ならず」（『世紀』昭9・10）は《同人外ではあるが定評ある太宰治氏の力作》（浅沼「編輯後記」）として発表されるが、自意識過剰による自己同一性（アイデンティティ）の崩壊という主題は、後の「ダス・ゲマイネ」（『文芸春秋』昭10・10）などと著しい類似をみせるだけでなく、文芸復興期の文学的課題でもあった。周知のように、この問題は横光利一「純粋小説論」（『改造』昭10・4）や小林秀雄「私小説論」（『経済往来』昭10・5〜8）の重要な論点でもあるが、それ以前にも《急速に現代の文明の中に広つて、やがては知識人の合言葉になりさうな情勢》をみせるほどに《私たちの時代に於て、シリアウスな相貌を持つてをり、私たちに何等かの態度の決定を要求》(8)していたのだ。この動きは同時期に台頭してくる浪漫主義とも深く関連しており、例えば、浪漫主義の要諦を《個人的現実》や《内面的な個我》にみる矢崎弾は、《ネオ・ロマンティシズムの動向》を《近代的懐疑の氾濫と自意識の過剰に苦しむ精神が、その不安に堪えられずしてやむなく追ひつめられた最後の隠れ家》(9)と捉えている。となれば、同人雑誌発表作であるがゆえに同時代評が少ない「葉」や「猿面冠者」の受容に際して用いられた評価軸が、必ずしも特異な家庭環境や体験をもつ実体（論）的な太宰治に固有の作家論的主題としてあったわけではないことは、もはや自明である。

このような同時代の文脈は「ロマネスク」(『青い花』昭9・12)受容において顕在化するが、独逸浪漫派・ノヴァーリスの作品名でもあり、昭和十年前後において浪漫主義台頭の中で強い影響力をもった(同人雑誌名でもある)〝青い花〟について、高見順「浪曼的精神と浪曼的動向」(『文化集団』昭9・12)の評言をかりて説明しておこう。

『青い花』は理想の象徴であり、ティーク、シュレーゲル兄弟と共に十八世紀ドイツ浪漫主義文学の驍将ノヴァリスの作風を象徴するものといはんよりは、今日では、ドイツ浪漫主義文学の象徴であり、ひいては浪漫派文学の合言葉である。

もっとも、この当時の浪漫主義も決して一枚岩ではないが、〝青い花〟が浪漫主義を含意したことは間違いなく、特に『青い花』同人の間では相通じるものがあったようである。

青い花に集つた作家達はいづれも新進気鋭であつた。〔略〕私はノヴアリースの『青い花』といふ作品の存在を知らなかつた。太宰さんと今さんとが肯き合つて云ふやうに『同人達は一人一人見ると皆まるで違つた作風や行き方だが、青い花といふ言葉で共通する何物かを持つてるのだ』といふことに感心した。(10)

右は、『青い花』同人であった斧稜（小野正文）の回想の一部だが、後に太宰治とともに『日本浪曼派』へと合流した山岸外史は、『青い花』終刊から三年の後に、《青い花こそ、この時代に於ける純化された苦悩の象徴》(11)だと述べて、青い花文学運動を意味づけている。

それでは、物語内容・形式への言及を含む「ロマネスク」への同時代評をみていこう。浅見淵は、「同人雑誌評」（『早稲田文学』昭10・2）で同作を次のように評している。

これは室町時代かに出来た小説に「物臭太郎」といふのがあるが、一寸あの形式を踏んだもので、時代を昔に借り、風貌は市井的人物乍ら、巨人(ジャイアント)的性格を備へた、つまり、困迷した生活にあつて時々我々を襲ふ途徹も無い現代離れした空想、例へば忍術師や、力持ちを憧れる気持、それを覗つて、幾人かのさういふ人物を有機的に空想ででツちあげてゐるのだ。従つて、甚だ浪曼的な作品である。〔略〕行文流麗、文品も高く、甚だ楽しめるのである。

ここでは空想的な内容が《浪曼的な作品》という評言に結びつけられ、そこに《行文》・《文品》への評価が重ねられることで、《荒唐無稽》ながらも《甚だ楽しめる》と結論づけられている。また尾崎一雄は「同人雑誌評」（『早稲田文学』昭10・1）において「ロマネスク」を《大変面白かつた》と述べ、浅見も指摘していた作家の才能を《芸術的気稟》という評言で感受し、さらに書きつけられた言葉の《何気ない口振りの裏に激しい思考の渦巻》を読みとっている。このような受容は、〝知識人青年の苦悩〟が問題化されていた同時代において決して珍しいものではなく、佐藤春夫も後に「ロマネスク」に言及して《一見童話風の、しかしその内部には近代人の自己分裂と精神薄弱の自己反省を伴つた現実感を、風の如く、さりげなくしみじみと漂はせて骨格の卑しくないもの(12)》と、尾崎と同型の賛辞を呈している。

こうして〝知識人青年の苦悩〟と関連づけられて受容された「ロマネスク」だが、それは必ずしも一人の新進作家に固有の主題として当時からあったわけでは、全くない。創作欄を飾る五篇とともに《何れも読み応へのある力作》(「編輯室」)と謳われた「逆行」(『文芸』昭10・2)によって〈太宰治〉は文芸誌デビューを果たし、本格的に文壇に登場する。同作は第一回芥川賞の候補となり、瀧井孝作には《ガッチリした短篇。芥川式の作風だ(13)》と、文芸誌の読者投稿においては《上手な、優れた文章の駆使。けれ共少し窮屈です。小さな額に嵌つた小さな絵を見るやうです(14)》と評されもするが、ここで注目すべきなのは、初出時の反応の多くが、個々の作品・作家を論じながらも、ある傾向を前提としていたことである。

《去年の末から、何処からとなく浪漫的な精神といふものがきこえてきた》と冒頭に指摘する阿部知二は「文芸時評(一)浪漫的傾向」(『東京日日新聞』昭10・1・24)で、龍膽寺雄「アラゲン(ママ)のランプ」(『文芸』昭10・2)を《お伽噺のやうなもの》、太宰治「逆行」を《さびしいメルヘンの世界》と評して並べた上で、次のようにその共通点を指摘する。

それらのメルヘンが奥にまことに暗い憂愁をもつてゐて、概念的にいへば甚だ消極的である。その心情と一緒に溺れたい気が今の青年に起らぬことはないが、私はなほそれに反発する精神に期待をもつ。

行動主義との対比において、同じく《「芸術のための芸術」をめざしてゐるとしか見えない浪漫的な幾つかの小説》に注目し、福田清人「キリシタンの島」・龍膽寺雄「アラッヂンのランプ」・太宰治「逆行」を《消極的な浪漫主義》と呼んで一括りにしながら、大鹿卓「野蛮人」を《積極的な浪漫主義》と呼びつつ評価する伊集院齊は、「文芸時評（三）時代の逆転」（『国民新聞』昭10・2・1）で、〈太宰治〉について次のように論及している。

私は、この若い作家の、例へば古典的な諷刺詩などに見るやうな磨かれた諧謔と、耽美主義の裏打ちをした孤高な作風を、可成りユニイクなものだと考へて、ひそかに眼を見張るのだが、然し、この人などは才人才にかたまる恐れがありはしないか。少くとも、この種の作品には、発展性があるか如何か。

また、小山西二「文芸時評（3）喜ぶべき作品の多様性」（『中外商業新報』昭10・1・31）にしても、《詩人的》という評語で、その浪漫主義的な作風が探り当てられている。

新人にかゝはらず古さといふか落つきとでもいふべきものを見せたのは、太宰治氏「逆行」（文芸）

相原菊氏「菊」（文芸春秋）である。前者は詩人的な、後者は俳人的な地肌が見える。かういふ作品は主として趣味にかゝはつてゐることからして、好きだきらひだといふ以外には余りいへないのである。

従って「逆行」は、昭和十年前後に浪漫主義が台頭してくるさなか、まさにその浪漫主義という《今の青年》の消極性に通じる傾向を有した小説の一つとして受容されたとみるのが、さしあたり妥当である。(15) ただし、そのことをふまえた上で、この時期の言説編成において「ロマネスク」以後の〈太宰治〉が表象される際の特徴は抑えておきたい。その集約とも目すべき同時代評は、「逆行」をとりあげた坂口安吾「文芸時評　悲願に就て――「文芸」の作品批評に関連して――」（『作品』昭10・3）である。

作者はこの作品を「傷」のもついたましい美しさのやうに思はせやうとする。併し私はむしろ傷を労はるためにでつちあげた美しさのやうに思ふ。〔略〕この作家は甚だ聰明である。〔略〕この逃避的な美しさは我々の時代に始めて実をむすんだ一つのうら悲しい宿命でもあらう。このうら悲しい美しさを私は頭から否定したいとは思はぬ。だが、これを突き破つて始まるところの文学を私はより多く期待するのだ。

右の引用は、表層の評言こそ異なるものの、「逆行」の論及ポイントや論理構造において阿部評と綺麗な相似形を描いている。その内実は明示されないにせよ、①現代という時代（状況）に関わるものとしての〝知識人青年の苦悩〟と、②作家の才能とが、それぞれ紙背（深層）に読みとられている。このことは、小説個々に異なる表層の言葉だけでなく、〈太宰治〉という作家表象がある意味作用を共時的に果たしていたことを示唆している。実際、矢崎弾は「逆行」を《澄きつた孤独に心の葭を戦かせてゐる》と評すと同時に、《「青い花」の「ロマネスク」をもよみ、作者は痴愚への衒ひに滑る危機があると思つた。寂寥と倦怠に沈む程作品も光りを増すであらう[16]》と両作を同一の書き手だとする連続性において捉えている。

では、「逆行」発表前後の〈太宰治〉の孕む意味内容とはどのようなものだったのだろう。無署名記事「出発点を出た人々」（『文芸通信』昭10・5）には、次のようにある。

太宰治は兵本などに較べるとずつと若い。それだけに将来への、多分に危険性と期待とを兼ね具へてゐる人である。メルヘン的な作家であるが、まともに苦しんで、その苦しみをぢつと小説に出す風の作家である。／「文芸」以後、「青い花」に発表した「ロマネスク」が近作である。これにもこの傾向は強く、評判のいゝ作品だつた。がやはり独特の癖があつて一般的ではない様だ。

こうして、文芸復興を掲げる昭和十年前後の文壇に次第に流通していく〈太宰治〉とは、その小説の受容を通じて、才能溢れる、浪漫主義的・メルヘン風な作風の奥に、〝知識人青年の苦悩〟を抱えた新進作家として表象されていく。ただし、〈太宰治〉とは、必ずしも小説とその受容によってのみ成型されていくのではなく、それが本節で名をあげた同傾向と目されていたあまたの新進作家との差異を顕在化させていくだろう。その鍵を握るのが、現実世界での太宰治なる作家の失踪、正確には失踪をめぐるメディア言説なのである。

3

昭和十年初頭の太宰治をめぐる伝記的事項を、相馬正一「太宰治伝記事典」[17]に拠りながら確認することからはじめてみよう。党へのシンパ活動や心中事件等で長兄を始めとする津島家に迷惑をかけ続けていた太宰治は、大学在籍のリミットを三月に控え、送金の名目であった大学卒業の危機を迎えていた。そこで窮余の一策として、同じ井伏鱒二門下の中村地平が勤めている都新聞の入社試験を受けることにする。就職によってせめてもの体裁を繕うとともに、生活費の仕送りを続けてもらう算段であった。しかし、太宰は入社試験に失敗してしまう。その後でいわゆる「縊死未遂事件」[18]が起こるのだが、本節では当時メディアに開示された情報として、新聞報道と中村地平のモデル小説「失踪」(『行動』昭10・9)を中心に検討していくことにしたい。まずは、ことの概要を伝える新聞記事「芥川宗の太宰治君/突然行方晦す」(『国民新聞』昭10・3・17)をみてみよう。

横浜へ遊びに出かけての帰り/厭世から自殺の虞れ

十六日午後十一時杉並署に杉並区天沼一の一三六飛島定城方帝大仏文科生津島修治（二七）君の行方不明事件に関し友人総代として売出しの作家同区清水町二四井伏鱒二氏から捜索願ひが提出された／同君は青森県切つての素封家で北津軽郡金木町の金木銀行頭取鳴海銀行、陸奥銀行、陸奥鉄道津軽酒造の各取締役をしてゐる津島文治氏の実弟で太宰治のペンネームで雑誌「文芸」等に寄稿してゐた新進作家だがこの為帝大での進級は遅れて今春の卒業も疑問で故芥川龍之介の死を讃美し厭世的な事を口走つてゐたと下宿先の親戚の飛島方では語つてゐるが、最近強度の神経衰弱に罹り去る十四日友人と一緒に横浜へ遊びに行き一泊、十五日午後一時ごろ帰途桜木町駅から姿を消したので、吃驚した友人たちが八方探したが見当らず遂に警察に駈け込んだものである、津島君は制服、制帽に鼠色のスプリングコートを著して居り、遺書は目下のところ見当らないが自殺の虞あり、杉並署では熱海方面にまで手配し極力捜索中である

細かい経過は伝記研究に譲るが、右の記事が同時代の言説編成においてどのような意味（作用）をもったかについては、家出報道の構成を同時代的視角から分析する必要がある。昭和十年三月前後は、連日新聞各紙を騒がせた故東郷候令孫家出事件をはじめとして、家出・失踪事件には事欠かないが、原因からそれらを大別するなら、職業・学業、恋愛・結婚、家庭のトラブルに端を発するものが大半で、他に事件性のものや原因不明のものがある。ここでは〝知識人青年の苦悩〟と深く関わる職業・学業におけるトラブルに端を発するものに注目していくが、それは時代の表徴でもあった。そのことは、例えば「蒼白きイン

テリの厭世　春・家出にも時代相」（『読売新聞』昭10・3・1夕）という見出しにも顕著である。

傷心の若人を涯しない虚無の道に誘ふ春の家出シーズンが近づいた―これまでは恋愛関係や家庭の不和、都会へのあこがれ…などの精神的煩悶からの家出が多かつたが近頃は職業不安から他に転身しようとする蒼白いインテリの悩みを訴へた家出が多くなつて昏迷の世相をものがたつてゐる―

また、「都下の家出人」（『都新聞』昭10・3・1）においても、家出原因の筆頭として《現在の職業を嫌つて他の職業を求めた者》が、昭和九年統計二四三四四名中二七四九名を占めているというが、それに次ぐ要因としては二四九七名で《精神欠陥》があげられている。ここでいう《精神欠陥》の内実については、いわゆる知識人と目される人々が家出・失踪した場合の新聞報道を分析することで明らかとなる。

その一例として、小さな記事ながら五紙に報道された家出事件[19]をみてみよう。次に引用するのは、「慶大生家出　卒業試験に失敗して」（『東京日日新聞』昭10・3・14）である。

牛込区若松町一四六日本倉庫株式会社員鶴田昌訓氏の長男實君（二七）は去る九日現金卅円を持ち制服のまゝ友人宅に行くと称し家出、十三日夜になつても帰宅しない、同君は慶應大学経済学部三年生で今春卒業の上は丸の内の某会社に就職することになつてをり卒業試験の結果を心配してゐたが家出前日の八日の試験成績の発表で一科目だけパスせず不合格ときまつたのでそれを悲観の末家出したも

ので平素から病身勝ちでもあり自殺のおそれがあるので家人は心当りを探す一方早稲田署に捜査願ひを出した

卒業試験の不合格とそれに伴う就職の件が具体的な原因としてあげられながらも、家出との因果関係を繋ぐ際に《悲観》の一語が差し挟まれており、さらには自殺にまで危惧が及ぶ新聞記事の構成[20]——これこそが知識人家出報道の文法なのだ。他にも例をあげるなら、陸軍歩兵少佐中村淳二氏義弟・早大専門部政経科三年富和宗道（二三）は、家出の原因が謎とされながらも《濃厚な厭世気分》（『読売新聞』昭10・2・19夕）や《極度の勉強から神経衰弱が嵩じたものらしく》（『国民新聞』昭10・2・19）という記述に続いて自殺への懸念が表明されているし、山形第二高等小学校長武田儀美長男・東京商科大学本科一年生武田信美（二三）は、「雄峰蔵王に憧れ／四十日間消息を絶つ」（『国民新聞』昭10・3・30）のだが、そこには厭世観や哲学への傾倒が関連づけられ、「失踪商大生の死体を発見」（『国民新聞』昭10・4・16）となった時点で、「凍死した商大生は遭難か自殺か」（『東京朝日新聞』昭10・4・16）とされながらも、失踪・捜索に関わって《日記に厭世的な文句が記してあり思想的に煩悶の跡が想像され自殺の恐れあつた》（同前）という記述が差し挟まれることで、《煩悶》を積極的に自殺と結びつける記事構成になっている。

このような例は枚挙にいとまがないが、総じて、学歴・病弱・勉強のしすぎ等といった、知識人を示唆する情報がひとたび提示されると、それらは厭世、悲観、神経衰弱、哲学・文学・芸術への傾斜等と結びつけられ、新聞報道において〈知識人—厭世・悲観—自殺〉という強固なメディア表象上の連鎖が、具体的な因果関係や実状を差しおいて機能していく。このような同時代的視角から、太宰治失踪に関する既出記事や次に引く「新進作家死の失踪?」(『読売新聞』昭10・3・17)を読むならば、そこにはある含意が浮上すると同時に、〈太宰治〉の位置(価)をも照らし出す。

太宰治のペンネームで文壇に乗り出した杉並区天沼一ノ一三六東京帝大仏文科三年津島脩吉(ママ)(二七)君は去る十五日午後友人の作家井伏鱒二氏と横浜へ遊びに行つた帰路桜木町駅から飄然と姿を消したので十六日夜井伏氏から杉並署へ捜査願を出した。/同君は故芥川龍之介氏を崇拝して居り或は死を選ぶのではないかと友人は心痛してゐる

右は帝大生新進作家の家出記事であるから、厭世・悲観や芸術面での煩悶も想定される上に、自身が自殺を遂げている芥川の名は、当然そうした連想を喚起するだろう。ここで、「芸術上の悩みからか」とリードに書かれた、この時期の他の芸術家の自殺記事「故雅邦画伯の令息がガス自殺」(『東京日日新聞』昭10・3・15)を参照しておこう。

日本美術界の耆宿故橋本雅邦画伯の三男で日本画家橋本蒼画伯(四八)は十三日の夕方本郷区龍岡町三四の自宅台所でガス自殺を遂げてゐるのを同居人の武田某氏が発見、〔略〕遺書はなかつたが同氏は最近アルコール中毒にかゝり、医師の手当を受けてゐた死の原因は芸術上に煩悶を来し、その結

果発作的に自殺したものかといはれてゐる、なほ同画伯は日本美術院同人橋本秀邦氏の令弟である

右の記事で注目したいのは、アルコール中毒に関する情報が示されながら、その自殺への因果関係は明示されずに、芸術上の煩悶が自殺の原因として前景化されている点である。

では、失踪報道の二日後、文芸欄に掲載された井伏鱒二の一文、「蝸牛の視角　芸術と人生」(『東京日日新聞』昭10・3・19)をみてみよう。

読売の社会面に、太宰浩(ママ)氏の行方不明になつた記事が出てゐる〔略〕太宰君の家出は専ら芸術上の煩悶に由来するのであつて、このごろ彼は芸術に身を焼き焦すかのごとき観があつた。〔略〕私たち誰しも、家出したいと思ふのは当然のことながら、そのやうなことは思ひとゞまらなくてはいけないのである。

社会面の記事(既出)からも想定可能であった知識人(芸術家)失踪の含意は、右の記事においては《芸術上の煩悶》として前景化されることで、〈太宰治〉には〃知識人青年の苦悩〃が、小説とは直接関わらないところでも関連づけられていくことになる。メディア言説が構成する表象上の関連づけは、以後文壇において太宰治失踪事件が反復＝拡声される過程を通じてリアリティを伴いながら補完され、それに伴って〈太宰治〉の成型は進行していく。

五ヶ月ほど経て後、「縊死未遂事件」を題材とし、《いまのインテリの像といふものが、内面からも外面からも、いかに掴みにくい代物かと、痛感せられる》[21]と評される中村地平「失踪」（『行動』昭10・9）が発表される。[22]「僕」＝山名春吉（中村地平／以下、括弧内はモデルとされる人物名）のもとに駆けつけてくる伴君（檀一雄）が、三島修二（太宰治）について「三島君が家出をしちやつたんです。自殺の恐れがあるんです」と報告する台詞からはじまり、その後小説は「僕」を語り手として、三島修二との出会いの記憶、井吹省三（井伏鱒二）の引きあわせ、同人雑誌に関わる口論・絶交、三島の大学卒業の絶望的困難等といった、現在太宰治なる作家の伝記的事実として了解されている事項が綴られていくことになる。

帝大入試会場でその名を知る以前、「僕」が三島をみた時の一節から本文をみていこう。

そのうち、ふと異様な一青年の姿に眼をとどめた。その青年といふのは高等学校の制服に毛ばだつた鳥打帽を無雑作にかぶり、それだけでは大したこともないのだが、どういふわけか始終落ちつかない風をして、狭い廊下を往つたり、来たりした体は蟷螂のやうに細く、腹がくびれてゐるのが、制服の上からでもよくわかつた。

井吹氏にはじめて「文学志望の青年」として三島を紹介された際に、「君は左翼かと思つてゐた。本郷の通りでよく見かけた」と春吉はいわれており、親しくなった後には三島に「悲劇的な宿命を感じさせる深い陰影」を感じてもいく。右の引用は、そのような不安と自意識を抱えた知識人青年の特徴をよく示していよう。そして仕事に忙殺される「僕」は「いまどき、文学に関心を有つほどの人間で、いや有たない人間でも、死ぬことに就て考へない者が、たつた一人でもあるだらうか、」と想到するが、それは次のような意義深い空想へと結びつく。

君（三島修二／引用者注）が死んだら新聞に、きつと、かういふ工合に君の名が出るであらう。「若い天才作家、文学に行詰つて自殺」それは決して嘘ではないし、いかにも君らしくて悪くはないのだ。いや、それは君の名前に限つたことではない。君のその四字名を、僕たち共通の友人であるKやY、いいえ、僕自身の名前、山名春吉といふそれに置き換えてみても、一向に変哲もなく似合ふではないか。

ここには、〝知識人青年の苦悩〟を死によって体現しようとしている三島修二の人物像だけでなく、それが三島に固有の問題としてではなく、井伏鱒二が《私たち誰しも、家出したいと思ふのは当然》（「芸術と人生」）と述べていたような同世代の文学志望者・知識人青年一般の抱える問題として描かれており、メディアの論理からしても、一定の類別さえ可能であれば、（極端にいえば）失踪や自殺をするのが誰であっても構わないはずである。

このように三島修二が〝知識人青年の苦悩〟に彩られつつ描かれた「失踪」は、その受容に際して〝三島修二＝太宰治〟という回路が繋がりさえすれば、その意味（内容）を小説から太宰治私生活情報の言説空間に向けての開示へと変貌させることになる。従って内容分析にも増して重要なのは、今日ほとんど顧みられることのない、同時代における「失踪」受容の様相である。

二つの傾向にわかれる「失踪」への同時代反応の一つは、いわゆる作品評である。武田麟太郎は「失踪」の他、大江賢次「破廉恥」、蔵原伸二郎「石隠居士」、美川きよ「恐ろしき幸福」、太宰治「猿ヶ島」、井上友一郎「反対党」をあげて、《根柢において一致してゐるものを感じた》とした上で、それを《この時代の、作家が属してゐる知識層のほとんど絶望に近い困迷》[23]だと指摘している。

もう一つの反応は、《太宰の自殺未遂事件を取扱つたものらしく》[24]という評言に代表される、「失踪」をモデル小説として位置づけようとするもので、これは同時に「失踪」の物語内容（特に三島修二の人物造形）を現実世界の太宰治へと接続する回路を切り拓き、そのような読み＝受容を（事後的にせよ）補完することにもなるだろう。次の葛飾老人「文芸賞を繞る人々（5）四人の新進」（『東京日日新聞』昭10・8・25）も、そうした評である。

「文芸」に「逆行」を発表して問題になつた太宰治は、本名島津修三まだ帝大の仏文科に籍がある廿六七の青年で、芥川賞で噂にのぼつた作家のなかでは最年少者であらう。非常なペシミストで、横浜で自殺しようと思つてゐるうちに、雨が降つてきたので鎌倉に行き、深田久弥に激励され、気をとりなほしてかへつてきたことがあるが、このことは、「行動」九月号の小説「失踪」（中村地平）にくはしくかゝれてゐる。

ここで「失踪」はほとんど〈太宰治〉に関する情報源と化し、そればかりでなく同作に描かれた〝三島修二＝太宰治〟を見事に要約してもいる。このような言説は、おそらくは当時直接の関係者にしか知り得なかった太宰治なる作家に関する情報を、リアリティを付与した上でメディア上に開示・流通させるだけでなく、太宰治という署名を付された小説の受容枠組みや〈太宰治〉に関わる言説編成に変化を与えていくことになるだろう。こうした「失踪」をモデル小説と位置づける言説に加え、太宰治とともに『日本浪曼派』に合流する中村地平は、次に掲げる「太宰治へ」（『日本浪曼派』昭10・10）を公にする。

僕の小説読んで戴いたさうで有難ふ。〔略〕いままで僕は小説を書くのに、表現にばかり力をいれて、書きたいことも、言葉の調子では、知らぬ顔に眼をつむつてしまふことも多かつたから、これからは、さういふことはやめにして、ほんとうのことばかり書かふ、と決心した。

右の《小説》が「失踪」を指し、それが中村本人によって《ほんとうのこと》と称されている以上、「三島修二」は一つの小説を介して〈太宰治〉へと積極的に接続されていく。

こうして、現実世界における太宰治なる作家の失踪は、逆説的にメディア上に〈太宰治〉を盛んに登場させていく。新聞紙上における新進作家の失踪は、本章2でみてきた同時代評の論点を反映させながら、同時代の家出・失踪に関する言説編成の中で〝知識人青年の苦悩〟として意味づけられていく。モデル小説「失踪」は、そのような時代の表徴たる文学志望の青年を描き、その受容の返照を受けては〈太宰治〉

の私的な情報源と化すことで、〝知識人青年の苦悩〟を体現し・代表するよりふさわしい表象の一つとして〈太宰治〉を他の作家と差異化する契機をも孕んだ、非常に重要な小説であったということができる。

4

ここまで〈太宰治〉を軸に、それを同時代の言説との相関関係において検討し、作家表象の生成の過程を分析・記述してきた。そこにはさらに、小説の物語内容・形式や文壇動向を関数とした受容に加え、言説編成と〈太宰治〉の双方向的な交渉が多層的に関わっていくことになるだろう。こうした意味・射程において、本章は以後の本書全体の議論に向けての基礎作業でもあったわけだが、最後に、〝知識人青年の苦悩〟とは、実体（論）的な太宰治のそれではなく、太宰治作品群（テクスト）に特徴的な小説技法上の戦略というのとも異なり、今も昔も〈太宰治〉を表象する側の問題であることは、改めて確認しておきたい。

太宰治なる作家は、今なおメディア・パフォーマーとみなされているむきがあるが、実際は、そう呼んでしまう者のまなざしこそが、メディア・パフォーマーたる太宰治像を形作ってきたはずなのだ。しかも、太宰治に関わる情報にアクセスすれば、そこには〝道化〟であるとか〝演技〟といった、太宰治なる作家をメディア・パフォーマーと認めたくなる格好の疑似餌が容易に目に入る。にもかかわらず／それゆえ、今日太宰治を主題とするにあたっては、没後六十年を経たパースペクティブに立ち、それがもたらす歴史的・批評的距離を確認しながら、ねばり強く問いを立てていくことが求められているのではないだろうか。

こうした事態の根深さは、《「太宰治」という道化的な人物を創造し、作品を通じて作者に仕立てあげたこと》を《作家太宰治の独創》だと指摘し、当の批評の《目論み》を《「道化の作者」の仮面を引き剥がし、そこに作家の姿を垣間見ることであるが、それは作者「太宰治」を語ることではなく、人間「太宰治」を語ることによってもたらされるだろう》と述べる田中和生の議論[25]に集約的にあらわれている。〝太宰治〟にカッコ（「　」）を付し、混同されがちな概念を腑分けするかのような文体ではあるがしかし、そこでは〝作者＝表層／人間＝深層〟といった二層構造が自明視され、作品に先立って《創造し》・《仕立て上げ》る作家の存在（作家が実在しているようにみえること）が問い直されることはない。

こうした実体（論）的な太宰治を特権化する構図（とその自明視）それ自体が、〝太宰神話〟を温存していくのであり、その圏内に留まる限り、これまで問えなかったことが問えるようには決してならず、時の流れにつれて衣装だけは変えた〝道化を演じる太宰治〟を前に、読者は〝太宰治が道化を演じている〟と呟きながら退屈な観客を演じ続ける他ない。しかし、再三になるが、実体（論）的な太宰治が道化だったのでも、道化を演じる実体（論）的な太宰治に観客が踊らされてきたのでもなく、観客が率先して道化を仮構し、自らその道化に踊らされてきたのだ。太宰治没後六十年を経た今、そろそろこの不毛な循環を断ち切る時機が到来しているのではないだろうか。

注

（1）奥野健男『太宰治論　増補決定版』（春秋社、昭43）

（2）木村毅監輯「中央公論年報　一九三四年版　文芸篇」（『中央公論』昭9・1別冊附録）

（3）文芸復興について、《まさに「文芸復興」期と呼ぶにふさわしいような、新旧さまざまな文学の一大開花期、収穫期に相当している》と述べる、曾根博義「〈文芸復興〉という夢」（『講座昭和文学史　第二巻』有精堂、昭63）も参照。

（4）樫原修「〈背教〉と〈不安〉——シェストフ的不安——」（『講座昭和文学史　第二巻』有精堂、昭63）、十重田裕一「シェストフ的不安と行動主義」（『時代別日本文学史事典　現代編』東京堂出版、平9）参照。なお、この時期の文壇動向の一側面に関して、拙論「昭和十年前後の〝リアリズム〟をめぐって——饒舌体・行動主義・報告文学——」（『昭和文学研究』平19・3）も併せて参照。

（5）杉山平助監修「中央公論年報　一九三五年版　文芸篇」（『中央公論』昭10・1別冊附録）

（6）「思ひ出」をめぐる諸問題については、拙論「虚構（フィクション）の物語としての「思ひ出」・序説——自伝的受容からテクストを読む地平に向けて——」（『文芸研究』平14・3）・「太宰治「思ひ出」の位置（ロケーション）」（『立教大学日本文学』平15・12）を参照。

（7）NGS「同人雑誌作家論」（『文芸通信』昭8・11）

（8）高橋広江「過剰自意識の問題に就て」（『新潮』昭9・8）

（9）矢崎弾「ネオ・ロマンティシズムへの動き——混沌を愛することと断定へ向ふ精神との差は何か——」（『行動』昭9・10）

（10）斧稜「★青森県出身作家の人と作品★太宰治の文学」（『月刊東奥』昭18・1／ただし、引用は山内祥史編『太宰治論集　同時代篇　第2巻』〈ゆまに書房、平4〉に拠った）。また、同論は「葉」・「猿面冠者」に言及して《プロレタリヤ作品が行詰り、新感覚派が色褪せ、行動派が足踏みしてゐる時、新しい境地を拓くものとして美しい光を放つてゐた》として《巧妙なテクニック》とともに評価している。

（11）山岸外史「「青い花」文学運動史第一頁」（『日本浪曼派』昭12・5）

（12）佐藤春夫「尊重すべき困つた代物――太宰治に就て――」（『文芸雑誌』昭11・4）

（13）瀧井孝作「芥川龍之介賞経緯」（『文芸春秋』昭10・9）

（14）K・T「文芸POST」（『文芸』昭10・3）

（15）小林秀雄も「文芸時評②「おずるさ」問題」（『東京朝日新聞』昭10・1・29）において《現代を描く事は難かしい》として、そのことを示した実作として各誌二月号の創作から太宰治「逆行」の他、中河与一「円形四つ辻」、中谷孝雄「残夢」、長与善郎「世はさまぐ〳〵」、阿部知二「荒地」、永松定「秀才」、豊田三郎「弔花」をあげて、《みなそれぞれ現代の顔特に現代知識階級人の歪み乱れた表情を定著しようと骨を折つた作品》だと述べている。

（16）矢崎弾「文芸時評（5）時の敗者を描く諸作」（『都新聞』昭10・2・1）

（17）相馬正一「太宰治伝記事典」（『別冊国文学　太宰治事典』平6・5）

（18）この事件を題材とした小説として、他に太宰治「狂言の神」（『東陽』昭11・10）・「喝采」（『若草』同前）がある。前者を分析した三谷憲正『太宰文学の研究』（東京堂出版、平10）では、同時期の故東郷候令孫家出事件の新聞報道分析がなされている。

（19）他に「落第を悲観し慶大生家出」（『中外商業新報』昭10・3・14）、「慶大生家出」（『東京朝日新聞』同前）、「慶大生家出」（『報知新聞』同前）、「慶大生家出」（『国民新聞』昭10・3・17）など各紙で報道されるが、これは太宰治失踪報道と同時期である。

（20）この前後が《自殺の季節》と呼ばれるほどに、青年層を中心に自殺をめぐる言説が産出された時期であることについては、安藤宏『自意識の昭和文学――現象としての「私」』（至文堂、平6）に詳しい。

（21）烏丸求女「壁評論　行動（九月の諸雑誌）」（『読売新聞』昭10・8・29）

（22）前月発表の井伏鱒二「家出人」（『中央公論』昭10・8）も、主題と細部において、「縊死未遂事件」を間接的な題材にしたと思われる。また、同作は中村地平「失踪」と併せて、青年の失踪が、この時期の小説の主題として〝現代性〟を帯びていたことも示唆している。

(23) 武田麟太郎「文芸時評(6)新人の共通点」(『報知新聞』昭10・8・26)。岡田三郎「文芸時評」(『新潮』昭10・10)でも言及されるが、双方とも評価は低い。

(24) 海野武二「九月創作評　惜しや掉尾の作品——「行動」の巻(上)——」(『時事新報』昭10・8・25)

(25) 田中和生「作家の悲劇——太宰治論Ⅱ」(『三田文学』平12・11)

第二章　〈新しい作家〉の成型
――第一回芥川賞と氾濫する作家情報

1

太宰治なる作家について、人々は《第一回芥川賞授賞をめぐる有名なエピソード》[1]を通じて、ある固定化されたイメージを抱いてはいないだろうか。今もなお、おそらくは最も有名な文学賞として続く芥川賞は、純文学を対象とした文学新人賞として、昭和十年、菊池寛によって発案されたものだが、当初から今日のようなステータスをもちあわせていたわけではない。芥川賞制定から六十年後、出久根達郎は次のように述べている。

芥川賞伝説は、太宰治によって確立されたといってよい。太宰の奇矯な言動が、芥川賞の名誉と賞金を、実際以上に拡大した。単なる新人賞でなく、もっと大きな、かけがえのない文学栄誉賞にふくらませた。太宰は芥川賞を広めた第一の功労者である。[2]

また、『FOR BEGINNERS 太宰治（文・吉田和明／絵・小林敏也）』（現代書館、昭62）の第5章「パビナール中毒説の嘘と真実」には《パビナール中毒の太宰治でーす。芥川賞よろしく。》と書かれたプラカード（棒の部分は注射器）をもつ太宰治らしき人物のイラストが添えられている。こうした作家像は、実体（論）的な太宰治が、自らの醜態を衆目に晒して積極的に発信するメディア・パフォーマーであったという自明視されがちな前提によるものと思われるし、そうした印象を上塗りもしよう。しかし、改めてその先後関係を考えてみるならば、現実世界の読者は先にメディア言説（太宰治情報）にふれ、その後でしか作家像など思い描きようがないはずである。にもかかわらず、太宰治なる作家と第一回芥川賞とが関連づけられて、ある作家像が広く共有され・固着していく事態に対し、はやくは相馬正一が次のような警告を発している。

> とくに昭和十年に設定された第一回芥川賞の際の選者川端康成とのトラブルは、その後佐藤春夫の小説「芥川賞」もからんで、太宰にとってきわめて不名誉な文壇伝説を生む結果になり終った。そして、このような文壇伝説から、逆に「芥川賞に恋着した」太宰の女々しさや妄想が語られ、いつのまにか伝説が実像の投影として資料化され、作家論や評伝の有力な根拠となって定着しているのが現状である。(3)

右の指摘に併せて、相馬のいう《不名誉な文壇伝説》には、当時メディアに流通した様々な言説（後述）

の他、佐藤春夫や川端康成宛の書簡によって事後的に再構成された部分が多い点にも注意すべきである。[4]実のところ、右に述べてきたタイプの作家像は、太宰治の自殺（昭23）を決定的な契機とする〝太宰神話〟に基づくまなざしによって生前の事象までもが過去遡及的に再編成されていく過程で、〝太宰神話〟にふさわしい作家像として、文壇登場期からは「芥川賞事件」等が前景化され、それが同時代には公開されていなかった太宰治書簡群のような、事後的に発見された資料によって再構成（補完）されてきたのだ。

こうした転倒を示す最近のものとして、太宰治なる作家を見開き二ページでとりあげた『週刊朝日百科世界の文学97』（朝日新聞社、平13・6・3）があげられよう。そこでは「心中に至った文学的営み」（文責・小林広一）というタイトルが端的に示すように、太宰治の心中を視座とした紙面構成が採られ、その中で〝若き日の太宰治像〟の表象装置として召喚されるのは、次の説明文（キャプション）を伴った太宰治「川端康成へ」（初出誌の写真）なのだ。

川端康成宛ての公開書簡　「文芸通信」昭和10年（1935）10月号に掲載された「川端康成へ」と題した抗議文。「文芸春秋」9月号に掲載された芥川賞の選考経緯に「作者目下の生活に厭な雲あり」と評されてのもの。当時の太宰は、パビナール中毒の症状で周囲に対して奇行が目立っていたという。（記事原文は横書き／引用者注）

右の「川端康成へ」紹介が浮き彫りにするのは、心中作家にふさわしい〝若き日の太宰治の《奇行》〟

である。このように、太宰治なる作家と第一回芥川賞をめぐるメディア表象が、〝太宰神話〟に基づくまなざしによって具体的な分析を欠いたままに再生産されるならば、昭和十年前後の言説編成における芥川賞や〈太宰治〉の機能は捨象されてしまう他ない。

本章は、以上の問題関心に基づき、第一回芥川賞をめぐる同時代の関連言説を手がかりに、〈太宰治〉が〈新しい作家〉として成型されていく様相を分析する試みである。

2

昭和十年前後の文壇トピックは多岐にわたるが、諸々の現象を総合的に捉える文芸復興という標語がある。これは、ジャーナリズムで盛んに謳われていた当時からその内実が問題視されていたが、《当初、文壇の一気運にすぎないかのように見えたにもかかわらず、その後の数年間の文壇全体を包括する表徴》(5)となっていく。一般に文芸復興期とは昭和八〜十二年を指し、《現象的に分析するならば、一、既成作家の再生、二、私小説乃至身辺小説の擁護、三、作家倫理の問題など》(6)が指摘されるが、こういった〝古いもの〟の復活は言説編成の変容と連動しており、中村星湖が「文芸時評」(『文芸首都』昭10・3)で指摘する、次のような動きが顕在化したものと考えられる。

日本で一時かれこれ言はれた「文芸復興」は非常に曖昧な標語であるやうに非難され、むしろ、ジヤーナリズムの奸手段から来たインチキ看板、コケオドシのやうに見られた事もあるが、事実はプロレタリヤイデオロギイに押殺されてゐた写実主義的芸術の復活の別名ではなかつたか？

ここではプロレタリア文学への抵抗勢力として、《押殺されてゐた写実主義的芸術》の《復活》が捉えられている。もちろん、文芸復興は単に〝古いもの〟の復活に留まらず、プロレタリア文学衰退以降を示す〝新しさ〟もまた昭和初年代への反抗として台頭してくる。こうした志向性は、いわゆるリアリズムや私小説も含めた《先代》に対する反措定(アンチ・テーゼ)を突きつける、次の保田與重郎「文学時評　文芸復興の意識」（『コギト』昭9・3）に明瞭に示される。

文芸復興の精神は、本質的に先代の規準に反逆する。それは単に技巧で反逆するのでなく、古い時代の普遍精神に反逆する新しい普遍精神の生きた力に他ならないのである。

総じて《大衆文学と大衆文学優先のジャーナリズムに対する防衛と挑戦のための純文学者の大同団結という性格》(7)が認められる文芸復興の動向の中で、青年（作家）たちは既成の精神・既成の小説への《反逆》の動きをみせていく。ここで導入された〝古さ／新しさ〟という軸に、〝新しさ〟の符徴として《反逆》を掲げる保田の言説構造は、新進作家の立場からだけでなく、文壇の新人待望言説とも共鳴している。中村武羅夫は「希望なき文学の現実」（『行動』昭9・8）において《現在の文芸界では、一方に文芸復興が、まだ引きつゞいて、さまぐ\な意味で問題となつてゐると同時に、一方に於いては、文学の新人が、求められてゐる》とその共時性を指摘し、《年齢を若くし、文学的修業を浅くしたゞけで、既成文学や、既成作家に追従しても、そんなところから、ほんたうの新人、ほんたうに新しい文学など、現はれるはずはない》と断じる。こうして、昭和十年前後の言説編成の中で、昭和初年代との差異を築こうとする動きが活性化されていくのだ。

この時期の新人待望の声は、当然文芸復興期におけるプロレタリア文学の衰／退・転向と軌を一にしており、共産党最高幹部の佐野学・鍋山貞親が獄中から転向声明を発表する昭和八年には《新人待望の呼び声がさかん》[8]になり、その翌年、《昭和九年の文壇は、新人の待望をもつて幕が切つて落されたやうなものである》[9]とまでいわれる。しかし、このような状況は新進作家にとって必ずしも好ましいものではなく、例えば自ら新進作家として躍進をはじめていた舟橋聖一は、《たしかに新人は待望されてゐる。又、新人の作品は、注目されてゐる》としながらも、《新人にほんたうの舞台が自由に提供されてゐるとは云へない》[10]と述べるが、その内実は《近頃の新人》が《ヂャーナリズム乃至興行資本家の「新しい商品」》[11]として扱われることに対するジレンマにあったとみてよい。昭和初年代以降、懸賞小説や文学賞を通じてジャーナリズムが文壇地図を塗り替える主導権を握りはじめるが、昭和十年初頭には《新人待望の情勢は、おそらく昨年から今年へも、また持ち越されるであらう》(「文芸春秋」『文芸春秋』昭10・1)と、新進作家への慢性化した期待[12]は醒めた語り口のもとに反復され、翌十一年になると、匿名批評・XYZ「スポット・ライト」(『新潮』昭11・2)において次のように悲観的に語られる。

常に、眼まぐるしく移り変つて行くヂヤーナリズムの浮薄な態度のために、この二三年来、どれくらゐ多くの「新人」が登場したことか知れないと同時に、それ等の新人は、大抵は中途半端な立場に、彷徨してゐるやうな有様である。作品は二三篇発表したけれども、作家としての地位が安定したわけでもなければ、従つて生活も出来ないのである。

だから、新進作家にとってはジャーナリズムに小説を発表して文壇へ出ることはもとより、その後いかにジャーナリズムと折り合いをつけるかがこの時期の重要な課題でもあったのだ。では、そのような状況の中、新進作家には何が求められていたのだろう。『改造』懸賞創作入選作家でもある荒木巍は、「文芸時評」（『文芸』昭10・2）においてそれを《新しい反逆精神、或ひは反逆精神の新しい面》だと指摘する。この〝新しさ〟や既成の何ものかに対する《反逆》という新進作家の表徴は、すでに述べた文芸復興期の言説動向と共鳴をみせつつ、当時文壇で大量に産出された新人待望論の基本構造[13]をなしている。

ここで、一九三〇年代の文学をめぐる場におけるメディアの役割について、本章の問題意識とも併せてふれておきたい。まず、大正末期より純文学を差異化する言説動向の中で、ジャンルとして形成されてきた大衆文学、ならびに、初年代に文学の流通を促した円本による流通圏・読者層の拡大があげられよう。詳細は先行研究に譲るが、文学の市場が、作家を中心とした直接的なネットワークから出版・流通機構を通して飛躍的に拡大した点は指摘できるだろう[14]。つまり、作家その人の人格や思想よりも、メディアにおける情報産出・開示（量・頻度）・流通・受容（場）といった一連の問題系[15]こそが重要性を帯びていくのだ。

こうした流れは、『綜合ヂャーナリズム講座（全十一巻）』（内外社、昭5〜6／以下『講座』と略記）のアンソロジー『綜合ヂャーナリズム講座完成記念論集　現代ヂャーナリズムの理論と動向』（内外社、昭6）所載の「序」では、次のように論及されている。

凡そ、現代人にとつて、一日として新聞、雑誌、ラヂオ、出版等によるヂャーナリズムを離れた世界といふものは考へ得られない。〈略〉かくてヂャーリズム（ママ）の正しい理解と把握とが、時代の切実な要求となつたのは当然の勢である。

また、平林初之輔は『講座』第三巻所収論文「ヂヤーナリズムと文学」で《ヂヤーナリズムのために、文学は、一般的に普及し、民衆の間に浸潤してゆくことができた》としながらも、《ヂヤーナリズムの強権が、文学の独創性を殺して平均化し、標準化し、通俗化し、それに高速度を強制して、その芸術性を危機に陥れた》と指摘する。こうしたジャーナリズムと文学の両立不可能性をめぐる認識は、広く文壇に共有されていたとみてよい。それゆえジャーナリズムの渦中での純文学のあり方をめぐって、例えば横光利一「純粋小説論」（『改造』昭10・4）が物議を醸すのだし、『新潮』は「ヂャアナリズムの動き」を毎号掲載する他、「新聞学芸欄批判」によって新聞記事との交渉を積極的に採り入れてもいた。こうした視角は、当時の《今日の文学は殆ど新聞雑誌文学[16]》だとする認識に拠りつつ、作家表象の位置（価）や文学をめぐる場を対象とした表象分析を可能にするだろう。

ここでもう一つ、昭和十年前後に文壇的トピックの一つとなる匿名批評（六号記事・ゴシップ・編集後記等）の意義・機能にもふれておきたい。青野季吉は「時代の心臓打診一　匿名批評の流行」（『読売新聞』昭10・9・7）で《匿名評論》の《一種の代表性》・《与論的意義》を指摘し、読者は《地で語られた、ひろく通用し、また通用してゐる意見として、匿名評論に応対する》のだと論じており、匿名批評の流行の中で匿名批評論も盛んに論じられていくことになる。このような事態をうけ、文芸誌各誌は六号記事を掲げ、新聞各紙は匿名批評欄を盛んに展開していくのだが、それらは単なる情報源としてではなく、様々なかたちで言説編成に関わりながら、作家表象の成型にも少なからず関与していくだろう(17)。

こうして昭和十年前後の言説は、多様なスタイル・媒体によって、歴史（性）や社会（性）との交渉を通じて産出されていく。本章3では、この時期のメディアと意義深く切り結んだ作家表象の一つである〈太宰治〉を軸に、具体的な分析を展開していきたい。

3

本章2で述べた新人が待望される文壇状況とメディア状況の交錯点に菊池寛が発案した芥川賞は、「芥川・直木賞宣言」（『文芸春秋』昭10・1）によって一挙に実現するが、《文壇近来の美挙》（「文芸春秋」同前）という自画自賛に負けぬほど素早い反応が多数あらわれる。

《菊池寛の提唱にかゝる「芥川賞」出づ。新人の道更らに拓く(18)》という期待は受賞（者）を《輝く初の栄冠[19]》と位置づけるほどに高く、《一体に文学が疲弊してゐる折柄、若い文学者達の間にどれ位励みになるか知れない[20]》という効果をもち、従って芥川賞は《同人雑誌作家の注目を惹》き、《作家たちへ及ぼす力はたいへんなもの[21]》だということになる。しかし、当初から芥川賞に対する様々な不信がくすぶっていたことも事実で、銓衡委員に批評家がいないことや詮衡委員そのものの党派性を疑問視する声に加え、審査において公平性を期すことの困難を語り《常に万人を首肯せしめるとは期待出来ない[22]》という意見も出る。しかしこういった否定的見解すら芥川賞の注目度の高さを証明するものであるし、芥川賞の宣伝にさえ寄与しているという側面も忘れてはならない。従って、《全国の文学青年に好話題を提供し同人雑誌を刺戟してゐる[23]》芥川賞の話題は、同人雑誌やそれに近い媒体では《◇芥川・直木賞の第一回入賞者は近いうちに発表されることにならう。近日、審査員全部の会合を開いて、各々の意見を纏めることになつてゐる》という「編輯後記」(『文芸春秋』昭10・7)の予告をまたいで、盛んに下馬評が行われ、また同人雑誌掲載小説を論じる際に芥川賞の文字が用いられる状況が形成されていく。〈太宰治〉に関しても、P・C・L「芥川賞を狙ふ人々」(『文芸通信』昭10・2)に《「青い花」に太宰治、檀一雄、岩田九一》と記され、淀野隆三「日本浪曼派について」(『文芸通信』昭10・9)でも「道化の華」を論じるに際して《芥川賞を受けるに最もふさはしい作家であらう》との言及があるが、決定的だったのは次の匿名批評「文壇そのとき〴〵　芥川賞の場合」(『都新聞』昭10・7・22)であろう。

◆懇話会の文芸賞がすんだから、さて、お次は愈々芥川賞・直木賞となるのだが、某消息通の語るところによれば「現在、審査員で問題になつてゐるのは坪田譲治、島木健作、太宰治などらしいが、坪田・島木はズブの新人ではないから、結局、お鉢は太宰に廻ることになるのではないか」但し、この言葉、当るも当らぬも……の類ひであること、勿論である。

八月十日に行われた最終詮衡の結果、受賞者は太宰治ではなく石川達三に決まり、早速この出来事は新聞の文芸欄・学芸欄を飛び出して社会面で報道される。少し長くなるが、ここでは、基本的な情報を一通り揃えた感のある「最初の〝芥川賞〟無名作家へ 「蒼氓」の石川氏 直木賞は川口氏」(『読売新聞』昭10・8・11)を引いておこう。(24)

文壇注目の的になつてゐた文芸春秋社の芥川、直木賞は十日午後四時半より銓衡委員の佐藤春夫・菊池寛・瀧井孝作・小島政二郎・吉川英治・久米正雄・大佛次郎・川端康成・佐佐木茂索・三上於兎吉氏等が柳橋柳光亭に参集最後の銓衡をなした結果午後六時半左の如く決定発表された。〔略〕芥川賞は瀧井孝作氏を主査として、石川達三氏ほか外村繁(草筏)高見順(故旧忘れ得べき)衣巻省三(けしかけられた男)太宰治(逆行)の四氏が候補に挙げられたが、結局石川氏が最も優れたものとして名誉の選に入つたものである、石川氏は全くの無名の新人であるが「蒼氓」は同人雑誌「星座」の初号を飾つた百五十枚の力作で神戸のブラジル移民収容所の生活を描いたもので社会小説としての要素も備へてをり、全体として作家の眼がなか〳〵の透徹した社会意識をもつたものである、経過及び「蒼氓」の紹介としては簡潔にして要を得ており、これに久米正雄・山本有三・佐藤春夫・佐佐木茂索・瀧井孝作・川端康成による「芥川龍之介賞経緯」(『文芸春秋』昭10・9)を併せれば一通りの関連情報が把握できる。諸氏の選評を読む限りでは、石川達三の受賞に関しては意見の一致がみられたようで、佐佐木茂索は《委員の誰一人として石川達三氏に一面識だもなかつた事は、何か浄らかな感じがした》とその公平さをアピールし、菊池寛も「話の屑籠」(同誌同号)で《皆公平無私であることを信じて頂きたい》と述べている。新聞等の報道記事をみても、見出しに「無名作家」と謳った『読売新聞』を始めとして、『報知新聞』・『都新聞』も石川達三の無名性を強調しているのが目をひく。もちろん中には批判的な言及もあるが[25]、批判さえ芥川賞への宣伝と化していくメディア状況の中で、芥川賞及び石川達三「蒼氓」は社外での評判もよく、特に新聞の文芸欄では素早くかつ断続的にとりあげられ、《後進誘導のためにも、全国数万の文学青年のために計り知れない刺戟と将来への光明を抱かせる[26]》という絶賛を含め、論調はおおむね好意的であった。

ただしここでは既述の新人待望言説をふまえ、先の『読売新聞』評を想起しながら、「蒼氓」の評価軸を見極めておきたい。菊池寛は前掲「話の屑籠」で次のように述べていた。

この頃の新進作家の題材が、結局自分自身の生活から得たやうな千遍一律のものであるに反し、(「蒼氓」は/引用者注)一団の無智な移住民を描いて、しかもそこに時代の影響を見せ、手法も健実で、相当の力作であると思ふ。

ここでは《題材》が〝古さ／新しさ〟と関連づけられた上で、《時代》的な側面と《一般の読書階級》という言葉で示された大衆性が考慮され、この二つの評価軸に沿う「蒼氓」が《相当の力作》と評される。となると、旧来型の題材を新奇な手法で描いた太宰治「逆行」や高見順「故旧忘れ得べき」への評価は必然的に低いものとなろうが、このような評価軸が当時文壇で広く共有されていたとは必ずしもいえない。[27]少なくとも、当時新進作家に求められていたのは〝新しさ〟であり、それは単に《題材》のことではなく既成文壇への反措定(アンチ・テーゼ)——《反逆》であったはずだ。もっともこの時期、新進作家ということを措いて広く純文学をめぐる場を見渡すなら、プロレタリア文学以降における社会性の欠如が私小説論議と連動するかたちで盛んに論じられており、[28]そのような言説編成の中で石川達三「蒼氓」を始めとして純文学を対象とした芥川賞が《「外地」的な志向性を持って》・《「外地文学」の興隆に大きく寄与した》[29]という結果を生むに至るのは何ら不思議ではない。むしろ問題なのは《芥川賞の新人石川達三の作品は、文壇のオーソリチーだち(ママ)の受けは、いつぱんにいゝ。だが、新人の間にはどうか?[30]》という疑問に対し、《自意識派のヤンガア・ジエネレーシヨンからは、君の当選作は評判が宜くないらしい〔略〕「蒼氓」一巻を通読して、僕は君を旧人だと思つた[31]》という声があがってしまう点にある。つまり、芥川賞に向けて高まった〝新しさ〟への期待は、新進作家をめぐる言説編成の中で〝新しさ〟を表象するはずの芥川賞作家・作品のポジションに、それを担い得る表象が欠如することで宙吊りにされてしまっているのだ。このような〝新しさ〟不在のさなか、《芥川賞、直木賞などは、半分は雑誌の宣伝にやつてゐる》ことを認めつつ、《半分は芥川直木と云ふ相当な文学者の文名を顕彰すると同時に、新進作家の台頭を助けようと云ふ公正な気持からやつてゐる》以上、《新聞などは、もつと大きく扱つてくれてもいゝと思ふ》という菊池寛の「話の屑籠」(『文芸春秋』昭10・10)が活字になる頃、すでに事態は、芥川賞落選作家を主役とする新局面を迎えていた。

4

芥川賞発表の翌月、『文芸通信』(昭10・10)の表紙には「芥川賞・後日異聞二篇(トピック)」と刷られ、太宰治「川端康成へ」と矢崎弾「芥川賞で擲られさうな男の告白」が掲載される。すでに「川端康成へ」によって太宰治が《一躍文壇の耳目を集めることに成功》[32]したという指摘があるが、それを本章の理論的枠組みから捉え直せば、新進作家の川端康成への論駁が言説化されてメディア上で開示され、それらの情報が意味内容として〈太宰治〉の成型に関わっていく遂行的な過程の謂いとなる。そこで、「あなたは文芸春秋九月号に私への悪口を書いて居られる」と切り出される「川端康成へ」をみてみるならば、冒頭に続き「芥川龍之介賞経緯」(『文芸春秋』昭10・9)の選評から、川端康成による次の部分が引用される。

「前略。――なるほど、道化の華の方が作者の生活や文学観を一杯に盛つてゐるが、私見によれば、作者目下の生活に厭な雲ありて、才能の素直に発せざる憾みあつた。」

この箇所への〈太宰治〉の反発は、一般に芸術と実生活の問題と捉えられてきたが、「川端康成へ」を精読するならば事態はもう少し複雑な様相をみせていよう。なぜなら、「川端康成へ」に書きつけられたのは、自作や自身の芸術的信条についてではなく、「道化の華」制作の楽屋裏であり、もっといってしまえば〈太宰治〉なる人物の私生活情報なのだから。その具体的内容を列挙するならば、①「道化の華」改稿過程、②失踪事件、③実家から仕送りの続行が決定、④盲腸炎で入院、⑤病状悪化で意識不明に、⑥転院、⑦退院後船橋へ転居、⑧終日籐椅子に寝そべる生活、といった具合である。つまり、私生活を非難する川端康成に対して芸術性を主張する太宰治という構図は、「川端康成へ」冒頭と「道化の華」改稿に関する箇所への注視の結果ではあるが、同時に多くの箇所を等閑に付してしまっているのだ。[33] そこで、私生活情報で満たされた「川端康成へ」を読み解くために、両者（厳密にいえば太宰治・川端康成と署名された二つの言説）における読解の回路を検証しておこう。

ここで「川端康成へ」への二次言説でもある、山岸外史「悲憤する太宰治へ」（『文芸通信』昭10・11）を補助線として導入するならば、「川端康成へ」を《あの川端康成への『泣き言』》と呼ぶ山岸は、〝ジャーナリズム／芸術〟という枠組みを起動させながら、議論全体の構図としては前者に菊池寛・芥川賞・石川達三及び「蒼氓」を、後者に《時代の青年》である自身と太宰治及び「道化の華」を配置する。ここで注意すべきは、川端康成の芥川賞選評に言及して、《あの言辞は、作品以外の場所から人伝てに耳に入りそれやこれやがあゝいふひとつの言葉として出来上つてゐることを、あの言葉の味から言つて僕は疑つてゐない》と川端批判を展開する、山岸自身の「道化の華」読解の回路である。

黄金の才能がその全裸貌を発揮してゐない作品『道化の華』と、鋼鉄の態度がその手堅さを見せたもの『蒼氓』とを比較して、その是非善悪を、そして、価値批判を加へることは、やがて、知る人ぞ知るの問題なんだ。評者の眼が、僅かに紙上の作品構造に止まつて、その背後に苦悩する作家の美しい肉体に触れ得なかつた〔以下略〕

ここで山岸は《全裸貌を発揮してゐない》という「道化の華」から《黄金の才能》を察知しているが、それは《紙上》の《背後に苦悩する作家の美しい肉体》を読みとることによって果たされている。それならば、川端にしても小説に《盛つて》ある《作者の生活や文学観》に留まらず、《才能》までをも「道化の華」の紙背に読みとっていたはずである。さらに「川端康成へ」において少しの創作苦心談と多くの私生活情報が書きつけられていたことを改めて想起するならば、太宰治「川端康成へ」とは、小説の評価に際して私生活を考慮する読解の回路そのものにあるのではなく、場合によってはうまく機能する回路（山岸外史のケース）から好ましくない結果（川端康成のケース）が産出されてしまったことに対する不満の表明だということになる。従って、「川端康成へ」とは、太宰治私生活情報の開示によって川端康成と同様の読解の回路を温存しつつ、創作苦心談を装うことによって小説の評価を好転させようと働きかける言説であった、という分析がなされるべきなのだ。

この号には同時に、太宰治「川端康成へ」に対する川端康成からの返答「太宰治氏へ芥川賞に就て」（『文芸通信』昭10・11）も発表されており、芥川賞予告からの一連の出来事の経過を対象とする言説——芥川賞関連言説が、〈太宰治〉という名を掲げながら夥しく産出されていく。「芥川賞・後日異聞二篇(トピック)」を企画した『文芸通信』には、読者からの投書が舞い込む。次に掲げる、正木映三「読者談話室」(『文芸通信』昭10・11)がそれである。

芥川賞後日異聞は、ゴシップ的に起つた〈正面からの抗議でなく〉風聞に対して自己の立場を語つた作家としての良心的産物であつて幾分、文壇の雰囲気が覗はれる。

ここでは第一に、一連の出来事が読者の興味を惹き、そうした興味を満たすべく『文芸通信』のような雑誌が機能していることがまず確認できる。加えて、《良心的産物》という評言からは、〈太宰治〉への好意的な評価もうかがえよう。続いて、阿羅「速射砲『芥川賞異聞』」(『報知新聞』昭10・9・29)も引いておく。

文芸通信の『芥川賞後日異聞』なるものは、文壇の暗さといふものを如実に説明してゐる。先づ太宰治の川端康成に宛てた文章だ。〔略〕芥川賞に落ちたといふ腹いせに毒舌を吐いてゐるのとしか取れんだらう。〔略〕川端康成の私生活にまで及んで『小鳥を飼ひ舞踏を見るのがそんなに立派な生活なのか』と中傷したり、石川達三の入賞について『芥川龍之介を可愛さうに思ふ』といつたり、いやはや呆れたもんだ。

右の匿名批評は、ネガティブな「川端康成へ」及び〈太宰治〉の受容において先の読者投稿と好対照であるが、一連の出来事に対する賛／否から距離をとった、もう少し冷静な見解も清川鮎介「蝸牛の視角芥川賞と作家」(『東京日日新聞』昭10・10・26)で示される。

　太宰治が芥川賞のことで苦情をつけてゐたのに対して、川端康成(文芸通信十一月)がていねいに挨拶してゐる。(略)世間では、太宰が苦情をつけたのを、とかく面白くないことのやうにとつてゐる。委員会の実際をいろ〳〵と「妄想」して、苦情をこねるのは、確かによくないが、さうでなければ芥川賞のやうな場合、落ちた作家が公然と苦情を述べるのは、決して悪いことではない。

ここでは、すでに《世間》で形成されつつある《「妄想」》の一語に代表される〈太宰治〉の意味内容を浮上させた後で、〈太宰治〉の作家的態度への支持が表明されている。

こうして「川端康成へ」は、川端康成や芥川賞といった知名度の高い標語を巻き込みながら〈太宰治〉情報を開示しては、その名を様々なかたちで召喚する契機となり、〈太宰治〉への意味内容の充填は加速されていく。それら二次言説群は、存在自体が〝太宰治―川端康成〟の交渉を遂行的に反復＝拡声しつつ、太宰治なる作家の人物評というゴシップ色の強い枠組みの中で展開され、その過程で芥川賞や小説への関心は後景に退いていく。

こうした一連の同時代言説には好意的なものもみられるが、《「文芸通信」掲載の太宰氏の「川端康成へ」

なる一文は近頃最も不愉快なものであつた。頭が悪くて天才ぶつてゐる男は胸糞が悪い[34]》、《太宰治の文章（「川端康成へ」／引用者注）は、余りに遠廻しすぎて何をいつてゐるのか、言ひたいのかさつぱり判らぬ。もつとはつきりしたらどうだ[35]》、《太宰治は、いつぞや川端康成へ、つれない男に、拗ねて甘へる女のやうな泣言を、「文芸通信」に書いてゐた〔略〕「生活にいやな雲」もあつたものぢやない。——要は、ほんの些細な才気を、作者がひとりで勿体振つてゐるのである[36]》など、批判的なものが大勢を占める。ただし、阿羅「速射砲　二新人への世評」（『報知新聞』昭11・1・20）にもうかがえるように、批判対象が〈太宰治〉の人物に関する部分に限られている点は見逃してはならない。

> 芥川賞で太宰治は石川達三にしてやられたが、その後石川よりも太宰の方をほめるものが相当にある。人物をほめるのではなく、作品をほめるのだ。（人物ならよつぽど石川の方が上らしいが）

右の評に端的に示された、〈太宰治〉を人物（人格）と作品（才能）とにわけて評価する表象の規則は、大正期や昭和初年代的な〝理想の作家像〟とは明らかな差異をもつ、いわば〝新しさ〟をまとった作家表象として再検討を要すものといえよう。このように、ひとまず作品（評価）と切りはなされた地点で、〈太宰治〉には同時代の文壇における注目度に応じて、過去遡及的にも様々な情報が関連づけられ、充填されていく。次の無署名ゴシップ記事、「文壇茶呑み話」（『文学評論』昭10・10）などがその例証となろう。

最初芥川賞には坪田譲二（ママ）があがつたが、今更ら新進でもないといふのが佐藤春夫、坪田のはあれや小説ぢやないといふのが久米正雄。そこで太宰治になりかけた。何しろ太宰は三度も自殺をしぞこねたといふので芥川賞にはうつてつけ。そんなことが外へばれてやり直し、とゞ石川に決定。

ここでは芥川賞を話題にしながら、〈太宰治〉に関しては三度の自殺未遂歴というかつての私生活情報までもが掘り起こされ、これらの情報が同時代において、メディアを介して直接の関係者以外にも開示されることになる。次に掲げる牧不忘「文壇新人の実力」（『セルパン』昭11・1）は、中でも露骨なものといえよう。

太宰治は『日本浪曼派』にゐる。〈略〉逢ふと人の顔色をじろじろ見て威丈高に喚くかと思ふと泣き出す、うつかりすると自殺騒ぎまでやるといふ役者で、骨を折らせる男だ。どことなく資質に薄弱さがある。然しまあ、あせらなくつてもこの国の文壇など貴君位の才能で結構渡れるもの、意を安んじて可なり。

右の二つの引用には、太宰治の「縊死未遂事件」（昭10・3）を核とした新聞報道・中村地平のモデル小説「失踪」（『行動』昭10・9）、さらには心中事件を物語内容とした小説「道化の華」等、すでにメディア上で開示されていた太宰治関連言説の関与が想定されよう。

ここまでの分析から、〈太宰治〉に関して《奇矯な言動》は見出せるにせよパビナールという文字は少なくともメディア上ではみられず、〈太宰治〉と第一回芥川賞に関して、実体（論）的な作家を措定し、固定化されたイメージで表象することがいかに多くの死角を抱え込み〝太宰神話〟を補完してしまうかを示してきた。芥川賞とともに話題提供に事欠かなかった〈太宰治〉とは、同時代において産出される太宰治関連言説によって歴史的に構築された作家表象であり、それが昭和十年の言説編成の中で、一方で文学的才能を保証されながら、他方で人物面に多くの興味を（結果的にせよ）引き寄せ、本節で検証してきた種の言説によって大量の意味内容を充填されながら成型されたものなのだ。そこにはもちろん、芥川賞関連言説に限らず、〈太宰治〉に込められた意味内容自体が〈太宰治〉を更新（リニューアル）していく過程や、〈太宰治〉と「太宰治」と署名された小説との双方向的な交渉も想定されるが、その具体的な検討は本書「Ⅱ」に譲り、本章5では〈太宰治〉の位置（価）を論じておきたい。

5

それにしても、なぜこうまでも〈太宰治〉はこの時期に話題とされていたのだろう。というのも、太宰治なる作家が文学史上に確かな地位を築くのは、はやくても戦後、『斜陽』（新潮社、昭22）のベストセラー以後のことなのだから。そう考えてみた時、他ならぬ〈太宰治〉／太宰治なる作家がしきりに話題とされた要因として、三点ほど考えられる。

第一には、文芸復興の機運に乗じて増えた文芸メディアの中でも、『文芸通信』（昭8・10〜12・3）[37]を代表として、ゴシップを含む私的な情報開示を特色とするメディア環境の整備があげられる。本章でふれた新聞紙上の匿名批評も、同種のメディアといえるだろう。

第二には、本章で紹介・分析してきたように、〈太宰治〉が、メディアの関心をひく特徴を多く兼ね備え、あるいは時機を得たトピックに関わっていたことが考えられる。その最たるものこそ、芥川賞だったわけだが、他にも新進作家らしい世代体験・文体（饒舌体）、さらには太宰治なる作家が、小説・評論の執筆機会をもつ、つまりはメディアにアクセス可能な知己（先輩作家・友人）と多く関わっていたこともあげられる。こと最後の点に関しては本書でも折々言及する、山岸外史、中村地平、佐藤春夫、井伏鱒二、保田與重郎等に加え、「芥川賞事件」で噛みついた川端康成までもが、〈太宰治〉について何事かを語っていくのだ。そうした〈太宰治〉であるから、無署名「無解散文壇議会」（『月刊文章』昭11・2）では、芥川賞を素材とした次のような戯画化された記事で、格好の対象とされもするのだ。

> 太宰治氏（登壇）「先頃、某紙上に発表された川端康成議員の『文芸雑誌帰還説（ママ）』中には我々文壇人を否定するが如き言説があるが、法相はこれをどう見るか、お伺ひしたい。場合によつては司法権の発動を希望するものであるが。」／中村武羅夫法相「太宰議員は、よく川端議員にタテツクがあれはミノベさんの機関説とは大部趣きを異にしてゐるし、第一、べつに花園を荒す考へからやつたものでなく、いへ（ママ）ば荒れた花園を更生させるためにやつたものであると思ふ。」

第三に、右の二点とも関わって、〈太宰治〉に関わってメディア上で何事かが語られる時、私的な情報が素材とされる傾向があり、それがこの時期のメディアの欲望とよく折りあっていたようにみえる。一例として、複数の作家の近況を集めた「今月の便り」(『文芸』昭10・6)をみてみよう。丹羽文雄が自作「対世間」をめぐるモデル問題について、福田清人が死んだ十時三郎君の文業について書く中、太宰治なる作家は次のような一文を寄せている。

前略ごめん下さい。／盲腸炎がなほつたと思ふと、こんどは内科の餘病がおこりまして、こちらへ来ました。だいぶ永くかゝるらしい模様なので、家財道具一式病院へ持ちこみました。病院へ引越して来たわけです。酒と煙草は一生のめないと医者に言はれて、呆然としてゐます。でも、少しくらゐは、と思つてゐます。

その後を読み進めても、高橋丈雄は近作「太郎の地図」について、仲町貞子は農作物の被害について、金谷完治は純文学の精進について、前田河廣一郎は文士の税金について書いている。ところが、太宰治なる作家の友人・伊馬鵜平は、ハイキングについての報告に先だって、次のような一節を書き、誌面上で私信のやりとりが交わされていくのだ。

太宰治君！　どうも忙しくて見舞にも行けず失礼してゐるが聞くところによるとペンにばかりしが

みついてゐる。僕よりも病院生活の兄の方がよほど健康らしい。癪にさはるといふわけでもないが、今日は意を決して友人ふたりと足柄峠から金時山へ下るといふハイキングに出かけたのであるが、なんと僕らは迂闊だつた、梅雨なんだからね。

第二として言及した知己の筆も関わる中、公の場に太宰治関連言説が溢れていくのだ。

さて、右の事情から昭和十年前後に〈太宰治〉は過剰な注目を集め、多くの言説が差し向けられてきたのだが、ここまでの芥川賞関連言説とその分析成果は、単に〈太宰治〉をめぐる問題に留まらず、文学をめぐる場（文壇・文学史）における昭和初年代／十年代の分節を、〝理想の作家像〟あるいは〝理想の作家―読者コミュニケーション〟といった観点から可能にし、昭和十年前後に固有の主題を俎上に乗せることにも繋がるだろう。

本節で考えたいのは、本章2で述べた、いわゆる文芸復興期における新進作家が、初年代からの差異化（切断）による〝新しさ〟を要請されるような言説編成における、〈太宰治〉の位置（価）であり意味作用である。もちろん〝新しさ〟が相対的なものである以上、文芸復興期における〝古さ〟を措定する必要があるが、ここでは衰退していくプロレタリア文学と既成作家（私小説）の復活双方を既成の〝古さ〟と捉えながら議論を進めていきたい。

昭和八年頃からの、逃避的にせよ個人の主観を謳う浪漫主義の勃興は、柳瀬善治が指摘する次のような文脈の帰結だと思われる。

マルクス主義的言語は、大正期の文学論の枠組——人格・心境・芸術——を壊乱する外部性として導入されたものだが、その言語の理論的妥当性が、転向問題によって疑われた後、混乱状況を想像的に解決し、越えるための思考上の装置として、〈ロマン主義〉論という設定が浮上してくるのである。[38]

そして、〈太宰治〉もまた浪漫主義を追い風とした〝新しさ〟という共時的なモードの中で、「ロマネスク」・「逆行」の新進作家として文壇に登場してきたのだ。[39] それは、ネームバリューを伴いながら復活してくる大家への反逆を併せたものであると同時に、プロレタリア文学による主観の抑圧に対する反発という面を色濃くもつと考えてよいだろう。

ここでは、そのような言説編成の差異化の動きを作家表象という観点から捉え直してみよう。本章で分析＝記述してきた、昭和十年前後に芥川賞を契機として成型された〈太宰治〉とは、〝古さ〟を担う作家・小説がその評価の担保とした人格（大正期・私小説）や思想（昭和初年代・プロレタリア文学）への回路[40]を有しておらず、そのこと自体が〝新しさ〟としての意味をもつ。つまり、〈太宰治〉とは、人格も思想も表象し得ないがゆえに既成の〝古さ〟とは差異化された作家表象として誕生したのだ。すでに検証してきたように、妄想に基づき奇矯な言動をなす作家であるところの〈太宰治〉が、大正期型の作家表象と別種であることは明かだろう。昭和初年代に関しては、作家表象が思想を孕んでいるか否かという面と、個人が集団（党）を表象（＝代表）しているかという面からの検討が必要である。確かに〈太宰治〉は、昭和初年代を通じて左翼運動へのコミット／挫折を体験してきた世代の新進作家として流通し、昭和十年前後の〈青年〉を代表＝表象してもいくのだが、そうした問題構成を担うこと自体が〝新しさ〟の符徴をまとうことでもあり、次第に特異性を強めることで個別化され、〈新しい作家〉は誕生する。

このように考えてみるならば、〈太宰治〉をめぐる芥川賞関連言説には、昭和十年代的な〝新しさ〟をもつ〈理想の作家〉の成型に向けての契機が孕まれていたということになる。つまり、私生活情報を大量に呼び込んでいく〈太宰治〉とは、作家個人以外のものを表象する回路を有しておらず、そうした作家表象が他の作家表象との差異化を押し進め、昭和十年という歴史の渦中において〈新しい作家〉として成型されていったのだ。

注

（1）長谷川泉「芥川没後五十年と「芥川賞」の風雪」（『芥川賞事典　解釈と鑑賞』昭52・1臨時増刊号）
（2）出久根達郎「芥川賞の値段　直木賞作家が選んだ「芥川賞とっておきの話」」（『文芸春秋』平7・9）
（3）相馬正一「太宰治伝記修正――芥川賞問題をめぐって」（『国文学』昭49・2）
（4）昭和十一年初頭の書簡群の多くは、奥野健男編『恍惚と不安　太宰治昭和十一年』（養神書院、昭41）に収められることで《日の目を見る》（檀一雄「序に代えて」）。また、「泣訴状」として有名な「昭和十一年六月二十九日　川端康成宛」は、四十年余を経て『読売新聞』・『朝日新聞』（昭53・5・14）等で紹介される。
（5）曾根博義「〈文芸復興〉という夢」（『講座昭和文学史　第二巻』有精堂、昭63）
（6）春山行夫「裁断なき文学」（『新潮』昭9・2）
（7）曾根前掲論文・注（5）に同じ

（8）ＮＧＳ「同人雑誌作家論」（『文芸通信』昭8・11）

（9）杉山平助「昭和九年文芸界の動向　昭和九年の創作界」（『新潮』昭9・12）

（10）舟橋聖一「新人現状論」（『新潮』昭9・12）

（11）大宅壮一『ヂャーナリズム講話』（白揚社、昭10）

（12）ただし、同時に文芸雑誌・総合雑誌では、盛んに新人特集が組まれてもいた。

（13）新進作家に〝新しさ〟や《反逆》を求める新人待望言説は、多数産出される。その典型として、愚老「速射砲　真の新人とは」（『報知新聞』昭10・6・21）参照。

（14）参照すべき円本研究は多いが、円本を《書物の大衆化装置》と捉えた、永嶺重敏『モダン都市の読書空間』（日本エディタースクール出版部、平13）をあげておく。

（15）一九三〇年代メディアの諸相に関しては、吉見俊哉編著『一九三〇年代のメディアと身体』（青弓社、平14）他参照。

（16）新居格「新聞・雑誌の文学記事――ヂャーナリズムの特質と限界性――」（『新潮』昭10・11）。また、岡田三郎「新聞は純文学をどう見てゐるか」（『新潮』昭9・10）には《文学といふものが社会に向つて呼びかけるには〔略〕ジャーナリズムの以外にはない。雑誌と新聞、この二つだ。》という認識が示されている。

（17）梶原勝三郎「埋草・ゴシツプ・編輯後記の解剖」（『講座』第九巻所収）や上司小剣「文芸時評（3）文学者と団結」（『都新聞』昭10・2・27）には、匿名批評が他の記事よりも読者の目をひくとの指摘があり、こうした効果にも注目すべきである。

（18）無署名「六号雑記」（『三田文学』昭10・1）

（19）無署名「モノクル」（『芸術科』昭10・1）

（20）ＸＹＺ「スポット・ライト」（『新潮』昭10・2）

（21）山路恭「一頁評論　同人雑誌月評家へ」（『芸術科』昭10・3）

(22) Z「公論私論」(『早稲田文学』昭10・1)
(23) 無署名「展望台　芥川賞のカード階級」(『読売新聞』昭10・3・3)
(24) 他に「芥川・直木賞決定　川口、石川両氏」(『都新聞』昭10・8・11)、「直木賞　芥川賞の受賞者決る」(『報知新聞』同前)、「芥川、直木賞　入選者決る」(『国民新聞』同前)、「芥川、直木賞　受賞者決る」(『東京日日新聞』同前)も参照。
(25) 斜消光「蝸牛の視角　文学賞の悪作用」(『東京日日新聞』昭10・8・25)他参照
(26) M記者「第一回芥川賞　移民を描いた力作」(『時事新報』昭10・8・12)
(27) そうした評価軸を明示したものは、管見の限りでは、正宗白鳥「新進作家論――(文芸時評)――」(『中央公論』昭10・3)のみであった。
(28) この論点に関しては、拙論「昭和十年前後の私小説言説をめぐって――文学(者)における社会性を視座として――」(『日本近代文学』平15・5)参照。
(29) 川村湊『異郷の昭和文学――「満州」と近代日本――』(岩波新書、平2)
(30) 車引耕介「壁評論　新人世界の対立」(『読売新聞』昭10・10・13)
(31) 中山義秀「石川達三への手紙」(『文芸通信』昭10・12)。なお、「蒼氓」の同時代受容や位置(価)に関しては、拙論「石川達三「蒼氓」の射程――〝題材〟の一九三〇年代一面――」(『立教大学日本文学』平14・12)も参照。
(32) 安藤宏「川端康成と太宰治」(『川端康成の世界4その背景』勉誠社、平11)
(33) 「川端康成へ」読解に際して、従来の《〝自意識〟》偏重の傾向を指摘した上で、その《読み直し》を提起する山﨑正純『転形期の太宰治』(洋々社、平10)も参照。
(34) 武田麟太郎「文芸時評　その二　高見、外村の作品」(『中外商業新報』昭10・9・29)
(35) 無署名「六号雑記」(『三田文学』昭10・11)

（36）十返一「脆弱新進作家論」（『三田文学』昭11・1）

（37）小田切進「文芸通信」（日本近代文学館・小田切進編『日本近代文学大事典　第五巻』講談社、昭52）では、《いわゆる文芸復興期に、軽評論、エッセイ、小品、文壇消息、人物論、漫画、アンケートなどを毎号六四ページの小冊子に満載した異色の雑誌。永井龍男が編集した。はじめは投書雑誌、ゴシップ雑誌の性格もあった》と解説されている。

（38）柳瀬善治「昭和十年代における「浪漫主義的言明」の諸相」（文学・思想懇話会編『近代の夢と知性――文学・思想の昭和一〇年前後（1925～1945）』翰林書房、平12）

（39）この点に関して、本書第一章、ならびに、拙論「太宰治「逆行」の強度――〝逃走＝闘争〟するロマンティシズム――」（『芸術至上主義文芸』平14・11）参照。

（40）小森陽一「〈知識人〉の論理と倫理」（『講座昭和文学史　第一巻』有精堂、昭63）、井口時男『批評の誕生／批評の死』（講談社、平13）参照

第三章　青年論をめぐる〈太宰治〉の浮沈

――「ダス・ゲマイネ」受容から

1

　太宰治という署名を付された作品群（テクスト）は、実体（論）的な太宰治の実人生とのパラレルな相互参照を自明の前提とした読解枠組みの中で、長らく読まれてきたきらいがある。そして、〝太宰治三期説〟とはそうした読解枠組みを補完する装置として、〝前期・中期・後期〟という緩衝材（クッション）によって多様な内容・形式を抱える太宰治作品群（テクスト）（の言葉）を単一の作家像へと収斂させるべく機能してきたのではなかったか。しかし、こうした作家の実人生（とその転機）を担保とした議論は、陰に陽に多くの死角を抱え込むことにはならないだろうか。

　ここでは、〝太宰治三期説〟の起源から確認していきたい。〝太宰治三期説〟の最初の提唱者は、管見の限りでは亀井勝一郎のようである。太宰治なる作家の死後に出版された『太宰治集　下巻』（新潮社、昭24）の「解説」で亀井は、《太宰治の作家としての生涯を、仮に三つの時期に分けて考えてみると次のようになる》として〞太宰治三期説〞を提示する。

第一期は、昭和九年（二十六才）から同十三年（三十才）までの五年間。即ち、処女作集「晩年」をまとめ、「虚構の彷徨」「廿世紀旗手」等を出版して、ユニークな才能を認められはじめた頃である。実生活の上でも健康の上でも甚しく困憊し、苦悩多き青春の日であったことは、右の諸作の示すとおりであるが、太宰文学が醗酵する一切の土壌はここに見出される。〔略〕第二期は、昭和十四年（三十一才）から同二十年（三十七才）までの七年間。現夫人と結婚して東京三鷹に定住し、作家生活に精進した。「東京八景」「富嶽百景」等の名篇をはじめ、彼が生前に書いた八つの長篇小説の中の六篇までは、この時期に出来あがっている。〔略〕第三期は、昭和二十一年（三十八才）から同二十三年（四十才）の死に至るまでの三年間。戦争中の疎開から再び三鷹の家に帰って、周知のごとき諸作を書いたわけだが、より成熟したかたちで再び第一期に回帰したような感がある。(1)

この段階では、〞前期・中期・後期〞という術語はみられず、また時期区分についても現在広範に流通したものと若干のズレを孕んでいるが、《太宰文学》と《実生活》を相補的な説明原理とした語り方はすでに明らかである。こうした亀井による〞太宰治三期説〞の原型を発展的に受け継いだのは誰かといえば、奥野健男である。奥野は連載評論「太宰治論」の第一回（『近代文学』昭30・3）冒頭で、次のような定義を試みている。

太宰治の作品を年代順に見ると、大きく三つの時期を画していることが判ります。すなわち／前期は、一九三二年（昭和七年）の「晩年」から「虚構の彷徨」を経て、三五年の「HUMAN・LOST」までの四年間。／（前期と中期の間に「燈籠」という過渡的な小説が一篇だけあり、その前後一年半の沈黙の期間が在ります）／中期は、三七年の「満願」より「東京八景」「新ハムレット」等を経て四五年の「惜別」「お伽草紙」までの九年間。／後期は、四五年の「パンドラの匣」より「ヴイヨンの妻」「斜陽」を経て、四八年の「人間失格」「グッド・バイ」までの三年間。／この三つの時期に於ける太宰の作品や生活は、その根底を同一の下降指向によって支えられながら、前期は中期に、中期は後期にとはっきり対立し、前期と後期が微妙な違いを持ちながら重なりあっています。

ここに、〝太宰治三期説〟はその全貌をあらわすが、注目すべきは傍線部が示すように、《作品》と《生活》が同列に語られるという、その語り方の文法である。さらに、本章の検討対象である〝前期〟の終焉／〝中期〟の変貌に関しては、次の断定的な説明がある。

太宰治の前期から中期への烈しい変貌の（というよりは、一年半の沈黙の）直接の原因と思える、事件は二つしかありません。／それは気違い病院へ容れられたと云うことと、その入院中に彼の内妻が他人と不義の関係を結んでいたという、この二つの事件です。

奥野が提示する〝太宰治三期説〟においても、当初は《作品》の傾向・作風の《変貌》を基点としながら、その根因が実生活上の《事件》に求められることで、いつしか〝作品群（テクスト）＝実人生〟という枠組みが前景化されていく。以後、奥野が各種全集・文庫本の解説をはじめとして、太宰治に関する多くの文章を書き継いでその流通圏を広げたこともあり、この〝太宰治三期説〟は既成事実と化したかのように、紋切型の一つとなって現在に至る。

本章では、右の諸事情に深く関わる、〝前期〟と〝中期〟とに挟まれた空白期の問題をとりあげる。同人雑誌を経て昭和十年に文壇デビューを果たした太宰治は、順調に後の『晩年』収録諸作を発表していくが、そのペースは昭和十二年になると一挙に落ち、「燈籠」（『若草』昭12・10）を最後に丸一年間作品の発表が途絶える。従来、この空白期、ならびに、その後の変貌については、精神病院への強制入院・入院中の妻の不義・妻との水上での心中未遂が重視され、太宰治なる作家の実人生に基づき解釈＝説明されてきた。また佐藤春夫「芥川賞―憤怒こそ愛の極点（太宰治）―」（『改造』昭11・11）によって、パビナール中毒や芥川賞への妄想的な言動が、小説としてではあるが開示されたこともあり、〈太宰治＝性格破産者〉というイメージが流通し、人間関係はもちろん、仕事上の信頼関係も損なわれ、作品数の減少はその帰結として説明される。さらに、甲府での見合い結婚が変貌＝再生の転機となり《安定と開花の時期》[2]が訪れる、というのがこれまで語られてきた〝太宰神話〟であり、これは自伝的小説「東京八景」（『文学界』昭16・1）においても大方保証されている。

しかし、作家の実人生とはそれほど直接的に作品に反映し、作家は他の何物からも独立して自らの作品を書けるものだろうか。否、歴史の中で一人の作家が生き、小説を発表するには、物質的な諸条件や同時代の言説編成といった様々な要素が不可避的に関わってくるはずである。しかも、空白期とされる昭和十二～三年には同時代評やゴシップを中心とする太宰治関連言説が激減していくのだが、これは単に作品数の減少に伴う事態ではない。なぜなら、すでに「芥川賞事件」や佐藤春夫「芥川賞」の前例に明らかなように、太宰治関連言説とは太宰治という署名を付された小説の発表がなくとも常に産出され続けていたのであり、それを考えれば、昭和十二年に入ってからも実体（論）的な太宰治の病状や窮状等に関する報告・噂が言説化されてもよかったのである。つまり、問題はすでに〝太宰治〟のみのものではなく、本章では〝太宰神話〟とその圏域から身を引き離し、神話化された作家（像）を、作家表象をめぐる同時代の言説編成という視座から再検討に付す。

私見では、昭和十二年の空白期を考える際の鍵は、昭和十年前後に〈太宰治〉が一斉に〈青年〉と表象されていくことと深く関わる。従って、〈太宰治〉の空白期を考えるには、青年論の言説編成を検討することが不可欠の要件だというのが、本章の見通しである。

2

昭和十年、それでは〈太宰治〉はどのように表象されていたのだろうか。

まず、「恍惚と不安」（「葉」）といった評語＝作家像に回収されるような表象は、昭和十年初頭には顕在化していない。そもそも、昭和十年初頭の〈太宰治〉とは、固有名が強固な作家像を結ぶ現在の状況とはおよそかけ離れた、あまたいる新進作家の一人にすぎなかった。それから芥川賞の候補となり、第一回・第三回と落選が続く時期の〈太宰治〉については、本書第二章・第五章で論じているが、ここでは第一回芥川賞落選後の動向をみていこう。

第一回芥川賞落選組の『文芸春秋』四作（高見順「起承転々」、太宰治「ダス・ゲマイネ」、外村繁「春秋」、衣巻省三「黄昏学校」）は大半の文芸時評で言及され、四作の概括評としては《いづれも行き詰つた現代青年の頽廃の記録》[3]という把握の他、《いづれも「蒼氓」の無難さはないが、あれにないシンをもつてゐる〈略〉みなもううまくつて、且つ芸人》[4]という小説技法の評価、《概して作家の態度の不真面目で取材の稚拙極まる》[5]という内容・作家への批判等がある。その中で「ダス・ゲマイネ」（『文芸春秋』昭10・10）は、同時進行の「芥川賞事件」や〈太宰治〉の意味内容もあり、同時代には大きな注目を浴び[6]、結果的に昭和十年前後の〈太宰治〉に関わる最重要小説と化していくのだが、以下にその具体的な様相を、「ダス・ゲマイネ」初出時の同時代評によって検討していくことにしたい。

> 時代の現実に背を向けようとしてゐる冬眠作家といふ印象はしりぞけがたい〈略〉（高見順と／引用者注）同じやうに作者のポオズと描写のスタイルの奇矯な表現に溺れはせぬかと気づかはれるのが大（ママ）宰治の『ダス・ゲマイネ』である／だが、太宰治はともかく近頃めづらしい異端者である。新作家がすべてナチユラリズムの泥濘から脚がぬかれず、またその認識方法に不安もいだかない時、彼のみと

もかく近代不安人の虚無に足がかりをみつけてゐる。

右は管見の限り最もはやい同時代評、矢崎弾「文芸時評【2】芥川賞四候補」(『報知新聞』昭10・9・24)だが、ここには以後も盛んに言及される「ダス・ゲマイネ」をめぐる評価の基軸が、①現実社会との関わり、②小説技法・才能、③〝知識人青年の苦悩〟という三点において示されている。《太宰治の才筆に驚かされた》という新居格は、「ダス・ゲマイネ」に《かなり有望な前途》とともに《どうかすると文学をアクロバチックな遊戯性に追ひやる危険》を感じ、《社会機構の投線がないことと、探求的なものが感ぜられないといふこと》を批判する。[7] また、川端康成は新居の時評への反論として《アクロバチツクに陥る懸念は先づない》とした上で、《太宰氏がこのやうな作品を書く気持》を《今日の知識人の傷ついた心情》と読み解き、それは《歪んでゐるかもしれないけれども》、《「社会機構の投線」の結果》だと評している。[8] このように、現実社会との関わりや小説技法・才能を賛/否の争点(評価の分岐点)としながら、その延長線上に〝知識人青年の苦悩〟を読みとるという構図自体は、ここでふれ得ない時評にもほぼ共有されているといってよい。ただし、このような読解枠組みは、「ダス・ゲマイネ」のみに向けられたものというより、同時代青年作家が書く様々な小説に向けられたものの一つと考えるべきである。『日本浪曼派』同人の新進作家でもあった中村地平は、文芸時評で《一般社会に於る青年無力の声は、してそのまゝ、文学界に於る新人無力の合ひ言葉に通じるもののやう》だとして、次のような疑問を呈している。

反逆の精神を喪つて、文学が成立しないこと、反逆の精神なくして青春といふものがあり得ないこと、それは旧人に教へられるまでもないことである。けれども、僕の考へによれば、現代の新人がその肩に負はされてゐる苦患は、反逆する精神が欠乏してゐることに原因を有つものではなくて、寧ろ、反逆すべき対象と方法とを見喪つてゐるところに、その主なる原因があるのである。旧時代の生活や文学を肯定するのではない。けれども僕たちは、旧い時代の何れの部分に、如何なる方法で反逆したらいいのであらうか。否、僕らの「何」を以て、反逆したらいいのであらうか。(9)

ここで中村が突き当たっているのは《旧時代の生活や文学に莫々たる不満やアナキスチックな反抗を感じること熾烈》でありながら、《自らの姿》は《手ぶら以外の何物でもない》というぅ《新人の実情》である。右の事情に由来する《新人の自己嫌悪》を《滑稽な悲劇》と評する中村は、《太宰治の「ダス・ゲマイネ」(文芸春秋)も亦、かゝる悲劇の中に住む、現代青年の苦悶を描いたもの》だと意味づけている。(10)こうした世代的苦悩の表出として「ダス・ゲマイネ」を捉える理解は一人中村だけのものではなく、翻ればすでに引用した矢崎・新居・川端の評にも見出せるものであるし、岡田三郎に至っては中村の時評文に直接言及し、「起承転々」を読み《新しく小説を書かうとしてゐる人達の、努力と言はうか、足掻きと言はうか、なんとも言へないやうなもだもだした雰囲気》を感じ、《「ダス・ゲマイネ」を読むにおよんで、ますますその感を深くして、私は溜息をついた》という。そして《中村氏の文章こそ、高見、太宰氏等の作品の根柢をなすところの新人作家の心境を切実に解説するもの》だと思い至り、《衒気あるが故に却つて惨めにも見える自己肯定と自己否定の境涯に彷徨して帰趨するところを知らぬ現代新人のいたましい魂を引きずﾞ》り《暗い影をともなつて文壇に登場した新人》として、高見順と太宰治を捉えている[11]。転向・饒舌体・コキュ等をもって《太宰文学の近縁者[12]》とも評されるように、この時期の高見順もまた〈青年〉と表象される作家の一人であり、芥川賞落選組という共通項もあったわけだが、〈太宰治〉が特筆に値するのはその作家表象めがけて産出される言説の多さであり、それゆえ多くの付加情報を集積しながら〈青年〉を体現（＝代表＝表象）するようにもなっていくのだ。こうして、太宰治「ダス・ゲマイネ」は、初出時の反応において早くも世代的な問題や特徴を集約しながら、〝現代性〟を刻まれた〈青年〉として〈太宰治〉を表象する契機となっていく。しかもそれは、当時を神話的に語る次の田中英光の一文とは、およそその意味を異にする。

当時、重道は既に、津島さんの『ダス・ゲマイネ』を読み、こんどは、はつきり、圧倒されていた。この小説の巧みさと誠実さの自己統一の中には新らしい時代の子でなければ、書き切れぬ、その世代の青年の苦悩がうちだされていると思つた[13]。

田中は《新らしい時代の子》という宿命の下に生まれた実体（論）的な太宰治を前提としているようだが、《その世代の青年の苦悩》を担った太宰治なる作家が、自らそれを小説に書くことでメディア・パフォーマンスを繰り広げていたというわけではなく、むしろその先後関係は逆だったはずである。まずは

「ダス・ゲマイネ」というテクストが発表され、それが同時代の言説編成の中で《その世代の青年の苦悩》を担う表象として位置づけられ、その帰属先として〈太宰治〉もまた〈青年〉という表象を引き受けていったのだから。

ここで本章3の検討に先立ち、〈青年〉の世代について論及しておこう。昭和十年前後において文学世代を前面にうち出したのは、《今日僕らの「時代青春」の歌》(「「日本浪曼派」広告」)を喧伝した保田與重郎らであるが、早くは三木清が「文学的世代の問題」(『文学』昭8・12)で、《芸術その他人間的活動のあらゆる領域》における《社会的世代の意味での世代》が《重要な問題》であると指摘していた。(14) 具体的には、《マルキシズムが活発になつた頃の社会の影響を何等かの形で受けた人たち(15)》というのが同世代青年作家の共通体験といえよう。そして実体(論)的な太宰治の左翼体験/転向問題とは別に、同時代の言説編成の中で同世代の〈青年〉を表象していくのが、昭和十年前後の〈太宰治〉なのだ。

3

ここで、昭和十年前後における〈青年〉を論じる前提として、当時の青年論ブームについて、広い視野から現象を確認し、それがブームと化した要因を考えておくことにしたい。

昭和十一年をピークとして青年論がブームと化していたことは、本章でとりあげていく青年論が量産された事実のみならず、次のような小林秀雄の一文からもうかがえる。

一時インテリゲンチヤ論といふものが流行したが、今度は青年論がこれに代つて賑やかだ。インテリゲンチヤの無力が云々されてゐたが、今度はお鉢が青年に廻つて来たといふ感じで別して変つた事もなささうである。[16]

小林らしい冷ややかな視線にあってなお、それが《流行》であったことは確認できるし、青年論（ブーム）のおよその概要を伝えてくれる、次のような匿名批評もある。

▼近頃「青年論」といふものが盛んである。それらを読むと、やれ現代の青年はニヒリステイックで夢がない、万事万端器用に立ち廻り、安価に人生を享楽しようとばかり身構へてゐて確乎たる理想がない、吾々の若いときは、などと云つた調子のものが多い。これではまるで親爺が子供に口小言をいふのに似てゐやしないか。而もさう云ふ連中が、三十四五歳の働き盛り、まだ青年に毛の生えたやうな連中なのだ。現代の青年は、かくも昔の青年と異つてゐるか。疑問である。[17]

実際、青年論ブームの渦中に発表された杉山平助「氾濫する青年論」（『文芸春秋』昭11・10）では、室伏高信『青年の書』（モナス、昭11）をはじめ、矢内原忠雄「自由と青年」（『中央公論』昭11・9）、森戸辰雄「青年論の性格」（『改造』昭11・8）、大森義太郎「ひとりの青年に宛てた手紙」（同前）がとりあげられるなど、総合雑誌には青年論が次々と掲載されていた。のみならず、雑誌特集としては、「青年問題

氾濫する青年論

杉　山　平　助

　青年論氾濫すれど青年たちは、あれは俺たちのことぢやない、知らん顔をしてゐる。中には、すでに青年らしくない人間まで、あれでは青年の心は動かせまい、とオセツカイの差出口をやつてゐるのもある。

　それなら、いつたい誰が青年だといふのか。商業學校や、大學へ行つても、青年がみつからないとすれば、何處へ探しに行けばいゝのか。

　いつたい青年とは何だ。誰も、これについて勝手氣まゝな、自分たちの立場から都合のいゝやうにのみ、性格づけをやつてゐることは、すでに森戸辰男が指摘した通りだ（改造）

　たしかに青年はあらゆるものである。だから、どんな定義づけだつて一部分づゝ當らないことはない。

　しかも、青年の正體の分らないことは、ホルモンの正體の分らないやうなものだ。

　ホルモンは無數の性質を持つて、複雑巨大なオーケストラを人體内に完成する。青年もまた、無數の性質をもつて、我々の社會に、その交響樂を鳴りひゞかせる。

　笛とセロだけが青年ではないのだ。喇叭もドラムもまた青年なのである。

　無限の快活さ、溌剌たる精氣、さうしたものを青年の持ち前だと考へてゐるものがあるそして陰鬱なヴァイオリンの音がまた青年の溜息だといふことを知らない。

　世の中に青年ほど元氣の消耗しつくした陰慘な、無力なものはない、と云つたら多くの人々は驚くであらう。

　だが、それは事實なのだ。有名なスタンレーホールの青年研究も、そのことを指摘してゐる。

　一般に處女期といふものが、非常に麗かな樂しい時期だと錯覺されてゐるが、事實はそれに反して憂鬱な力のない絶望に接近した季節だといふことを、エレンケイも自分自身の經驗として語つてゐる。

　青年が何故に、しばしば驚くべき勇氣を發揮するかと云へば、實は彼等が絶望に最も近い人であるからだ。世間の多數はこの祕密を悟らない。

　云ひかへれば彼は生命力に最も充實してゐるが故に絶望的であり、絶えず死の淵の周圍を漂泊してゐるのである。

　絶望と死とは最も親近的な關係を結んでゐることは、一般に知られてゐる。一つの生命の失はれるのを目撃する時、人の肉慾は激しく刺戟される。また戀愛に陷つてゐる人間は絶えず死について考へ、死にひきこまれ易いことは事實だ。

　青年期は戀愛の季節である。同時に死の季節であり、絶望の季節であり、同時に希望の季節なのである。

　この痛ましい精神的交錯は全く息苦しいまでの緊張を青年に强ひる。

　これは冒險の歡喜であり、恐怖である。このスリルから青年期の果てしないロマンチシズムが生れる。

　彼は、奪はれるべき何ものも持たない。青年は漂泊者であり、この世の不安定感の最も鋭いものである。

　それはスタートに立つものゝ戰慄だ。

　彼をはぐくんで來た母胎の温かみは、永久に彼を見捨てようとする。彼を支えて來た父や母や親戚やの一切の保護の手は、徐々に彼を離れようとしつゝある。しかも將來に於て、彼の存在を確保すべき如何な約束も彼は握つてはゐない。

　もちろん、この間に風船玉のやうな空想が湧き、典型的精神病者に類似した誇大妄想が彼の鼻孔を膨らませその言動をゼスチュアの大きなものとし、ちゞむさい分別で武裝された中年、或は老年者に無限の危惧の念を與へる。

　しかし三階の欄干につかまつて這ふ二歳の赤ん坊が、その本能の力によつて容易に墜落しないやうに、青天の誇大妄想も、案外の用心深さによつて、足をすべらすことを、免かれさせる自然の作用が働いてゐる。

　しかも、自ら力のない嬰兒が、大きな怪我をする力をもたないやうに、青年が足をすべらせたところで、その損害は案外に小さく、その恢復力は無限である。

　故に、過失を起さない青年ほど、青年らしくない青年はない。しかも今の世の中にはこの過失を犯すことのない青年が無限に増加して、日本中の青年の顔は老人のやうに見えて來た。

　彼等は、大學を卒業する前に三十通の履歴書をかく。

　何よりも、どの會社、或は役所がスタビリティの强度を持つかと計算する。

　自分自身の感覺はどこにも殘されてない。智識慾は薄弱で、青年特有の放浪癖さへ彼等には消滅してしまつたやうに見える。

　要するに動搖が何よりこわいのだ。實に馬鹿げたことではあるが、失ふものを持つてゐないものが、失ふことを怖れてゐる。

　金持が盗賊を怖れるといふなら、わけが分るが、貧しい人間が絶えず盗賊を怖れてゐるやうなみじめな格好が近頃の老人的青年だ。

　だが、さすがに今は、彼等さへ自分たちのおかれた位地にヤケくそになり始めた。

　三十通の履歴書が、全部役にたゝないことを知つた時、さすがに血が沸騰して、革命でも來ればいゝに！　と、この無氣力な連中が叫び出すのである。

　だから、右だつて左だつて、何だつて構やしない。彼等のヤケクソを、かきつかきのかきを掻いてくれるやうに、一時的に慰撫してくれるものの來ることを待ちのぞむのだ。

　そこには、理性は喪失し、唯感情があるだけだ。これは狡猾な支配者にとつて、コントロールし易い絶好の對象だ。催眠術にかゝりたがつて催眠術師の前に出る迷信家みたいなものであり女性とゝもに英雄にとつての最上のカモである。

　青年は、男でもなければ、女でもない。彼等は男であると同時に女である。

　從つて、その感動性は、しばしば人類にとつて光輝ある進歩性を與へるとゝもに、しばしば深刻な禍害を與へるのである。

　女性に參政權を與へることに、今では現實的進歩主義者たちは、一種の躊躇を感じてゐる検討」（『行動』昭10・2）、「反動期と青年」（『改造』昭11・8）、「青年はどこへ行くか」（『セルパン』昭11・9）、「青年に与ふる書（葉書回答）」（『ペン』昭11・11）、「現代と青年」（『日本評論』昭11・12）等があり、他に座談会として官吏五名と会社員二名による「青年官吏社員は何を考へてゐるか座談会」（『文芸春秋』昭11・7）、平田小六・真船豊・福田清人・高見順・徳田一穂・石川達三・豊田三郎・荒木巍・伊藤整「青年作家は語る」（『新潮』昭11・9）、青野季吉・阿部知二・芹澤光治良・戸坂潤・岸田國士・林房雄・三木清・小林秀雄・深田久弥・島木健作・舟橋聖一「座談会　現代青年論」（『文学界』昭11・11）等が催されてもおり、枚挙にいとまがないほどに、青年という主題は頻りに論じられていたのである。

その上で、この時期に、なぜ青年論がブームとなったのか、その要因を考えていきたいのだが、まずは座談会での林房雄の論断からみていくことにしよう。

> 今なぜ日本で青年論が盛んなのかといふと、今は妙な沈滞した時代——なるべく青年のイニシアチブを殺さうといふ時代だから、それが青年の性格に現はれて、非常に消極的なものが青年一般を支配してゐるやうに見える。僕らの方には青年は必ず新しきもの、積極的なものの応援者であつてもらひたいといふ気持、むしろ青年こそ新しいものを求める主体でなければならないといふ焦燥がある。〔略〕青年といふものは水のやうなもので、器次第で四角にも円にもなるのが青年の性格であつて、その青年をなるべく僕らが望むやうな「理想の青年」に変へてくれるやうな器あるひは時勢が出来ないかといふやうな焦燥が現代の青年論流行の一つの根拠だらう。(18)

ここでは、右の同時代の証言を足がかりに、三つの方向から漸近線を引いてみたい。第一に考えられるのは、次に掲げる「社説　青年学校とその指導者」(『読売新聞』昭10・4・2)が示すような、国内外の政治情勢に応じての国政レベルでの青年への注目と、その法的な整備、さらにはそれに端を発する青年という言葉の流通である。

青年学校令が制定され、いよいよ四月一日から施行されることになつた、従来の実業補習学校と青年訓練所とを合併し、統一ある制度の下に国民教育の最も実際的方面に於て効果を挙げようとの趣旨の下に制定されたものであるはいふまでもなく、今後の施設統制の如何によつては、相当の成果を納め得るだらうことは期待し得る。／その目的とするところは「男女青年に対し、その心身を鍛練し、徳性を涵養すると共に職業及び実際生活に須要なる知識技能を授ける」といふのであつて、この趣旨は目今の状態に見てまことに恰適のものであり、運用その宜しきを得ば、国民教育の上に或ひは一新紀元を画するの良成績を挙げ得るかも知れないのである。

翌昭和十一年、こうした青年への期待は、ねじれたかたちではあるが、大きな展開をみせる。これは青年論ブームの要因の第二として間違いないもので、その内実はといえば、次に戸坂潤が年次総括の回顧的文章で指摘する《今年の事件》である。

少なくも一頃流行つた不安や虚無のポーズは、今年の事件によつて、そのポーズ自身がけし飛ばされてしまつた。文芸家もこの事件によつて社会的関心をかき立てられた。文学の思想性（例三木清氏、私など）や作家其他の教養（例長谷川如是閑氏、私など）の問題が持ち出された所以である。青年論（室伏、三木、岡、大森、森戸、私など）や恋愛論（岡邦雄、杉山平助、神近市子など）も亦そこから発生した。[19]

右の引用冒頭で指示されるのは、シェストフ的不安などに代表される、昭和九、十年当時に目立った動きであるが、そこから断絶線を引いた主要素と位置づけられている《今年の事件》とは、二・二六事件を指す。この事件がジャーナリズムに及ぼす影響については、当時から（予想される国権の強化に対し）悲観的言及[20]があったが、ここで注目したいのはそれが文壇に対する外部性の導入として捉えられている点である。つまり、二・二六事件において代表＝代行＝表象された非常時の言説動向は、文学をめぐる場にも影響を及ぼし[21]、すでに喚起されていた文芸懇話会や非常時文学の問題とも相まって、大きくうねる時代との相関関係において、文学をめぐる場の内／外から多くの青年論が産出されていくことになるのだ。

こうした見方は、一人戸坂のみのものではなく、例えば「青年はどこへ行くか」という雑誌特集に一文を寄せた室伏高信も、次のように二・二六事件との関連を語っている。

青年論の勃興が青年……（ママ）運動を直接の契機として展開されたことは人のよく知つてゐることであ

る。青年……たち(ママ)の運動が一般的に青年の名を輝しいもの、魅惑的なもの、なにかしら「新しさ」をもつたものへと導いた。ここに最近の青年論の一性格がある。即ちファシズム的な色彩がどこかに存在しないとはいへないであらう。[22]

先述の戸坂の指摘を想起しながらここで注目しておきたいのは、ともするといつの時代にもみられる青年論[23]が、昭和十年前後、二・二六事件との関わりにおいて《「新しさ」》として受けとめられていた点である。つまり、この時期の青年論には何かしら固有の問題が託されていたはずなのだ。そして、ここにいう問題とは、実は昭和初年代の動向とも無縁ではない。

というのも、確かに青年将校というキーワード=文字は二・二六事件によって一挙にメディアを席巻し、そのことによって青年というキーワード=文字がトピックを形作ったことは疑いないとしても、ファシズム的なものを含めた様々な含意を孕みながら、二・二六事件以前から青年論は同時代的課題として水面下でくすぶり続けてきたはずなのだ。昭和初年代にマルクス主義に傾倒し、その後、転向あるいは運動スタイルの変容を余儀なくされた青年（層）の問題は、不況の影響もあり、昭和十年前後になってもなお解決されてはいなかったのだ。こうした事態こそ、青年論ブーム第三の、そしておそらくは根源的な要因であろう。この点については、島木健作が端的に次のように述べている。

青年論が出て来たといふのはそれはいろ〳〵の理由はあるが、それは一つはやはりマルクス主義が沈滞して以後の、僕らの一つ後の時代の青年の問題としてだとおもふ。[24]

こうした論点を、狭義の転向問題に留めず広くみていけば、本節冒頭で引用した小林の言もそうであったように、この時期の青年論は、一面、知識人論の焼き直しでもあったはずだ。

青年論は何も最近になつて急に台頭したのではない。学生論、知識階級論、サラリーマン論として、絶えず論ぜられては居た。しかし二・二六事件と共に青年将校といふ名称が人々の耳朶に強くひゞいたのを契機に、いろんな意味合ひから青年論が論題化されるに至つたやうである。〔略〕今日青年論の台頭した社会的理由は大いにあるのである。[25]

右にあげられている以外にも、文学をめぐる場で考えるなら文学青年や青年作家といった話題は折々論じられていたし、それらは〈太宰治〉とも陰に陽に関わった問題系でもあった。そして、こうした問題系は、《青年の問題がジヤアナリズムの問題であると呼ぶことができるなら、これを時の課題と呼ぶことが一層に適切である》と述べた室伏高信が、《現代と青年とが、いはゞ弁証法的に統一されて、こゝに現代青年の問題が生れた[26]》と論じてもいたように、昭和十年前後という歴史性を与件として顕在化したものであるはずなのだ。

この時期の青年論で強調される〝現代性〟とは、保田與重郎の指摘していた左翼運動挫折体験をもつ世代の特殊性と関連するだけでなく、《今日青年の問題は青年将校や青年官吏の問題として特に表面に現はれてゐるとはいへ、彼等の問題のうちには一つの世代に共通の問題が表現されてゐると云はねばならぬ。同様の問題は青年学徒にも、青年芸術家にもある[27]》のだし、実際、様々なメディアにおいて多様なテーマが議論されてもいた[28]。

とはいえ、ここでは対象領域を広げた議論を進める前に、青年論の基本形式を確認しておきたい。昭和初年代の発言になるが、大宅壮一は《「文学青年」「宗教青年」「政治青年」などといふ言葉には、普通多少軽蔑の意が含められてゐるやうである。ところで、その軽蔑はいつたいどこから来るのであらうか?》という問いを立て、次のように述べていた。

> 文学は時代の反映であり、「青年」はイデオロギー的処女地である。従つて時代は、「文学青年」の中に、最も正確な、そして最も精密な投影を見出すものである。それ故に、「文学青年」そのものは決して軽蔑さるべきものではなく、寧ろ重要な社会的意義を具へてゐるといふべきである[29]。

つまり、《「青年」》とは、青年以外のポジションから対象化され、その際に、曖昧な空白に何らかの意味内容が充填されることで、時と場合に応じて様々に意味づけられる変幻自在な表象の器なのだ。従って、昭和初年代から文芸復興期を経て十年代へという時代の変化、その社会的環境に応じて〈青年〉は意味内容を変容させ、《マルクスボーイは、完全に昨日の青年となつた。／そこで当然として、我々がここに積極的意義を果すものとして期待するのは今日のヤンガア・ゼネレエシヨンである!》[30]という声があがることにもなるのだ。

ならば、普遍的(非歴史的)ともいえる青年という言葉の、少なくとも昭和初年代の青年(論)からの差異・断絶(あるいは連続・同一性)を見極めておく必要があるだろう。

青年論が取上げられてきた。/何時の時代にあつても常に問題になる性質を帯びるものだが、今日の我が国に於ける場合のやうに適切なる課題となることも尠ないであらう。この課題を正しく解決することは、取も直さず、現代日本の社会性を正しく見ることである。〔略〕現代青年を解する上には、青年そのものより先づ環境を解するところがなければならぬ。〔略〕重なるものは政治的、経済的、社会的、思想的な諸環境である。[31]

右に新居格が正しく指摘するように、青年とは、明治以降現在に至るまで様々な時代の様々な場面・領域において使われてきた言葉ではある。となれば、青年の歴史的な固有性を決定するために重要なのは、青年の背後に広がる《諸環境》ということになる。こうした歴史的な視座は、本書で表象としての〈青年〉を考える際にも重要な賭金となるに違いない。

それでは昭和十年前後における、《政治的、経済的、社会的、思想的な諸環境》とは、どのようなものだったのだろうか。ここでは《今日の青年論は常にインテリゲンチヤと結びつけてのみ取り上げられる傾向が強い》[32]と指摘される青年論の中軸をなした知識人青年論——学生の問題から諸家の議論をとりあげ、徐々に視野を広げていくことにしよう。

昭和十年前後の〈青年〉は、例えば《一般に今日の青年が「夢みる力」を失つたことは事実だ》[33]といった消極性において特徴づけられ、表象される傾向が顕著である。具体的にみていくならば、加田哲二は「現代学生論」(『行動』昭10・1)で次のように青年を論じる。

要するに現代の学生がそのすべての方面において青年の意気を示し得ないといふ最大の根因は、現代社会機構における学生将来の不安である。この不安が学生層における憂鬱となつて、虚無的思想と行動とを生み、更らに軽佻性を生んで享楽と価値の低いものに対する陶酔とを生ずるのである。現代の学生と雖も社会の一員であり、大学において最も学生に接触する教師も現代社会の一員として、その知識層的不安を最も充分に感じてゐる。これらの不安からの結果が現在の大学の憂鬱を生み軽佻を生む。

ここには、シェストフ的不安の流行が過ぎ去る前に、経済的な困難(就職難)に直面し、未来に希望を持てない青年の現状が現代社会の問題として提出されている。こういった議論は、はやくは昭和初年代からあるが、現代学生の彷徨を問題化する動きは陰に陽に左翼運動(とその衰退)が一つの契機となってい[34]る。東大新総長・長與又郎(当時)はインタビュー記事において《私はこの頃の学生が覇気がないとは決して思はない》[35]と述べているが、むしろ《この頃の学生は、一般的に云つて覇気を失つたとはお考へになりませんか》・《最近の学生の覇気のないのは、一面希望をつないだ社会運動が弾圧され、それから就職困難といふ事情から醸されたと思ひますが・・・・》といった質問事項に輿論や言説動向が反映されているようにみえる。こうした見方を裏づけるように、河合榮治郎は《弱き性格だと批評される》・《現代青年》の《憂ひ》が、《何等の指導原理を持たないことにあるのではなく、余りに多くの指導原理を持ち、その故に原理が混沌とし》・《諸君の一人格の中に矛盾し対立し抗争している》のだとして、《哲学に沈潜する》ことを勧めている[36]。また、大内兵衛は東京帝国大学学生課編『東京帝国大学学生生活調査報告（昭和九年一一月現在）』（東京帝国大学学生課、昭９）等の資料を分析した後に、《今日の学生は過去のそれに比しては知的には多識であり、或は時としては甚だ優秀であり、感情的にはデリカであり、或は時としてはあまりに繊弱である、かくして彼等は思想的には甚しく懐疑的であり且つ無節操又は無主義である》との見解を示している[37]。《多くの論者達は、異口同音に、近来学生群に著しいことは、彼等がはなはだ意気消沈し、いたづらに思ひ惑ふといふ風である事実を強調してゐる。僕も、現代学生群を見るとき、なによりさきに、このことを痛感する》と述べて大内らの見解に賛意を示す大森義太郎は、その原因をとりあえずは《次第に深刻になつてくる就職難》とその結果としての《前途の生活に対する不安》に求めるのだが、《現代の学生群に対するマルクシズムの影響は、僕らが想像したよりも深いやうである》と表面的には沈静化した動きへの注意を促す。伏せ字の多い結論部で《現代の学生群がその自嘲と絶望からめざめ、萎靡沈滞と因循姑息の風を払ふには、客観的状勢の変化に俟たなければならない》と述べる大森の主張[38]は、おそらくは資本主義の誤謬をマルクス主義理論の実践において果たすことを目指したものだとみてよい。

しかし、日中戦争を控えた日本の《客観的状勢》が大森の目指すところと反対に向かっていたことを考えるなら、当時、学生（青年）は袋小路に追い詰められていたといってよい。こうした事態は学生のみに限らず、木村亀二が《今日の青年は、一般的な社会的不安と特殊な個人的不安との二箇の不安の渦巻の中に翻弄せられつつある[39]》というように、広く〈青年〉共通の問題でもあった。そこで能動主義や行動主義が唱えられもするのだが、大勢としては、さしあたり〈デカダンス〉と要約され得るような方向性が〈青年〉を対象化する視線によって、例えば《当今の我国の街頭のやうな頽廃的な淫風的な情景を見たことがない。当今の街頭の青年子女のやうな不快な浅薄な風態を見たことがない[40]》というかたちで代表的な〈青年〉表象となっていく。つまり、〝青年を対象化する立場〟において〈青年〉の現状は一様に否定的に認識され、その認識に基づいて〈青年〉に対して懸念・希望・激励・教育・要求等が言明されていくことになる。もっとも、こうした青年論の大勢に対しては、当事者（青年）の内在的な事情についての無理解ぶりが危惧されもするのだが[41]、それは結果的に〝青年を対象化する立場〟の優勢を示すばかりで、事態が変じていくことはない。

従って、昭和十年前後の青年論はその多くが青年教育論の体裁を採りつつ、昭和十一年下半期には事態は青年論ブームとして隆盛をみせていく。少なくともそれは、《青年論恋愛論の流行が、一応下火になつた[42]》という言明が新聞紙上に出た後もなお、「現代と青年」（『日本評論』昭11・12）という特集が組まれるほどには、勢いを伴ったブームであったことは確認しておきたい。その上で、青年論ブームと同じ時期に、

〈太宰治〉が〈青年〉と表象されていったことの歴史的な意味を考えるため、本章4では青年論の言説編成を微視的に検討していきたい。

4

では、昭和十年前後において、〈青年〉とはどのように表象されていたのだろうか。〈太宰治〉の動向と本章3の議論を視野に入れて検討していきたいのだが、文壇との関わりを考えた時、そこには近しい過去から〈青年〉をめぐる言説の蓄積があったことも見落としてはならない。というのも、この時期文学に限らない広範な領域で展開されていった青年論ブームに先駆けるかたちで、林房雄が明治維新に材を採った小説『青年』（中央公論社、昭9）を発表しており、同作は文壇で少なからぬ話題となっていたからである。

例えば、江口渙・徳永直・立野信之・中條百合子・川口浩・亀井勝一郎・窪川鶴次郎・森山啓・松田解子・渡邊順三「作品検討座談会」（『文学評論』昭9・10）の席上で、亀井勝一郎が《問題の中心といふのはあくまで現在の日本の青年の気持だとおもふ》と指摘し、あるいは江口渙が《「青年」を読み終つての印象は、いまの時代の青年に一つの希望を与へるとおもふ》と述べているように、その物語内容は〝転向の季節〟である現在と重ねあわせられながら位置づけられている。また、「故郷を失つた文学」（『文芸春秋』昭8・5）で文学世代の断絶を論じた小林秀雄も、「文芸時評」（『文芸春秋』昭9・6）において、《描き出されたものは、惟ふに陰惨だつた馬關戦争前後の世相といふよりも、寧ろ張り切つた青年の心だ、青年伊藤俊輔、志道聞多が描かれてゐるといふよりも、寧ろ描いた作者が青年なのだ》と、今度は作者の林房雄を軸として、やはり『青年』を現在のそれとして読んでいるのだ。

こうした文学をめぐる場での文脈をふまえ、昭和十年前後に議論を戻していくならば、この時期の《氾濫せる「青年論」にトップを切》り、ブームの中核を担ったと目される室伏高信『青年の書』（前掲）[43]がまずは注目される。河合榮治郎は同書を次のように紹介をしており、青年というテーマが同時代に広く関心を集めていたことをうかがわせる。

日本人によつて書かれた本で、近頃私が興味を以て読んだのが二冊ある、一つは菊池寛氏の「恋愛と結婚の書」であり、今一つが此の室伏氏の「青年の書」であつた。私がこの二冊に興味を抱いたのは恰も私自身がいつかかうしたテーマで本を書いてみたいと思つてゐたからであつた、私ならかう書くがと云ふ風に、私を著者と比較しつゝ読んでいつた。[44]

『青年の書』の内容をみてみれば、「序文」での《呼びかけの書》・《呼び醒ましの書》・《自由の書》だという自著定義に続き、《呼び醒ましつゝ、呼び醒まされたものに方向を、指標を、目的を与へようとするのがこの書の使命》として、具体的には《新時代の青年のために何等かの暗示を与へること》が目指されている。また、室伏は別のところで《今日の青年論の根本的性格》を、《進歩の象徴》ではなく《行きつまつた社会の絶望のしるし》・《絶望の極限においての一つのやりなほし、革新、若返りの象徴》だと論じている。[45]《新時代》・《今日》という言葉で〈青年〉に〝現代性〟を刻印した上で、〝青年を対象化する立場〟からの青年教育論を展開する室伏論は、ベストセラーとして俗受けしたことも含めて、当時の〈青年〉をめぐる代表的な認識枠組みに基づく、典型的な青年論とみてよいだろう。

このように前世代からの差異化によって〈青年〉に〝現代性〟を刻み込む表象が優勢な中で、前世代からの連続性を保持した言説群もある。『青年よ起て』（日本思想研究会出版部、昭8）で提唱される《行動精神》によって、世界救済・東亜新秩序等を成し遂げるところに《日本民族本来の使命》をおく露骨な民族主義＝帝国主義的な言説は、一九三〇年代を通してその力を膨張し続けていくのだが、例えば創刊以来青年を国家の未来を託すべき存在として鼓舞し続けてきた『青年』は、昭和十年初頭、次のような「巻頭言」を掲げる。

> 兎角、追随を事としてをつた我が国は、一九三一年を契機として、鮮かな一線を画して、自己のうちに高く真理を掲げようといふ自覚を持つた。この時から日本は生まれ変つたやうな意気に燃えた。日本人は決意を新にして立つた。殊に青年は唇を噛み、眥を決して、大地の上にがつしりと足を据ゑて、天の一角を睥睨して立つた。[46]

一九三一年（満州事変）を国際政治における契機とは捉えながらも《新に》なる以前からの《決意》が

前提されており、国内における左派弾圧の一方で《創造と建設とのために、過去の伝統を重視しなければならぬ。創造といひ、建設といふのも、久遠の古へより永劫の将来まで、どこまでも継続してゆく生命の流れの外にあり得るものではない》というような連続性の中に《時代の継承者》として位置づけられる〈青年〉は《実に国力の源泉》だとされる[47]。こうした位置（意味）づけによって、青年には《将来の日本を背負う》ことが期待されているのだ[48]。以上の記述は『青年』の言説空間を再構成したものだが、他にも単行本・パンフレットを通じて同様の議論が青年論の編成に寄与したと思われる[49]。《日本の青年の往くべき道は日本主義の道よりない》とする国民運動パンフレット第七輯・倉田百三『日本青年の往くべき道』（国民協会、昭10）はこの種の言説を最もよく代表しているものの一つだろう。そこでは《すべてを天皇へ！》・《祖国と共に栄えよ！》・《稜威を世界へ！》という三大スローガンが掲げられ、《東洋の民族を解放せんがためのアングロサクソンとの戦ひ》と《東洋の精神を擁護せんがためのソヴエトロシアとのたたかひ》とが、《世界文明史的な使命》と位置づけられ、これらの実践のために〈青年〉の存在理由（価値）が保証されることになる（となれば、その対極に位置するのは、デカダンス型の〈青年〉ということになるだろう）。

他にも、昭和十一年下半期を中心に多くの青年論が産出されていくが、ここで昭和十年前後の青年論の特徴をまとめておく。この時期の青年論は表層的には立場や対象領域において多様性を示すものの、その言説構造においては台座を共有している。まず、①他ならぬ現在において問題化される〈青年〉が、歴史社会的な外部の状況を主因として否定的に表象される。そして②青年論は〝青年を対象化する立場〟からの青年教育論として、現状は特に変わらないにも関わらず〈青年〉を未来のための潜在（的）能力において価値づけ＝意味づけた上で、③論者の目指す方向への変化（積極性）を求めていく。従って、〈青年〉と括られた内部の様々な差異は等閑視されがちになり[50]、青年論とは〈青年〉に託された様々な欲望の投影＝表象だったことが、メタ青年論によって次第に露呈されていくだろう。

はやくは昭和十一年七月末の匿名批評に《青年の内部へ深く入つてそこに腰を据ゑ、青年と共に悩み、青年と共にそこからの解放を探求する青年論には殆んど接しない[51]》という指摘があり、その後もこの点は改善されないまま、同種の批判が繰り返されていく。次の、身軽織助「学芸サロン　小姑的な青年論」（『中外商業新報』昭11・9・2）もその一つである。

論壇のテーマが青年論に集中されて華々しく論議されてゐるが、虚無と頽廃に低迷してゐる青年自身の立場から論じられてゐるものが殆んどなく、気難かしい伯父さんの放蕩児に対する意見のやうな議論が多いのは考へものである。〔略〕もつと現代青年の立場に深い理解をもち、虚無と頽廃の底に喘いでゐる青年の呻き声を聴いた上での議論でなければ、あらゆる雑誌の頁を青年論で埋め尽したところで、青年自身には一文の価値もない。

つまり、論壇における青年論とは、そのほとんどが言説化される際に言表の主体を遂行的に〝青年を対象化する立場〟へとおしあげることで構成されており、そこでは〈青年〉内部の諸問題・諸事情が顧みられることはない。こうした支配的な言説編成において対置すべきは、〝青年を体現する立場〟に基づき言説化された青年論ということになるだろう。もちろん、本節でみてきた青年論すべてが〝青年を対象化する立場〟からのものであったように、その劣勢はあまりにも明らかだが、そこでは様々な〈青年〉が抱える内部の諸問題・諸事情が、積極的な意味において表象されることになるだろう。このように考えてくるならば、昭和十年前後の青年論の言説編成とは、（大文字の）政治的な立場よりもむしろ、〝青年を対象化する立場／青年を体現する立場〟という座標軸に基づいて考えるべきなのだ。

ここで二つの相反する立場をより明確にするには、《虚無と頽廃》等を代表的標語とする表象としてのデカダンス（以下〈デカダンス〉と表記）への注目が有効だろう。昭和十一年末に、座談会の席上で青年作家全体の風潮を問われた武田麟太郎は、《デカタ（ママ）ンスぢやないと思ふな》・《デカタ（ママ）ンスの形はとつてゐるが、内容的には世紀末的な頽廃といふのとは全然違つてゐて、やはり建設的な、積極的な意味のある頽廃[52]》だと述べている。この発言から、当時〈デカダンス〉は〝青年を体現する立場〟と言説編成の上でも緊密な結びつきを有しており、同時に〝青年を対象化する立場〟からは否定的なニュアンスでまなざされていた様相がうかがえる。その意味で武田の発言自体が、〈デカダンス〉の同時代的位相を瞬間的に照らし出し、〝青年を対象化する立場／青年を体現する立場〟との葛藤を示している。本章5では両極の評価を視野に収めて〈デカダンス〉の検討に移るが、もちろんここでいう〈デカダンス〉とは非歴史的・実体（論）的に語られる放蕩無頼な生活態度などでは決してなく、昭和十年前後の〈青年〉をめぐる支配的な言説編成に対して亀裂を走らせ、抵抗線を引き得る表象の謂いである。

5

以下、改めて「ダス・ゲマイネ」と〈太宰治〉を議論の中軸に据え、〈太宰治〉と青年論との双方向的な交渉を〈デカダンス〉を結節点としながら探っていきたい。もっとも、〈デカダンス〉とは〈太宰治〉に限らず同時代の〈青年（作家）〉に差し向けられた表象でもあり、《新進作家が氾濫したこと》を昭和十年の《注目すべき文壇現象》にあげる田邊耕一郎は、新進作家十七人を五タイプに分類し、そこで太宰治を衣巻省三とともに《浪曼的なデカダニズム》[53]と評している。こうした〈デカダンス〉を《現代社会の醸成するもの》だとして一定の理解を示しながらも、市川為雄は「文学の問題性」（『早稲田文学』昭11・1）で《文学に社会的、人生的問題をとり入れることは絶対に必要》だと述べ、次のように続ける。

太宰治氏の「ダス・ゲマイネ」其他の如きも、巧みな筆先ではあるが、ある性格破産者の饒舌な生活記録にすぎない。かゝる作品が問題視されるところに現代的性格がうかゞひ知られる〔略〕デカダン的なこれらの風潮がやうやく若いゼネレーシヨンの間に瀰漫しようとしてゐる時、かゝる傾向に対する批判検討こそ必要であらう。

このように、《人生に何ら真摯にぶつかつてゐない》点を批判する市川は、〈太宰治〉を《現実に打負か

された デカダンスの徒》と評すが、その一方で《太宰治氏の小説「ダス・ゲマイネ」などは、表面的には全く架空で出鱈目な世界を描いてゐるが、その出鱈目な世界の行間に切ない行き場を喪ったインテリゲンチヤの自意識過剰の心情を滲ませてゐる[54]》という評もあるように、ここで問題なのは単なる賛／否ではなくその同時代的な布置である。

加藤武雄は《自然主義末期のデカタンが、人生問題の根本に根ざしてゐ》たことと比較して、《今のデカタンは、より多く社会的情勢〈略〉に原因するもの》だと指摘する。そして《此の原因は容易に排し難きものであるにせよ、排する可能の無いものでは無い[55]》と述べ、市川同様に現実逃避の相において〈デカダンス〉を批判している。しかしその一方で、亀井勝一郎が《人は現代青年の頽廃を反抗心の喪失と直訳しがちであるが、事実は、その反抗心から出発したものが頽廃であり、現在にあつてはその出道がなく、一の鬱積状態をつづけてゐるとみるのが正しくはないだらうか[56]》と述べるように、〈デカダンス〉に時代を刻印された〈青年〉の表徴を照らし出すものもある。となれば、〈デカダンス〉をめぐるこうした二極分離は、《デカダンスは、敗戦主義的な反抗である限りに於いて、死線に置かれた者の最後的な生の意欲である限りに於いて依然として我々の心を惹く》と述べる中島健蔵「デカダンスに就いて」（『現代文芸論』白水社、昭11）を読み、《今の時代に属する青年の気持ちと、僕等の時代の人間の気持ちとがどこで如何にちがふかがよく解つた[57]》という萩原朔太郎の説明が象徴的に示唆するように、〝現代性〟を帯びた〈デカダンス〉に対して一定の認識は共有されながらも、それを表象する立場によって、ある時は現実逃避として、またある時は反抗として、その評価は二分されていたといえる。

総じて、青年論をめぐる昭和十年前後の言説編成とは、歴史的社会的な外部の状況との相関関係において〈青年〉を表象し、表象する主体を〝青年を対象化する立場／青年を体現する立場〟へと引き裂いていく。また、〈デカダンス〉とは単に青年論における〝青年を体現する立場〟を代表するだけでなく、青年論の言説編成における差異の集約された葛藤のアリーナでもあった。このような言説編成に〈太宰治〉の同時代的な位置を重ねてみるならば、「ダス・ゲマイネ」を契機とした同時代評と青年論が織りなすディスクールの渦中で〈青年〉と表象され、中でも〈デカダンス〉の一つの代表と位置づけられ、意味づけられていく〈太宰治〉とは、単に〈青年〉と表象されていただけでなく、〈デカダンス〉とも重なる位置にあったといえる。従って、〈太宰治〉あるいは〈太宰治〉を宛先(アドレス)とした言説自体が、青年論の中でも言説化されづらい〈デカダンス〉という領域を開拓・確保するべく機能しており、それは同時に青年論をめぐる支配的な言説編成に対する抵抗(カウンター)でもあったと考えられる。

　昭和十一年末には〈太宰治〉はこうした位置にあったといってよく、《極めて現代の青年作家らしい一種の歪みを持つてゐる太宰治氏》について板垣直子は、《この作家に対してはかなり冷笑の筆をとる既成批評家もゐるやうだが青年層が想像以上に彼に注意を払つてゐるのは、彼も亦時代の犠牲者だからであらう》(58)と述べ、やはり世代・立場の分裂の中で〝現代性〟を帯びた〈青年〉の代表として〈太宰治〉を表象している。そして太宰治『虚構の彷徨、ダス・ゲマイネ』(59)（新潮社、昭12）の帯や広告（『文芸』昭12・7他）には《廿世紀のデカダンの子の切々たる悲歌を聞け》という宣伝文句が付されるようになっていく――。

6

ここまでの議論をふまえ、改めて太宰治なる作家の〝前期〟と〝中期〟とに挟まれた空白期の問題に立ち戻ってみよう。昭和十二年が歴史上のある転機であったことは諸家の指摘にもあるが[60]、青年論の昭和十二年前後における動きを、以下に検討していきたい。

それに先だち、昭和初年代の青年論にも論及しておく。初年代には《今日の青年の生活の間にはたしかに『現代青年の叛逆性』として總括的に取扱はれてもよい一脈の時代相》があり、《現状に満足し得ない不満と新鮮な要求》が《消極的にか積極的にか、叛逆の形式をとつて社会の表面に現はれて居》たという[61]。つまり、この時期〈青年〉には明確な反逆対象が措定されていたのだ。他にも左派からは《青年労働者諸君！このギマン的な日本帝国主義及び一切の改良主義者の仮面をヒンむくのは吾々の肩にかゝつてゐるのだ。そして又未来は青年のものだ！》[62]といったアジテーションが叫ばれ、目標設定とそれに対して主体的努力をする者こそが〈青年〉とされていた様相がうかがえる。ここに《青春何を反逆すべきか》（中村地平）という心情吐露に端的に示されたような、およそ主体的な目的・反逆などもち得なかった昭和十年前後の〈青年〉との位置・意味内容の差異は明らかであろう。

ところが昭和十二年になると、再び〈青年〉には明確な目的が、〝青年を対象化する立場〟から、しかも一元的に示されていく。青年論ブーム時には、マルクス主義的な青年論も掲載していた『日本評論』が昭和十二年に組んだ特集「一九三七年の青年に訴ふ」（昭12・3）は、《青年諸君は来るべき時代に対する抱負》をもつべきだとして、《現下の国家機構を改革して、天皇に帰一し奉ることが則ち憂国の要諦》だと訴える橋本欣五郎「青年に直言する」をはじめとして、〈青年〉を国家須要の存在として方向づける民族＝国家主義的な言説によって埋め尽くされていくことになる。[63] こうした動きは、青年論というディスクールもまた歴史的社会的な諸条件のもとに編成されたもので、そこには不可避的に政治（性）[64]が関わってくることを改めて確認させてくれる。のみならず、そのことは同時代の言説編成における〈青年〉と〈太宰治〉との位置（価）の相同性を考慮に入れた時、作家個人の〝物語〟の影で死角に追いやられてきた〈太宰治〉をめぐる諸問題を前景化する契機として、重要な意味をもつ。

では、以上素描してきた昭和十二年前後における青年論のシフト・チェンジの様相を、二人の青年論論者の議論をとりあげ、その論旨の変化を追いながら分析していこう。

まずは、昭和十一年・青年論ブームの中核を担った室伏高信から検討したい。ベスト・セラー『青年の書』（前掲）において、《青年よ、自由の旗を高くかざして大胆に且つ力強く進め！》と呼びかける室伏は、《諸君は自ら批判し、自ら決定し、自ら行動しなければならない。諸君の指導者はたゞ諸君だけである》と述べて、〈青年〉には積極的に自由を認め、その行動を自己決定に委ねていた。ところが、昭和十一年末の「現代と青年」（『日本評論』昭11・12）になると、《個人としての青年の問題は種族に奉仕しつゝ、その個を完了するといふことである》という一節において、《種族》という奉仕対象を設定した上で、《青年に呼びかけることのできるものは時代を指導することができる》というように、〈青年〉を対象化し得る指導者が措定されることで〈青年〉からは自己決定権が奪われていく。
もう一人、三木清の場合もみておこう。昭和十一年、《青年論も民族論と同様生物学主義に陥る可能性》に危惧を示していた三木は、《人間は社会的に活動することによつてのみ自己を形成し得る》と述べ、やはり〈青年〉の主体性を重んじる議論を展開していた。そして《彼等がまさに青年として伝統に縛られることなく新しい創造の主体となり得る》点・《社会の更新力》である点に、〈青年〉の《歴史的》な《意義》を見出していたのだ。(65)ところが、昭和十二年をまたいで《この大事件（支那事変／引用者注）にどのやうな意味を賦与するかが問題である》といいはじめる三木は、次第に《日本の行動の「世界史的意味」》(66)の《発見》を目指すようになり、〈青年〉には《愛国心》の必要を訴え、次のように述べるに至る。

今日の青年インテリゲンチヤにとつて求められてゐることは、我々の民族の世界史的使命の自覚から出発して、この使命に合理的基礎を賦与し、この使命の実現が可能になるやうな手段の体系を発見するために、理論的な方法的な研究に従事するといふことである。(67)

以上検証してきたように、ブームが過ぎ去った昭和十二年前後に、青年論は民族＝国家主義的言説へと一元的にシフト・チェンジを遂げる。これを可能にしたのは、昭和十年前後の青年論が共有していた〈青年〉を未来のための潜在（的）能力において価値づけ＝意味づける言説構造であり、その目的対象の一元化が容易に青年論全体の変容をもたらしたと考えられる。昭和十二年といえば、例えば島木健作は発禁というかたちで可視化された弾圧を被るが、太宰治なる作家にそのような事実はない。ただし、昭和十二、三年には太宰治関連言説が激減しており、この事態は微視的に検討しておく必要がある。以下、昭和十二年前後に組み替えられた言説編成が、〈太宰治〉をめぐる不可視の領域にどのような変容をもたらしたかを見極めておこう。

右の事態を解析するために、〈太宰治〉と〈青年〉の推移・変容をパラレルに捉えてみたい。まず、昭和十年前後の〈太宰治〉とは〈デカダンス〉に代表される〈青年〉として、支配的な言説編成によって封じられていた領域を表象していた。このこと自体が批評的な抵抗でもあるが、それはまだ言説編成に対して抗う余地があったということでもある。ところが、昭和十二年に入ると多様性を保持していた〝青年を対象化する立場〟の青年論が民族＝国家主義的な言説へと一元化されていく[68]。このことは〈デカダンス〉に代表される〝青年を体現する立場〟からの青年論が徹底的に封殺されるという青年論におけるシフト・チェンジを作動させるのみならず、同様の位置で言説化されていた〈太宰治〉を表象する領域を消失させ、〈太宰治〉を表象することそれ自体を困難な状況へと追い込んでいく。

昭和十年前後の言説編成において〈デカダンス〉と〈太宰治〉とがその孕む意味内容において等価性を有し、両者が〝青年を体現する立場〟を言説化する希少な宛先（アドレス）であった以上、昭和十二年のシフト・チェンジは〈デカダンス〉を表象する言葉と同時に〈太宰治〉を表象する言葉をも駆逐していくだろう。

こうして昭和十二年前後の言説編成において、水面下で〈太宰治〉は排除されていく。つまり、昭和十年前後に〈青年〉、中でも〈デカダンス〉と表象されていた〈太宰治〉（の意味内容）をめぐる排除の政治学が、作家表象の位置すべき領域を奪ったのであり、こうした事態の進行こそが、太宰治なる作家の〝前期〟と〝中期〟とに挟まれた空白期――その実、〈太宰治〉昭和十二年の空白に関わる歴史的な要因だったと考えられる。

注

(1) ただし、引用は『無頼派の祈り』(審美社、昭39)に拠った。
(2) 奥野健男『太宰治論　増補決定版』(春秋社、昭43)
(3) 海野武二「十月創作評　青年の頽廃の記録――「文芸春秋」の巻――」(『時事新報』昭10・9・25)
(4) 玉藻刈彦「豆戦艦　十月の雑誌」(『東京朝日新聞』昭10・10・9)
(5) 竹亭「学芸サロン　不真面目が取柄の新人」(『中外商業新報』昭10・10・20)
(6) 渡部芳紀「ダス・ゲマイネ「太宰治」」(三好行雄編『日本の近代小説Ⅱ』東京大学出版会、昭61)には同時代評・当時の太宰治書簡・戦後研究の概括がある。
(7) 新居格「文芸時評(3)「文・春」の新人作」(『東京日日新聞』昭10・9・25)
(8) 川端康成「文芸時評」(『文芸春秋』昭10・11)
(9) 中村地平「文芸時評(一)新人の場合(上)」(『都新聞』昭10・9・28)
(10) 中村地平「文芸時評(二)新人の場合(下)」(『都新聞』昭10・9・29)
(11) 岡田三郎「文芸時評」(『新潮』昭10・11)
(12) 関谷一郎「『如是我聞』――開かれてあることの〈恍惚と不安〉――」(『解釈と鑑賞』平11・9)
(13) 田中英光「生命の果実」(小山清編『太宰治研究』筑摩書房、昭31)

（14）「ダス・ゲマイネ」と同月号掲載の杉山英樹「世代について――哲学的書簡――」（『唯物論研究』昭10・10）は、三木論文を引き、《文学並びに文学史にとつて、その主体的條件として世代が、極はめて特殊的に重要な意義をもつ》と述べている。

（15）伊藤整「新人作家」（『新潮』昭11・12）。なお、デビュー以前の文学青年も含めて同様の指摘をした矢崎弾「文学青年よ何処へ行く」（『現代』昭10・7）も参照。

（16）小林秀雄「槍騎兵　青年論是非」（『東京朝日新聞』昭11・8・14）

（17）悪源太義平「大波小波　年寄りの冷水」（『都新聞』昭11・11・16）

（18）青野季吉・阿部知二・芹澤光治良・戸坂潤・岸田國士・林房雄・三木清・小林秀雄・深田久弥・島木健作・舟橋聖一「座談会　現代青年論」（『文学界』昭11・11）

（19）戸坂潤「I概観2思想界の動向」（文芸協会編『文芸年鑑一九三七年版』第一書房、昭12）

（20）戸坂潤は「出版現象に現れた時代相」（『文芸春秋』昭11・11）において、《新聞界が二・二六事件から受けたショックは、云ふまでもなく雑誌會、特に綜合雑誌も之を受けずにはおかなかつた》として《取り上げられるテーマも亦目立つてあたりさはりのない円滑なものへと移行し始めた》点を指摘し、その流れの中に青年論も位置づけている。なお、青野季吉「新聞様相論」（『改造』昭11・8）も併せて参照。

（21）座談会「青年作家は語る」（『新潮』昭11・9）を揶揄した路可居「大波小波　青年新進の愚痴」（『都新聞』昭11・8・20）では、《▼「青年作家」とある限りには、時節柄「青年将校」の半分ぐらゐの青年気があることだらうと、誰だつて考へるのだが。……「青年作家は語る」と新潮座談会はやつてゐる。ところがなんと愚痴から始まつて弁解に終り、ぼそ〳〵として結局何一つ語つてはゐない。作家と将校とではこれほどまでも違ふものか。》という一節があり、否定的な関係づけながら、《「青年将校」》と《「青年作家」》に通底すべき《青年気》が前提されている。

（22）室伏高信「青年論の性格」（『セルパン』昭11・9）

(23) 近年、青年という主題を論じた書物として、木村直恵『〈青年〉の誕生　明治日本における政治的実践の転換』(新曜社、平10) と北村光子『青年と近代』(世織書房、平10) があり参照したが、主要検討対象はいずれも明治期となっている。
(24) 前掲青野他座談会・注 (18) に同じ
(25) 新居格「最近論壇の傾向【3】青年論の台頭拡化」(『報知新聞』昭11・7・24)
(26) 室伏高信「現代と青年」(『日本評論』昭11・12)
(27) 三木清「青年論」(『日本評論』昭11・5)
(28) いちはやく、昭和十年初頭に「青年問題検討」という特集を組んだ『行動』(昭10・2) の諸論文は多様なテーマ設定において参考になるので、以下にそのタイトルを掲げておく。蝋山芳郎「政治と青年の能動性」(政治)、小松堅太郎「当局と学生生活の改善」(学生)、木村儀作「工場生活の健康問題」(労働者)、平林たい子「若き女性のモラル」(女性)、室伏高信「性の下降と高揚」(性)、小笠原道生「苦しすぎるスポーツ」(スポーツ)、向坂逸郎「俸給生活について」(サラリーマン)、長谷川如是閑「都会的又は農村的文化形態と教育」(農村青年)。
(29) 大宅壮一『文学的戦術論』(中央公論社、昭5)
(30) 一木敏「文学青年の社会的立場」(『若草』昭10・11)
(31) 新居格「現代青年論」(『日本評論』昭11・7)
(32) 窪川鶴次郎「文学・現代・青年」(『セルパン』昭11・9)。なお、引用箇所に続いては、《懐疑、不安、焦燥などといふ言葉のぴつたりするインテリゲンチヤと青年とを結びつけようとすることにこそ今日の青年論流行の本質を語る社会的な心理を見ることが出来る。》との指摘がある。
(33) 成瀬無極「今日の青年（一）」(『大阪毎日新聞』昭9・10・23)
(34) 鳩山一郎は「現代学生に與ふるの書」(『中央公論』昭8・9) を著し、《教室にあると、図書館にあるとを問はず、卒業後の就職問題如何が、彼らに対する重圧である》とした上で、《約束されるものと予期する職業が與へられない現実こそ、思想問題の震源地である》と指摘する。
(35) 長與又郎「現代の学生を語る」(『中央公論』昭10・2)
(36) 河合榮治郎「大学生活の意義――新入大学生に与ふる形式を以って――」(『行動』昭10・6)
(37) 大内兵衛「当代学生々活の一断面――『東京帝国大学学生生活調査報告』を読む――」(『改造』昭10・8)
(38) 大森義太郎「彷徨する現代学生群」(『中央公論』昭10・10)
(39) 木村龜二「不安時代と青年」(『雄弁』昭10・6)
(40) 小泉丹「当今学生風態」(『文芸春秋』昭10・10)。なお、菊本秀夫「近代青年の生活」(『行動』昭10・9)、殿井健二郎「近代学生気質(カレッヂ・ボーイ・ギョウジョウキ)」(『雄弁』昭10・6)も参照。
(41) 小林前掲論文・注(16)、向坂逸郎「論壇展望(5)三つの「青年論」」(『東京朝日新聞』昭11・10・11)、青野季吉「青年論と恋愛論【上・中・下】」(『中外商業新報』昭11・12・15~17)参照。
(42) 十返一「文学以前の問題【1】」(『国民新聞』昭11・11・18)
(43) 杉山平助「氾濫する青年論」(『文芸春秋』昭11・10)
(44) 河合榮治郎「青年に呼びかける書　室伏高信　自選著書―「青年の書」―【上】」(『読売新聞』昭11・7・17)。ちなみに、青年論と恋愛論は同時期にブームとなっていた。
(45) 室伏前掲論文・注(22)に同じ
(46) T・K「新しき使命に立つ」(『青年』昭10・1)
(47) 田沢義鋪「巻頭言　伝統の保持と時代の創造」(『青年』昭10・5)
(48) 岡田啓介「年頭に際し青年に与ふ」(『青年』昭11・1)
(49) 『青年』に掲載された論文をまとめた後藤文夫『青年と語る』(日本青年館、昭9)、《世の青年たるもの、大いに自重して、忠君愛国の精神を発揮すべきである》とする青年修養社編『(日本精神作興)多望多幸なる青年へ』(宏元社書店、

昭10）、安部磯雄『青年と理想』（岡倉書房、昭11）等。

（50）中野好夫「青年気質」（『日本評論』昭11・8）では、〈青年〉を《無類に分裂し》・《それぞれに甚だしく意識内容を異にした小集団》と捉え、青年論の一元的な論調を批判している。

（51）山東賦夫「壁評論　改造（八月の諸雑誌）」（『読売新聞』昭11・7・30）

（52）徳田秋声・尾崎士郎・青野季吉・武田麟太郎・阿部知二・新居格・中野重治・広津和郎・中村武羅夫「最近文壇の中心問題」（『新潮』昭11・11）

（53）田邊耕一郎「1935年の覚書　文壇　人間くさき文学」（『若草』昭10・12）

（54）寺岡峰夫「散文精神の確立――「詩的精神に反抗する散文精神」――」（『早稲田文学』昭10・12）

（55）加藤武雄「文芸時評（1）頽廃的傾向について」（『東京朝日新聞』昭11・5・30）

（56）亀井勝一郎「現代デカダンスの性格」（『帝国大学新聞』昭11・4・13）

（57）萩原朔太郎「復讐としての文学」（『コギト』昭11・7）

（58）板垣直子「今日のデカダニズム文学」（『文芸通信』昭11・12）

（59）同書書評である春山行夫「新選純文学叢書」（『新潮』昭12・8）には、《ある座談の席で、あるひとが室伏高信は恐らく日本の現代の青年の心理を知らないから、ああいふ『青年論』が書けるので、太宰の書くやうな青年が現代の二十年代の青年の姿であると知つたらどんなに驚くであらうと云つてゐた》という一節がある。

（60）例えば、一九三〇年代を《急進ファシズム運動の展開》による思想統制強化の時代と捉える北河賢三は、「一九三〇年代の思潮と知識人」（鹿野政直・由井正臣編『近代日本の統合と抵抗4』日本評論社、昭57）において、《マルクス主義に立脚する集団》・《左翼および自由主義的知識人による時局批判や文化運動》は《少なくとも一九三七年までは幾多の弾圧にもかかわらず、ある程度は可能であった》と述べている。

（61）菊川忠雄「現代青年の叛逆性」（『中央公論』昭5・7）

（62）若林信久「戦争と青年」（『プロレタリア科学』昭6・11）
（63）学生を対象とした青年論にも同様の傾向は顕著で、青年学徒が《大挙して大陸に行き、そして実質的に、新東亜建設のための事業に従事すべき》とする、杉森孝次郎「学生に與ふ——青年学徒と時代及時局——」（『改造』昭14・4）他参照。
（64）「政治（性）」という術語・概念は、宇野邦一「一九八六年の政治ゲーム、言語ゲーム、あるいは死のメニュー」（『現代思想』昭61・8）が指摘するように、《権力、国家、革命、抑圧、抵抗、暴力、権利、運動のような言葉》と結びつけられる《政府や、法や、議会や、警察や、階級によって機能するある可視的な装置》というよりも、《私たちの身体や、言葉や、観念や、食物や、移動や、関係に、網の目のように隈なくいきわたった細かい制度の連鎖》を想定しており、それを昭和十年前後の文学（をめぐる場）を具体的な検討対象として考えている。
（65）三木前掲論文・注（27）に同じ。三木の思想の変遷については、恒次徹「自由主義は可能か——三木清とロマン主義——」（『相関社会科学』平2・3）や町口哲生『帝国の形而上学　三木清の歴史哲学』（作品社、平16）に詳しい。
（66）三木清「知識階級に與ふ」（『中央公論』昭13・6）
（67）三木清「青年知識層に與ふ——愛国心と民族的使命に就いて——」（『中央公論』昭14・5）
（68）これに抵触しそうなもの、例えば『唯物論研究』は昭和十二年に廃刊されている。

第四章　「同じ季節の青年」たること

——「虚構の春」をめぐる作家情報／作家表象

1

特異な表現が注目を集めてきた太宰治「虚構の春」（『文学界』昭11・7）は、しかしその点にのみ特徴をもつ小説なのだろうか。そうではなく、小説を織りなす言葉と、それが同時代に果たした意味作用との相関関係にこそ、その主要な問題領域が存在するのではないだろうか。少なくとも、そう捉えた方が生産的な議論ができるのではないだろうか。

例えば奥野健男は、「虚構の春」の《師走上旬から元旦までに、主人公に寄せられた手紙だけを編集して長い小説にするという、珍しい手法》に注目し、その作家論的に捉えた小説手法を前景化しながら、次のような解釈を行っている。

明らかに実在の人の実際の書簡と思われるものの間に、作者がつくった架空の書簡が数多く挿入されている。自分への手紙にことよせて、外から自己を痛烈に批判し、また言いがたい心の秘密を告白する。他人からの手紙というかくれみののかげで、ミスティフィケーションにかくれて、左翼運動への裏切り意識、女への罪意識など、重要な真実が語られている。(1)

小説の言葉に先んじて実体（論）的な太宰治を前提し、そこから作家の内面を読みとった奥野は、それが《重要な真実》であると判断し、虚／実の閾を一挙に超えて実体（論）的な作家と作中の小説家を同一視している。しかも、右の指摘は、異例の長さをもつ、「下旬」一通目の書簡のみからでも展開し得る議論であり、その時、他の書簡を含めたトータルな小説の把握や、「虚構の春」の同時代的な位置（価）は死角に追いやられてしまう。

ここで、本章における問題の所在を明らかにするためにも、近年の「虚構の春」研究状況を参照しながら、その見取り図と問題点を描き出しておこう。太宰治を《この国の私小説的風土を利用し、いわば読者との共犯関係の中で、私小説的事実も物語の一切片として虚構の枠の中に組み込んでいく》作家と捉える東郷克美は、「虚構の春」の、《空白としての作中人物「太宰治」宛の来簡集という作品構成》に注目して次のように述べている。

このような形式自体、過剰な自意識の産物以外の何ものでもあるまい。自己宛書簡の引用というのも、考えようによれば、一種の自己言及だといえる。来簡集という構成こそ、つねに読者を意識しつづけて来た作中人物的作家の窮極の表現ではないか。自己とは他者の言説への反映の総体としてしか存在しえないというアイロニー。私小説が不特定の相手に向けられた私信のごときものだとすれば、これ（「虚構の春」／引用者注）は自己への私信の公開という、いわば裏返された私小説である。[2]

このような理解を、E・ゴフマン型印象操作の文学的実践と捉えれば、《読者を意識しつづけて来た作中人物的作家》たる太宰治とはメディア・パフォーマーであり、「虚構の春」とはその文学的パフォーマンスに他ならないだろう。こうした表現レベルの分析は、魅力的な上に、この時期の太宰治作品群（テクスト）の理解として一定の説得力をもつだろう。しかし、いかに実体（論）的な作家と《作中人物「太宰治」》とが腑分けされようとも、《私小説》というタームが用いられてしまう時、〝太宰治〟をめぐる混同は生起し易い。〝太宰神話〟という機制の中では小説の言葉（の集積）と実体（論）的な作家とが恣意的に相互参照され、無媒介的に接続されてしまう危険性が高いのだ。しかも〝太宰治〟という名（シニフィアン）には、〝破滅型私小説作家〟という文学史的なイメージ[3]も添えられている。従って、「虚構の春」のような小説を扱うに際しては、私小説という枠組みの相対化と同時に、水準を異にする〝太宰治[4]〟を腑分けしながら、小説をそれとして読むことが、まずは要請されるだろう。

ただし、本章では「虚構の春」のテクスト構造に配慮しながらも、それを物質的な基盤とした同時代における意味作用にこそ注目してみたい。というのも、「虚構の春」が、「太宰治」宛書簡から構成されている以上、その発表は、小説としてばかりでなく作家情報の開示として機能した可能性が高いからである。

もちろん、これは私小説という標語＝機制で「虚構の春」を領有していこうとする発想とは異なり、むしろ「虚構の春」が私小説的な機制を介して作家情報として意味作用を果たしていく回路とその様相こそを問題にしたいのだ。

こうした見通しに基づくならば、「虚構の春」とは、〈太宰治〉を成型していく重要な契機であったと思われる。しかもそれは、単に一つの作家表象の成型に留まらず、そこに昭和十年前後の〈青年〉という歴史性が織り込まれることで、昭和初年代を通じて左翼運動へのコミット／挫折を体験してきた世代の転向問題とも（作家論的実証とは別のラインから）切り結んだ文化表象の一つともいえよう。

2

まず、発表当時から言及の多い構成・形式に注目して、先行研究を援用しながら「虚構の春」のテクスト分析をしておく。『虚構の彷徨』三部作を《方法的には大胆な試作であり、結果として失敗作》と評す鳥居邦朗は、「虚構の春」について次のように述べている。

十二月一か月の間に太宰治に寄せられた手紙というものを、あるいは実物からとり、あるいは捏造して集める。太宰治には一言も語らせず、周囲からの様々の角度からの太宰観を列挙するのである。いわば描くべき太宰を中空化しておいて、その周囲からドーナッツ型に照明を集めて、太宰治の陰画を

作りあげようとしたのである。(5)

鳥居は、その結果、《本来そこに太宰治がいるはずのドーナッツの中心は、完全に空白のまま残されており、肝心の太宰は姿をくらませてしまっている》と論じている。右の指摘が重要なのは、テクストの示すものが仮構された作家像であるということが、《太宰観》という評語で示唆されながら、書簡群の基本的形式、書簡に関する実物／捏造、多層化する〝太宰治〟――作中小説家・宛先・書簡群から再構成され得る作家（像）――等、といった「虚構の春」に関する基本的な問題点が整理を兼ねて示されているからである。

周知のように「虚構の春」は書簡群によって構成され、物語的収斂が企図されない言葉の数々は、ひとまずは《有頂天の、自己卑下の、酩酊の、宿酔の、薬品中毒の、借金魔の、道化的に支離滅裂な一作家の私生活》(6)をモンタージュするものだとはいえよう。ただし、モンタージュされる太宰治像がどのようなものであるかについては、《文壇的野心あるいは自尊心》(7)や、《いたずらに拡散する》・《「太宰治」という名の〈私〉》(8)が読まれる一方で、鳥居のように《空白》(9)とされるなど、読者によって大きな振幅をみせることになる。

その意味で、《『虚構の春』の手法上の特徴》を《空白の受信者の補塡、書簡の結合、資料的読解といった役割を引き受けるよう、読者に働きかけてくる》点にみる、W・イーザーの読書論に依拠した次の鈴木雄史の指摘は、本章の議論にとっても有益だろう。

読者は、筆名太宰治を名乗る者から、『虚構の春』の題のもとにまとめられた書簡群を受け取る。そこには文面だけでなく、虚構の呈示者から書簡を示されるという状況も含まれている。受け取ったものを情報源に、「太宰」像の補填と書簡の結合とを自らの想像を加味して、読者は行なう。(10)

《想像》の一語に露わなように、鈴木の評言ではテクスト内の機能的な読者と実体(論)的な読者とが混同されているが、読書行為の要素を整理し、「虚構の春」受容の過程を、多層化する〝太宰治〟をふまえながら図式化し得てはいる。ただし、ここでは右の成果を承けつつ、《読者》の《想像》の介入が想定される以前のテクストの言葉を分析対象としたい。

まず、書簡群をていねいに読むならば、「太宰治」宛と断定できるものは四十八通に留まり、残りの書簡については他の書簡との内容的相同性や差出人、あるいは「虚構の春」というテクストの外延等によって「太宰治」宛らしいと判断する他ないのものである。また、「太宰治」という書簡の宛名も、それが「虚構の春」というテクスト内にある以上、まずは虚構の作中人物名として理解すべきである。加えて、「太宰治」宛書簡群のみが「虚構の春」というテクストを構成するというのも誤りで、テクストには鈴木の指摘以外にも「師走上旬」・「中旬」・「下旬」・「元日」という中じきり、書簡受取日と思われる「月日」が書き込まれている。(11)

こうした、〝太宰治〟という名の磁力(シニフィアン)にからめとられやすいテクストの相貌を確認した上で、改めて「虚構の春」の言語編成・形式的特徴やそこに内包された読解枠組みの検討に移ることにしたい。《作中「小説家」の《方法化》に《もっとも意識的な小説家の一人》として太宰治をあげる安藤宏は、「虚構の春」にふれて《さまざまな遠近法のもと、作中に読み手の視点を仮構することによって文壇作家、「太宰治」のイメージを〝神話〟化してしまうこと[12]》という実践を指摘している。もっとも、本章の理論的基盤からはこの指摘に対しても、《演出》する実体（論）的な作家主体が前提されている点では首肯しかねるのだが、書簡群から読みとり得るのは確かに《「ダス・ゲマイネ」発表後、それがついに正当な評価を得られなかったことが明らかになるまでの間の、文字通り、世人の評価の集積にほかならない[13]》のであり、それらが書簡群の宛名「太宰治」との関係（距離）、話題内容（用件・人物評・作品評等）といった要素に応じて宛先（アドレス）＝「太宰治」に向けてテクスト内で多様に配置されており、読者は、宛先（アドレス）＝「太宰治」への回路（距離・親密度）を《さまざまな遠近法》において辿るようにテクストが編まれていることは確認できる。しかも、読者の欲望をかきたて、視線を集めていく「太宰治」像というテクスト内の虚焦点（ブランク）は、書簡群の言葉によっては過不足なく充填することができず、《〈太宰治〉の不可視の領域が残ってしまう[14]》。これは逆にいえば、「太宰治」に関する断片的情報によっては言語化されない領域がテクスト内に確保（仮構）されることを意味し、「虚構の春」自体が、宛先（アドレス）＝「太宰治」への内面の読み込みや外部の情報を積極的に誘引する機構（メカニズム）を備えているのだ。

以上の議論をふまえて、「虚構の春」の形式構造を〝太宰治〟という名（シニフィアン）を軸に今一度整理してみよう。まず、〝太宰治〟とは書簡群の宛先であり、従って書簡を編成する言葉の宛先であると同時に書簡群共通の話題人物として現象している。それらは「虚構の春」と題された小説の署名とも、小説家という職業的同一性にも補強されて接続されるだろう。この時、署名から想像＝創造される実体（論）的な作家（像）が構築されるとともに、書簡群の内容との間に双方向的な回路が切り拓かれる。この時点で「虚構の春」が太宰治なる作家が自らの下に寄せられた書簡を自ら構成したテクストだという理解が成立し、さらに小説というジャンルの枠づけや書簡の虚構性から、実体（論）的な作家＝太宰治による書簡の創作が想定されもし、次第にテクストに書き込まれていない虚焦点（ブランク）である作中小説家が、実体（論）的な作家と読者を媒介とした相互参照により肥大化・実体化され、その返照を受けて他者を仮構し自己像を描出しようとする作家の自意識や文壇意識が問題化され、「虚構の春」は《裏返された私小説》としての輪郭を整えていくことになるのだ。

　では、いかなる機構（メカニズム）の作動によってこのような事態が生起するのだろうか。その要因としては「虚構の春」が、読解枠組みをなす書簡群（作家情報）が読者に伝達されると同時にテクストそれ自体を読み終えるという具合に、テクスト総体が読解枠組みを構成しているという事情に拠るところが大きい。換言すれば、「虚構の春」とは、巧みに配されて多層化された〝太宰治〟に関する作家情報がパッケージングされ、それが（読者の手持ちの太宰治情報の多寡に関わらず）読書行為と同時に読者に伝達されるテクストなのだ。この時、〝太宰治〟とは、作中小説家／書簡宛先／書簡群から再構成され得る作家（像）／署名／実体（論）的な作家、といった本来異なる水準を貫くシニフィアンとして、それらが抱えるイメージ・情報の総体を体現していくことになるだろう。従って、今一度確認しておくならば、「虚構の春」とは実体（論）的な作家と作中人物が読書行為のうちに同一視されるという意味での私小説では決してない。この文脈において、山﨑正純の次の評言は興味深い。

〈私〉とは言葉であり、それ以外には〈私〉は存在しないという確信から、太宰治も表現を開始した作家であった。そしてその限りにおいて、太宰治の作品はすべて〈私〉小説だといえるのであり、「虚構の春」はその極北の位置にあって、〈私〉を語ることの可能性の最大値を、われわれに示しているのである。(15)

もちろん、こうした表現者＝太宰治の捉え方も、本章の議論と理論的基盤を異にするものの、言葉＝〈私〉という論断には共鳴する。なぜなら、テクストの言葉こそが虚焦点(ブランク)に作中小説家「太宰治」を構築し、それは書簡宛先と署名との同一性とによって補強され、その上「虚構の春」の作家（像）までもが構築されるといった具合に、所与とされた主体が書記行為をするという一般的な認識が転倒され、読者の読書行為を経た読みの地平においてこそ、テクストを織りなす言葉が多層的な〝太宰治〟なる主体（像）を構築していくのだから。

3

昭和十年に文芸誌デビューを飾った〈太宰治〉は、同時代の言説編成において「芥川賞事件」や「ダス・

ゲマイネ」等によって大量に産出された太宰治関連言説によって〝知識人青年の苦悩〟を代表＝代行＝表象する位置を占めつつあったが、「虚構の春」発表とほぼ同時期には、第一創作集『晩年』の出版もあり、次第に個性的な作家表象として成型されつつあった。[16] 本節では、そのような時期に発表された「虚構の春」の同時代評の分析を通して、〈太宰治〉との相関関係を視野に入れつつ、その同時代における意味作用を探っていきたい。

まずは、新聞紙上の文芸時評から、最もはやい不渡鳥「もつと苛烈な自己分解を　カツテイング小説太宰治の『虚構の春』」(『国民新聞』昭11・6・19) 全文を引いておく。

日本浪漫派の若き巨匠（?）太宰治が「文学界」七月号に「虚構の春」といふ六十頁に亙る小説を書いてゐる、読んでみるとこれが全部佐藤春夫、井伏鱒二その他有名無名の実在人から太宰宛に寄越した、本当の手紙から出来上つてゐる、かういふ形式は書簡文学のひとつの変形的なものであつて別に異とするに足らない、現に（といつても実は大昔だが）十八世紀頃のフランスの小説家がよく用ひた手でルツソオ、ゲエテなどにも、その例を見ることが出来る、他人から来た手紙の排列に依つて己れの生活、感情、思想を捨象的（?）に浮び上がらせ、紙背に窺はせようといふのであつて、その文学的芸術的価値の高さ低さは作者のモンタアジユ的手腕、才能の如何にかゝつてゐる、この小説もその点に於ては決して作者の才能を裏切る様なものではないが、まだ多分に自己への甘えがあり手心があるつまり自分に都合よくカツテイングしてあるやうだ、かういふ形式の文学は特に一層苛烈な自己分解を行つてこそイミがあるのであつてさうでないなら非常に安易な散文精神の稀薄な邪道であると信ずる、しかもこれらの手紙の著者が作者の周囲に現存してゐるとするなら往々にして悖徳的、人間的道義に反すやうな場合を惹起しがちなものだ、筆者はこの小説の場合がさうであるといふのでは毛頭ないが太宰治にしてこの小説創作の動機のひとつに鬼面人を驚ろかすといふが如き気持がなかつたか否かを否定しがたいのをイカンとする

テクスト構造の簡潔な要約にもなり得ている右の同時代評では、《作者》自身の他者という鏡（手紙）による自己相対化の不徹底が批判されているが、やはり議論の基盤として実体（論）的な太宰治と作中小説家の同一性が前提とされている。その機構（メカニズム）については本章2でふれたので繰り返さないが、不渡鳥評において重要なのは、自己相対化の不徹底が「虚構の春」の不出来としてではなく、《太宰治にしてこの小説創作の動機のひとつに鬼面人を驚ろかすといふが如き気持がなかつたか否か》という作家の態度・モラルへの批判として表明されていく点にある。こうした視線は、《自分へ宛てられた手紙の形式で世評への弁解やら、とめどもない自惚れをだらく述べたてた鼻もちのならない愚作(17)》という酷評を産みもし、本来虚構であるはずの作中書簡の虚／実が問われる事態を招きもする。楢崎勤「文芸時評【6】『青葉木菟』味」（『報知新聞』昭11・7・3）はその一例である。

最初読み出した時には、書簡体の形式の作品かと思つてゐると、このことは私個人の打明け話になる

が、たま〳〵何ページ目かで、私が太宰氏に出した葉書の文句が挿入されてゐる個所にぶつかつたのである。(発信人の名は変名になつてゐるが)私は、そこでこの作品を読み続けることを止めてしまつた。一体この小説は、どこまでが作者の創作になり、何の部分が他人の書簡をそのまゝ挿入してゐるのかといふ、さういふ疑念に陥つたからである。つゞいて、頁を繰つて行くと佐藤春夫氏の書簡が出たり、井伏鱒二氏の手紙が点綴されてゐる。これは、作家太宰治へ宛てた書簡のモンタアジユではないか。一体これは太宰治の創作であるといへるであらうか。しかし、このモンタアジユした他人の手紙によつて、作者は作者の風貌を浮彫しようとの意図であるのか。これは他人が書いたところの太宰治を主人公とする身辺小説といふのであらうか。

こうして同時代においてすでに、テクストの虚構線は破られ[18]、《創作》という概念が《作者》において問題化され、そのような形式構造が《他人が書いたところの太宰治を主人公とする身辺小説》と評されることになる。このような理解に基づき、楢崎は「虚構の春」を《奇怪な小説》と呼んだのだが、それを具体化するならば、《精神乖離症といふ精神異常者の、妄想型に帰するものゝ手記の如く見える》[19]ということになるだろう。ここでは、自己を書くに際して複数の他者を仮構し、その自己照射によって自己表象を企図する作家の創作態度や自意識過剰(性)が《妄想》と表象されている。総じて、新聞紙上では形式の特異性の他は、実体(論)的な太宰治、ならびに、その態度に議論の焦点が絞られ、作家の才能は評価されるものの、小説自体に関してはおおむね否定的な論調が支配的であった。

次に、雑誌媒体における「虚構の春」関連言説をみてみよう。最も好意的なのは、紙背に書き手の《姿》を見出した、次の室生犀星「文芸時評」（『文芸春秋』昭11・8）である。

太宰治氏の「虚構の春」は巫山戯切つた人を莫迦にした作品だといふ人もゐたが、私は却つてこのなかにこそ夥しい傷みやすい若い作者の心が読まれたくらゐである。〔略〕中野氏よりずつと若く一層小説の入口で手に一杯の荷物を提げてゐる太宰治氏が、その小説の入口にからだがつかへてそのまま立往生してゐるやうな姿を見出すのである。

ここで犀星は、《巫山戯切つた人を莫迦にした作品》という解釈可能性を認めながらも、同じ「虚構の春」からかなり明瞭に〈苦悩する太宰治〉を読みとっている。おそらく犀星は、「虚構の春」の言葉を直接の契機としながらも〈太宰治〉の意味内容も加味した上でテクストの虚焦点（ブランク）に〈苦悩する太宰治〉という作家像を描き出し、つまりは「虚構の春」の理想的な読者を演じているのだ。また、同人雑誌からは、次の石門寺博「芸術科ロビイ」（『芸術科』昭11・8）のような評が出てくる。

しきりに力作呼ばはりをする太宰の「虚構の春」（文学界）は、ナント書簡文の吹きよせである。作者の環境を通して、新世代の雰囲気が醗酵し泡立つものは感じとるが印象雑駁で徒に読者をして疲らせる事甚だしい。小説的整理を加へてなくては人様の前に出せぬ代物ではないか。

モンタージュ形式の機能不全が指摘されるとともに、《作者の環境》までもが読みとられているが、何より重要なのは《新世代》の青年らしさを代表＝体現した作家表象として〈太宰治〉が把握されている点である。ただし、本章4で詳論するが、「虚構の春」を構成する書簡の各所に、〈太宰治〉を〈青年〉の代表と位置づける記述があったこともまた、重要な要因だったと目される。つまり、右の同時代評には、表層の賛／否とは別に、「虚構の春」を構成する書簡の宛先（アドレス）「太宰治」への同一化の欲望が潜在しているようで、「虚構の春」とは読者にそうした欲望を喚起する装置としても機能した側面をもつと思われる。《とに角面白く、遺憾なく太宰治色を満喫した》と絶賛を呈す秋沢三郎は、「虚構の春」の本文を引用した上で、「太宰治の『虚構の春』」（『文学生活』昭11・9）で次のように述べている。

> 嘉村礒多、太宰治のやうに、こんなふうに、ある性格、世にざらにあり、しかも軽んじられてゐる性格の立派な代弁者となりおほせること、これこそ作家の個性でなくてなんであらう。これこそ作家として誇つてよい立派な個性だ。

こうした、〈青年〉の代表としての〈太宰治〉を「虚構の春」から直接的・間接的に読みとる同時代評が散見される反面、大勢をなした「虚構の春」の否定的評価もみておこう。

> この放埒には手がつけられぬ、といふところを意識してやつて見せてゐるのだから困りものだ。われ

われには、手堅くまとまつて別に新味もない作品や、新聞の卑俗小説を書くかたはら申訳に書いた創作を読んだ揚句には、思ひ切つてハメをはづしたものを読みたくなる気持もあるのだが、「虚構の春」の道化には途中で退屈させられる。

右の「文芸時評」(『新潮』昭11・8)で森山啓が難じているのは、作家の創作態度であり、作品評は後回しにされている。また《第一に冗漫の感じを受け》たという谷崎精二は《無論作者は冗漫を意識してかうした形式を執つたのであらうが、冗漫な形式の中からやむにやまれぬ何物かゞ沸騰し、迸出してゐるならいゝが、此の冗漫は一つの技巧として使はれてゐるだけで内容は平凡である》と評し、《六十頁の此の作を読んで徒労を感じ》ている。しかし同時に、《おそらく此の作者としても自信のある作ではあるまい》と述べ、《次ぎの力作に期待》することも忘れていない。[20] いずれも、〈太宰治〉の意味内容(作家的才能の評価)や、テクストの背後に実体(論)的な太宰治(像)が前提とされている点が確認できる。

以後も言及の多い「虚構の春」だが、[21] 小説自体の評価が決して高くない中で前景化されていくのは作家の個性であり、言説編成においても〈太宰治〉は個性的な作家(表象)として承認され・流通していく。その証左の一端を、深田久弥「創作」(『文芸』昭11・12)から引いておく。

太宰治「虚構の春」——これだけ人を騒がせる作家は、それだけにても既に一存在なり。人々は悪口は云ふが徹底的に黙殺し得ない点がこの作家の強味である。

年次総括の一部をなす右の一節や本節の議論を改めて想起するならば、契機としての「虚構の春」は、その特異な形式や作家をめぐる興味等によって同時代の言説編成において盛んに召喚・言及されることで、遂行的に〈太宰治〉の成型に積極的な役割を果たしたのだ。

4

最後に本節では、「虚構の春」を織りなすテクストの言葉がどのように〈太宰治〉を成型し、そこに〈青年〉という主題が織り込まれていったのか、本文に即して検討しておく。

まず、「虚構の春」の署名〝太宰治〟と、書簡の宛先(アドレス)あるいは書簡の文面に出てくる作中人物「太宰治」を、ひとまず腑分けするところから出発しよう。その上で、ということは、ひとまずはあの太宰治について知っている事象をカッコに括った上で、テクストがどのように虚構の作中人物「太宰治」を描き出しているのかを検討していこう。

「師走上旬」一通目の書簡には、「お言ひつけの原稿用紙五百枚、御入手の趣、小生も安心いたしました。」とあり、以後も「太宰治」が作家だということは、折にふれて強調される。併せて、「虚構の春」においては、「太宰治」の作品と思しきものとして、「めくら草紙」、「猿面冠者」、「ダス・ゲマイネ」、「ロマネスク」、『晩年』、「逆行」、「道化の華」、「もの思ふ葦」があげられ、これらの作品に共通する署名〝太宰治〟が媒介となって、「虚構の春」の作中人物「太宰治」が、文壇に躍り出たあの新進作家〝太宰治〟と二重写しにされていくことになるのだ。ただし、こうした接続が、テクスト内の言葉によって切り拓かれた回路によるものであることも確認しておくべきだろう。つまり、「虚構の春」を読む際には、「下旬」十三通目、次の一節に集約された問題を考えておく必要があるのだ。

文壇ゴシップ、小説その他に於ける君の生活態度がどんなものかを大体知つてゐる。しかし、私は、それを君のすべてであるとは信じたくない。

太宰治なる作家に関する情報で充たされた「虚構の春」は、形式において小説であり、内容において文壇ゴシップ的である。そして、そのことは、右の一節によってテクスト内で自己言及的に承認され、先にあげた「太宰治」のそれと同一名の署名をもつ小説名、さらには、テクストに散りばめられた固有名あるいは固有名を容易に喚起する言葉によって、その接続を確かなものとしていく。本章3での検証にも明らかなように、それらの総体は、テクストの言語編成、ならびに、同時代の受容モードの中で〈太宰治〉という作家表象へと収斂していくのだが、もう一点、その収斂への運動と並行して起きている事態を見極めておこう。例えば、「中旬」の、「大阪サロン編輯部、高橋安二郎」書簡の、次の書き出し。

月日。

「お問ひ合せの玉稿、五、六日まへ、すでに拝受いたしました。けふまで、お礼遼巡、欠礼の段、おいかりなさいませぬやうお願ひ申します。玉稿をめぐり、小さい騒ぎが、ございました。太宰先生、私は貴方をあくまでも支持いたします。私とて、同じ季節の青年でございます。〈以下略〉」

ここでは、「大阪サロン編輯部」で、「太宰治」なる作家の原稿をめぐって、意見の対立があったことが「小さい騒ぎ」として示唆されている。「高橋安二郎」は、「太宰先生」の側についたようだが、その理由が「同じ季節の青年」であることに注目しよう。つまり、「太宰治」という作家個人の味方というよりは、同時代の〈青年〉を体現している限りにおいて、「太宰治」は「支持」されているのだ。そしてそれは、ある人々には反発を買うタイプの〈青年〉でもあるようだ。そのことは、「虚構の春」の中で最も長く、最も有名だと思われる「下旬」一通目、左翼運動からの逃避と心中未遂事件を、「太宰治」なる作家からの伝聞をもとに小説もどきに仕立て上げた、「清水忠治」書簡の書き出しに明らかである。

月日。
「突然のおたよりお許し下さい。私は、あなたと瓜二つだ。いや、私とあなた、この二人のみに非ず。青年の没個性、自己喪失は、いまの世紀の特徴と見受けられます。〈以下略〉」

そして、このように宛先（アドレス）である「太宰治」を〈青年〉の代表と見立てる書簡は、文字通り〝太宰治〟を代表＝表象する言葉をその書簡に連ね、それを吸い込む虚焦点（ブランク）＝〝太宰治〟を、「いまの世紀」の〈青年〉

として成型していくことにも寄与する。

私たちの作家が出たといふのは、うれしいことです。苦しくとも、生きて下さい。あなたのうしろには、ものが言へない自己喪失の亡者が、十万、うようよして居ります。日本文学史に、私たちの選手を出し得たといふことは、うれしい。雲霞のごときわれわれに、表現を与へて呉れた作家の出現をよろこぶ者でございます。（涙が出て、出て、しやうがない）私たち、十万の青年、実社会に出て、果して生きとほせるか否か、厳粛の実験が、貴下の一身に於いて、黙々と行はれて居ります。

「太宰治」なる作家を〈青年〉の代表として表象する右の書簡には、代表化の運動そのものに対する同一化への欲望が織り込まれている。つまりは、「太宰治」なる作家を、〈青年〉のロール・モデルとしてまなざそうという欲望である。そしてもう一つ特徴的なのは、こうした「太宰治」なる作家を〈青年〉の代表とみなす書簡の差出人は、多く文壇人ではない、「ものが言へない自己喪失の亡者」たる人々、それでいて「太宰治」が書く小説の読者、それもおそらくは〈青年〉と呼ばれる人々であることだ。

月日。

「拝啓。突然ぶしつけなお願ひですが、私を先生の弟子にして下さいませんか。私はダス・ゲマイネを読み、いまなほ、読んでゐます。私は十九歳。京都府立京都第一中学校を昨年卒業し、来年、三高文丙か、早稲田か、大阪薬専かへ行くつもりです。小説家になるつもりで必死の勉強してゐます。先生、どうか私を弟子にして下さい。それには、どんな手続きが必要でせうか。〔略〕どうか御返事を下さい。太宰イズムが、恐ろしい勢で私たちのグルウプにしみ込みました。殆ど喜死しました。〔以下略〕」

差出人が語る出自は、自分もまた〈（知識人）青年〉であるという自己表象に他ならない。こうした〈（知識人）青年〉において、「ダス・ゲマイネ」という小説を通して「太宰治」という作家への熱烈な信奉が高まったというのだから、これは現実世界における、理想的な〈太宰治〉の流通の仕方であるといえよう。そして、本書第三章で詳論したように、昭和十年前後の〈太宰治〉が〈青年〉を体現する表象であった以上、このことは言説編成における問題でもあり、その意味で右の書簡は、この時期の〈太宰治〉の位置（価）をめぐる小説化された寓話として、自己言及的に「虚構の春」に取り込まれていたのだといえる。

こうした、「虚構の春」における宛先（アドレス）＝「太宰治」を〈青年〉の代表として表象することで、自らもまた〈青年〉として主体化を遂げようとする欲望に満ちた書簡群は、虚／実の境界線を溶解させていくかのようである。また、形式的な面に注目するならば、来簡の構成による「虚構の春」という、破格の小説表現それ自体もまた、〝新しさ〟とともに〈太宰治〉を表象していたと思われる。さらに、本章で言及し得なかった固有名や身辺小説的な内容は、同時代に流通していた〈太宰治〉の意味内容（作家情報・ゴシップ等）とも相互参照を繰り返しながらそのリアリティ増幅させ、それら総体がまた〈太宰治〉を更新（リニューアル）していくはずだ。
　総じて、「虚構の春」というテクストの歴史的な位置・存在それ自体が、〈太宰治〉という器に多くの作家情報を充溢させていくと同時に、〈太宰治〉は少なからぬ敵をもつ〈青年〉の旗手として、〝新しさ〟や〝個性〟を表象する宛先(アドレス)として成型されていったのだ。

注

（1）奥野健男『太宰治論　増補決定版』（春秋社、昭43）
（2）東郷克美『太宰治という物語』（筑摩書房、平13）
（3）平野謙『芸術と実生活』（大日本雄弁会講談社、昭33）参照
（4）こうした論点は、「虚構の春」ばかりでなく、〝太宰治〟という主題を論じる際にも重要なはずである。
（5）鳥居邦朗『太宰治論　作品からのアプローチ』（雁書館、昭57）
（6）野口武彦「小説手法としての手紙――太宰治と『虚構の春』――」（『国文学』昭54・11）
（7）曾根博義「「虚構の彷徨」論――「道化の華」の方法を中心に――」（『一冊の講座太宰治』有精堂、昭58）
（8）花田俊典「『虚構の彷徨』――太宰治の悲劇、〈私〉の喜劇」（『国文学』平3・4）
（9）鳥居前掲書・注（5）に同じ
（10）鈴木雄史「彷徨する読者――『虚構の春』の手法」（『論樹』平1・9）
（11）高和政「『虚構の春』――総合化された返信」（『解釈と鑑賞』平13・4）にも同様の指摘がある。
（12）安藤宏「作中「小説家」の生成と展開――太宰治を例として――」（『国語と国文学』平12・5）
（13）山崎正純『転形期の太宰治』（洋々社、平10）

(14) 山﨑前掲書・注(13)に同じ
(15) 山﨑前掲書・注(13)に同じ
(16) 『晩年』評は〝新しさ〟で彩られるが、「虚構の春」初出誌の六〇ページにも、『晩年』の広告が掲載されている。本書第五章も参照。
(17) 身軽織助「学芸サロン　太宰治の愚作」(『中外商業新報』昭11・7・10)
(18) その後、浅見淵も「佐藤春夫と太宰治　作品「芥川賞」に関連して」(『早稲田大学新聞』昭11・11・25)で、名前は変更されたが実際の書簡を利用されたと明かす。
(19) 式場隆三郎「文芸醫談(一)妄想的な太宰氏の長篇」(『時事新報』昭11・7・22)
(20) 谷崎精二「文芸時評」(『早稲田文学』昭11・8)
(21) 荒木勝良「文芸時評」(『芸術科』昭11・8)は、《作者は、余りに作者的であり過ぎた》として、読者への配慮不足を嘆いている。他に、森山啓「浪曼派の二作品その他」(『文学界』昭11・11)、無署名「文学界」(同前)、近藤一郎「文芸時評」(『芸術科』昭11・12)なども参照。

第五章　〈性格破綻者〉への道程

――『晩年』・「創生記」・第三回芥川賞

1

現在、太宰治として知られる作家の第一創作集、『晩年』の巻頭に収められた「葉」という短篇には、本文に先立って、よく知られたエピグラフ[1]が書きつけられている。

撰ばれてあることの
恍惚と不安と
二つわれにあり

ヴエルレエヌ

『晩年』刊行から二十年の後、奥野健男は渾身の『太宰治論』（近代生活社、昭31）にもこのエピグラフを引用し、《このヴェルレェヌの句を太宰治はその全生涯の作品の冒頭に掲げました。この句は太宰治を深いニュアンスをもって、もっともふさわしく象徴しています》と述べる。そしてさらに、《ぼくのこの評論は太宰治が「撰ばれてある」宿命を感じていたのだと確信する所から始まります[2]》とまで宣言する奥野の議論は、先駆的な作家評論というに留まらず、今なお参照すべき点の多い金字塔であることは確かだが、「葉」のエピグラフを《象徴》とみなす所作に明らかなように、実体（論）的な太宰治が議論の基盤として自明視されており、小説の言葉と実体（論）的な作家とが無媒介的に接続されている[3]。

こうした事態を集約した書物として、奥野健男編『恍惚と不安　太宰治　昭和十一年』（養神書院、昭41）がある。同書は「新発見の佐藤春夫あて、太宰治書簡を中心にして」と副題された奥野健男「太宰治昭和十一年」を中心に、太宰治「創生記」、「芥川賞――憤怒こそ愛の極点――」を含む佐藤春夫の太宰治評六篇、奥野健男「太宰治年譜」、牛山百合子「佐藤春夫・太宰治関係年譜」、さらにそれらを檀一雄による「序に代えて」と「あのころ」とが挟み込むかたちで構成されている。新発見の書簡を中心とした様々な太宰治関連言説は、その質的・時期的な差異を無化され、〝太宰治〟という名（シニフィアン）に向けて固着していくことで、結果として書物全体が《恍惚と不安》を生きた昭和十一年の実体（論）的な太宰治に還元されていく。すると、とたんに肥大化していく〝太宰神話〟がその魅力ゆえに前景化されていく一方で、作家表象の構築過程やそこに関わった言説編成の力学は不問に付されてしまう[4]。

そこで本章では、興味深い出来事の続いた昭和十一年の〈太宰治〉に照準をあわせ、同時代の視座を仮構して分析を試みる。この作業を通じ、「ダス・ゲマイネ」を契機として、昭和初年代を通じて左翼運動へのコミット／挫折を体験してきた世代、つまりは昭和十年前後の〝知識人青年の苦悩〞を背負った〈青年〉として一斉に表象されていった〈太宰治〉が、その後どのような変容をみせていったのかを考えてみたい。

2

作家表象の変容には、多くの要素が重層的に関わっていくのだが、昭和十一年の〈太宰治〉に関して、まずは第一創作集として上梓された『晩年』（砂子屋書房、昭11・6・25）という書物をとりあげる。《単なる作品の集まりとしてではなく、異った方法による作品が相互に支えあって全体として一つの大きな虚構をなしている》[5]とも評される諸作の内容については先行研究に譲るとして、ここでは、従来しきりに論じられてきた作家論的なモチーフ・構成意識・方法論・各作品論とは異なる角度から、具体的には『晩年』をめぐる言説や物質的な側面に注目しつつ、その言説編成における機能的な側面を分析していく。

『晩年』はその刊行に先立ち、文壇の一部で期待されていた書物でもある。後に《太宰治の創作集「晩年」は、昭和の青年を代表する、ひとつの名著》[6]だとして、高見順とともに太宰治の個性的表現を絶賛することになる古谷綱武は、《最近に太宰氏の短篇小説集「晩年」が上梓される。私はその内容を知つてゐるが、恐らく近来これほど充実した短篇集が刊行されたことはないだらうと信ずる》[7]と、その刊行前から高い評価を与えていた。

第一創作集『晩年』に付された肖像写真

『晩年』は、プルウスト／淀野隆三・佐藤正影訳『スワン家の方（失ひし時を索めて 第一巻）』（武蔵野書院、昭6）を装幀の雛形とし、各誌の広告にも《瀟洒フランス装》と銘打たれるような書物として、《表紙や口絵を含む造本はもちろん、構成にもかなり意を用いた形跡(8)》をうかがわせながら世に送り出される。ここではまず、《書物は、その物質性と切りはなせない。書物とは、いわば、テクストを発生・顕現させる物質的な装置(9)》だと指摘される、その機能的な面に注目してみよう。

こうした観点から書物としての『晩年』を捉え返してみる時、まず目につくのは、口絵の肖像写真である。紅野謙介は、書物に付された作家の肖像写真について、《写真は読者に対して、手渡された言葉のテクストを最終的に統括する人間の存在を視覚的に確認するよう方向づけ、さらに身体的部位のうち顔を突出させた意味発生装置》だとした後に、具体的に太宰治『晩年』に言及して次のように述べている。

> 造本から装幀から太宰の意を尽くしたこの書物は、真っ白な表紙の上にパラフィンをかけ、オビをつけていた。そして巻頭に挿入した肖像写真は、心中未遂とパビナール中毒によってスキャンダラスな余光につつまれた太宰の、いわば葬式写真を演じていた。(10)

確かに、著者近影と称される肖像写真は、パビナール中毒期として知られる船橋時代の《幽鬼》[11]の相を写してあまりあるもので、その写真を眺めた石上玄一郎は《へんに深刻ぶった表情の、暗い顔だった。写真なんか載せなきゃいいのに、役者じゃあるまいし……》[12]と思ったという。いずれにせよ、『晩年』の肖像写真に映った〝太宰治〟は、『晩年』所収諸作の書き手として、時にはその作中人物と同一視されながら、さらには書物の外部で流通していた太宰治関連言説の統括先として、本来その質を異にする様々な言説を〝太宰治〟という名(シニフィアン)において引き受ける核＝装置として機能しただろう。また逆に、肖像写真が『晩年』所収諸作の読解枠組みとして読書行為に一定の方向づけをしたことも想定され[13]、特に死をめぐる断章を多く配した「葉」や、心中未遂事件を物語内容とする「道化の華」等は、小説の内容と、肖像写真が孕み込んだ意味内容の相乗効果により、新たな意味（あるいはリアリティ）を産み出していったものと思われる。

もっとも、当時砂子屋書房に関わっていた浅見淵の回想に拠れば、《のちに大いに売れた太宰の「晩年」さえ、初版五〇〇部が半分しか売れなかった[14]》というのだから、『晩年』の装置としての機能はごく限られた読者（層）に留まるものであったかもしれない。しかしここでは、そうした読者（層）こそが〈太宰治〉を成型していく鍵を握っていたとの見通しに基づき、同時代の言説編成との交渉を想定しておきたい。具体的には、後にみる『晩年』をめぐる宣伝文・広告等の言説は書物としての『晩年』の効果の上に成立したものであろうし、それ以外のところでも〈太宰治〉の参照項として、事後的な言及・参照も含め、陰に陽にその作家表象の成型に大きく関与したと思われるからである。

また、併せて『晩年』という書物に物質的に結びつけられた帯の機能も考えておきたい。題字の下に位置する表側には佐藤春夫の山岸外史宛親書が、裏側には井伏鱒二の太宰治宛手簡が、それぞれ印刷されている。佐藤は「道化の華」の一節を引き、それを《篇中のキイノート》と呼びながら《ほのかにあはれなる真実の蛍光》を評価している。また、井伏は「思ひ出」に言及して、その書き方・表現・手法・客観的批判性に言及した後に《甲上の出来》と顕揚している。双方とも、『晩年』所収諸篇に言及しながら賛辞を呈すことで、単なる宣伝文句という留まらず、異なる作風をもつ二人の先輩作家に認められた新進作家として〈太宰治〉を価値づけながら、『晩年』という書物全体の読解を方向づけもしただろう。

では、肖像写真・帯といった書物としての物質性が、〈太宰治〉の成型や所収テクストの読解に関わりながら現象していた『晩年』とは、同時代の言説編成においてどのような位置にあったのだろうか。以下、『晩年』をめぐる言説を追ってみることにしよう。

まずは、表紙の裏全面に《芸術的血族》を認めた佐藤春夫の文章[15]を転載した『晩年』広告や、少なくない『晩年』自注の一つである太宰治「『晩年』自讃」が掲載された、『文筆』の『晩年』特集（昭11・8）をみてみよう。すでに「文芸時評」（『三田文学』昭10・11）で《作家太宰の小説は雑誌に発表された時よりも、必らず、作品集となつて装幀された時に一段と芸術的になるものであることは僕が保証する》と述べていた山岸外史は、《文章の背後》に《作家太宰治の真実のある人間性》を発見することで、《『晩年』は必らず『心ある人々』の友になり得るだらう[16]》と、その文章を回路として太宰治なる作家の真実にふれ得る書物として『晩年』を顕揚する。また、太宰と同じく井伏門下の中村地平は、次のようにして、いささかロマンチックな断言を重ねて〈太宰治〉の位置（価）を照らし出す。

太宰治は新しさを言はない。太宰治は時代性を意図しない。然も、太宰治の作品に、われわれ同時代が接した時、限りない共感と、耐へられない反発とを感じる。世の批評家の顰みに倣つてこれを言へば、時代の意識過多を、現代の虚無を、このやうに見事に、結晶させた作家は他にないのである。文学の真の新しさとは、真の時代性とは、このやうなものを言ふのであらう。[17]

ここで中村は《太宰治の作品》に《真の新しさ》＝《真の時代性》をみているのだが、『晩年』をめぐっては、〈太宰治〉を〝現代性〟を体現した〈新しい作家〉として表象する言説が多くあらわれる。[18]『早稲田文学』の広告でも『晩年』は《従来の小説の形式を打破して、清新な情感と奔放な思索とを漂はせたところに此の新人の特色がある》[19]と、その小説形式、ならびに、作家の《新しさ》において賛辞が呈されるのだし、澤西健は《「晩年」の作者太宰治》を《次の時代者にとつても他に見られない実に重大なる意義を持つ》[20]と評しており、その象徴的な位置づけを一言でいえば『晩年』とは《稀有なる青年世紀の聖典》[21]ということになるだろう。以上のように、主に《「時代青春」の歌》(「「日本浪曼派」広告」)を喧伝した日本浪曼派同人から『晩年』に向けて熱いエールが送られていったのだが、中でも『日本浪曼派』誌上に掲載された、亀井勝一郎と署名を付された『晩年』広告(昭11・8)は、本章の問題関心からいっても看過できない重要なものである。

病める貝殻にのみ真珠は生れるといふ言葉がある。太宰治の「晩年」を読み、私は心からの喜びと、暗澹たる悲しみとに閉ざされつゝこの言葉を想起したのである。彼も畢竟時代の子であつた。しかも時代の継子であつた。天性自己の撰ばれたるものたることを確く信じ、その恍惚と不安とを彼は生きてゐた。

右のように書き出される広告文では、時代との相関関係において『晩年』の書き手を意味づけるとともに、「葉」のエピグラフが実体（論）的な太宰治の実人生の象徴として重ねあわせられる。この地点においてこそ、例えば同じく亀井勝一郎が翌年、他の同人の業績と並べて太宰治『晩年』に対して《現代文学に新風をもたらしたもの(22)》だと振り返りもしたように、〈太宰治〉の〝新しさ〟が見出され、価値づけられていったのだ。さらに、直接『晩年』の出版に携わった浅見淵も、次のように〈太宰治〉の同時代的な位置を浮き彫りにしてみせる。

なぜ僕が「晩年」の出版に尽力したかといふと、太宰治の作品が稟質的にも時代的にも新しくそして異色に富んでゐることゝ、行文が稀にみる流麗であることからだつた。同時に、ひどい自意識過剰と、近代的虚無から出発してゐる彼の芸術が、矢張りそれらに悩まされてゐるいまの多くの青年たちのあひだに、かならずや歓迎されるにちがひないといふ確信があつたからである。(23)

こうして〈太宰治〉は、『晩年』をめぐる言説によって、同時代の〝知識人青年の苦悩〟を担う〝新しさ〟

『文学界』掲載版とは若干字句を異にした『帝国大学新聞』紙上の『晩年』広告

として表象されていく。もちろんこうした作家表象の成型には〈太宰治〉という名(シニフィアン)に直接関わらない言説編成(の力学)や本書第四章で議論した「虚構の春」(『文学界』昭11・7)をめぐる言説の関与も想定される。例えば、「虚構の春」初出誌には、次の一文を含む『晩年』の広告[24]が掲載されることで、物質的にもその連携が示されていた。

作者はこの一書のなかに生涯を浪費した。この空前の浪費家が芸術に賭した懸崖の書自ら美神となり、自ら美神を扼殺する至高誠実の陥没と高揚。鬼才**太宰治**の雙眸せまつて鬼氣啾々!

高踏的で大仰な修辞に溢れた右の一文で確かなのは、やはり『晩年』という書物を通して太宰治なる作家に出会える、というメッセージであろう。つまり、広告文においても、〝太宰治〟という名(シニフィアン)を媒介に、実体（論）的な太宰治への回路が配置されているのだ。

こうして『晩年』という書物は、同時代の言説編成の中で、太宰治なる作家をめぐる言説を〝太宰治〟という名に統括する装置（シニフィアン）として機能することで、〈太宰治〉を〈新しい作家〉として決定的なものにしていくのだ。そして、こうした一連の出来事の集積は、昭和十一年も暮れる頃、《太宰氏の小説は所謂新時代の人たちに「新しい」として持て囃され[25]》ていると噂されるような状況を形成していくことになる。

3

〈新しい作家〉としての〈太宰治〉。

しかし、こうした作家表象は同時代の言説編成の中で次第に変容を遂げていく。それは必ずしも〈新しい作家〉という表象に強度がなかったことを意味するわけではなく、〈太宰治〉に充填されていた意味内容が、新たに産出され、関連づけられる言説によって更新（リニューアル）されていったことの帰結であり、〈太宰治〉の側にその転機を求めるならば、さしあたりそれは第三回芥川賞と「創生記」（『新潮』昭11・10）の発表ということになろう。

芥川賞と〈太宰治〉の関係については本書第二章でも論じたが[26]、薬物中毒による妄想や経済的苦境の中で、太宰治なる作家がみせた常軌を逸するほどの芥川賞への執着は、川端康成や佐藤春夫の名とともに今なお語り継がれている。しかし本章では、それら一連の出来事を実体（論）的な太宰治の愚行ゆえ、と解釈する立場はとらない。なぜなら、芥川賞に関わるイメージもまた、事後的に創り上げられ、ゴシップ的な興味とも相まって流通してきたものに他ならないからだ。

　以上をふまえ、ここでは太宰治「創生記」というテクストとその受容の様相をみておきたい。「創生記」は《太宰治の全作品の中で、もっと(ママ)乱れた、破綻の多い小説[27]》と評されるほどに論じにくいテクストであるが、「創生記」を《四部構成》と捉える中村三春は《(ⅰ)冒頭から「石坂氏」批判までの部分(大半はカタカナ表記)、(ⅱ)「山上の私語」以後の五章段(ママ)、(ⅲ)「家人」(妻)とのやり取りをめぐる段章群(ママ)、それに(ⅳ)「山上通信」以後の結末部》と分節した上で、《他者の言葉を先取りし、創作方法論議に終始するメタフィクションであるところの「創生記」とは、実際のところ、全編これ「自註」だけで構築されたテクスト》だと評している[28]。こうした指摘をふまえ、ここでは《この文学テクスト自体が、なにより読者を強引にゴシップ的な読み方に誘っていよう[29]》と指摘する花田俊典に倣い、テクストの内容的な分析よりむしろ、同時代の読まれ方[30]や〈太宰治〉に関わる機能に目を向けてみたい。

　多くの紙誌にとりあげられた「創生記」だが、一人二役の対話形式をとった海野武二の同時代評は、その振幅をみせて興味深い。《とにかく、自意識の錯乱といふ、現代の新しい倫理性に拠つて、行動してゐるのでせうからね》という擁護派の見解に対置されるのは、《「創生記」に窺はれる作者の傾向は、自意識病よりも文壇意識病の方が強いくらゐなんですからね[31]》という痛烈な批判であるが、この評価の揺れはそのまま「創生記」受容の振幅を示してもいる。坂口安吾は「文芸時評(5)新人の作品」(『都新聞』昭11・10・1)で《太宰治氏のいはゆる新しさ》に言及しながらそれを《知性的であるよりは感性的》であると批判しながら、「創生記」における告白を《知性の自慰にすぎない》と切り捨てるが、「創生記」に対する同時代の評価軸は、賛／否にわたる論点を示した、次の阿部知二「文芸時評（5）写実の極致」（『東京朝日新聞』昭11・10・3）に端的に示されている。

打木村治氏の「地底の墓」（文芸春秋）横田文子氏の「落日の饗宴」（同上）太宰治氏の「創生記」（新潮）それぞれに特殊な才能で、一つに云ふのもをかしいやうだが、この新しい作家たちのみなに通じてみられるのは、何かしら痛ましい焦燥である。何ものへかの信念の喪失がかうさせたのであらうか。〔略〕小説家には、人間像へのひたむきな食ひ下りの他に何があるのだらうか。思想も美もそれによつてのみ達成されるといふ単純な常識をもう一度取り戻す必要があるのだ。

総じて「創生記」への評価軸としては、《氏のもつきら〳〵した才華が芸術的火花を散らしてゐる(32)》と評されるような①作家的才能の顕現、②同時代性を加味した作家の〝新しさ〟、③さらには作家表象と密接に関連した作品評価（賛／否）、の三つがあげられる。③については、太宰治なる作家の才能を認めた上でその破格の表現を《言語表現上の危機(33)》と診断した小林秀雄を除けば、先の坂口評・阿部評も含めて、否定的なものが大勢を占める。かつて「道化の華」や「ダス・ゲマイネ」を称揚した矢崎弾でさえ、《太宰治の「創生記」は先潜りした文壇意識の過剰が痛々しい(34)》と評し、「創生記」を《病的神経の狂躁譜》と評す寺岡峰夫は、テクストに《作者の真実》を見出しているが、それは《人生への真実》ではなく《焦燥する文壇意識の真実》[35]だというのだ。もちろん、右に指摘される《文壇意識》とは、「山上通信」における芥川賞に関する記述への批判である。またしても芥川賞に関わるところで[36]、その文学的才能や〝現代性〟を称揚されながらも、〈太宰治〉には負性をもった意味が次々と充填されていく。こうした同時代評の中でも、「山上通信」を注視し、その内容を事実として痛烈に批判したのが、後に佐藤春夫をして一篇の小説を書かせることにもなる中條百合子「文芸時評【五】十月の諸雑誌から」(『東京日日新聞』昭11・9・27)である。

「創生記」(太宰治・新潮)を読み、私は鼻の奥のところに何ともいへぬきつい、苦痛な酸性の刺戟を感じた。昔の人は酸鼻といふ熟語でこの感覚を表現した。〔略〕私は、文学に、何ぞこの封建風な徒弟気質ぞ、と感じ、更に、そのやうな苦衷、或は卑屈に似た状態におとしめられてゐることに対して、ヒユーマニズムは、先づ、文学的インテリゲンツイアをゆすぶつて、憤りを、憤るといふ人間的な権利をもつてゐるのであるといふ自覚を、呼びさますべきであると思つたのであつた。

以後、「山上通信」を焦点化し、それを事実として受容する中條型の読解が主流となり、他の部分を含めた総合的なテクストへのアプローチはあまりみられなくなっていく中で、「創生記」という小説は「芥川賞事件」の最重要文献の一つと化していく。

4

本章3で引用した中條百合子の一文を契機として、佐藤春夫「芥川賞―憤怒こそ愛の極点（太宰治）―」（『改造』昭11・11）が発表される。『わが小説作法』（新潮社、昭29）収録時に「或る文学青年像」と改題されもするこの小説は、主として太宰治の小説「創生記」内の「山上通信」に描かれた太宰治なる作家の芥川賞問題に対する、佐藤春夫側からの反論という面を色濃くもち、当時《太宰治といふ文学青年が芥川賞に外れたその前後にからまる自分の生活を私小説風に覗いたもの》[37]と評されもしたが[38]、本節ではやはり、同時代における受容の様相を分析していきたい。新聞の時評で「芥川賞」をとりあげた上司小剣は、「新型の歴史小説　文芸時評（四）」（『都新聞』昭11・10・29）で同作を次のように紹介している。

『改造』で佐藤春夫氏作『芥川賞』は、私も二三年前に用ゐたことのある全部本名まる出しのもので、張り切つた馬のやうな勢ひを見せてゐる。似よりの文字で本姓本名を想像させるのは、いやなものだが、スツカリ本名そのままのものは気もちがよい。名前はとにかくにも、かういふ書き方が、或ひは未来の小説の型を示すものではないかと、なんとはなしにさう思つた。問題になつたり、噂の種にされたりしさうな、可なり思ひ切つた作品である。

ここで上司は、あたう限りニュートラルに「芥川賞」の特徴を述べているが、「芥川賞」をめぐる同時代評はいつまでもそのように評価を曖昧にしてはおかない。上司が指摘した特徴は、見方によっては「芥川賞」が《文壇的内輪話で風変りの私小説[39]》であるに留まらず、より明確に《何人もこの「芥川賞」の中にある憤怒と愛情とは見取るであらうが、何人もこの作品を読み分ける動機がゴシップ程度のものであることも疑へない事実[40]》だという批判を浴びもし、否定的評価に包まれていく。それはもちろん、「芥川賞」が「堀口大学」・「森田草平」・「太宰治」・「中條百合子」等々の、テクスト外の現実世界にその対応すべき実在の人物をもった名を多く取り込んだ実名小説である点によるところが大きいのだが、〝芥川賞〟というメディアを賑わせていたトピックをタイトルに掲げたことのもたらした効果も見逃せず、そうした芸術小説としてよりはゴシップ的な話題集めを匂わせる打算に対して《改造といふ雑誌は、文壇ゴシップ雑誌ではないはずである[41]》という声があがりもするのだ。

従って、同時代評においては否定的評価が大勢を占めた「芥川賞」は、例えば次の旗伝八「速射砲　何の為の抗議ぞ」(『報知新聞』昭11・10・23)のように酷評されるだろう。

　佐藤春夫が愛弟子大宰治（ママ）の性格破綻や被害妄想を一生懸命弁護せんとて書いたものが『芥川賞』(改造十一月)である。大宰（ママ）治こそ恵まれたる奴だ。ちつと頭がボケてるとはいへ文壇の大宰（ママ）抗議に挑戦の気構よろしくたちあがつた師匠佐藤の愛情もはた眼には美しい。しかし、これを堂々創作欄に載せて世に訴へんとするは識者の疑ふところ。第一、天下の創作欄にやゝ気抜けのしたる私事を語りて一般読者の失望を買ふ事。第二、大宰(ママ)を真実愛するならば、他の場所、他の形式によりて発表する方、大宰(ママ)の性格弁護として受け入れられやすき事。創作欄衰微のこの秋、やくざ私小説を語つて読者の失望にむくゆる等は、佐藤程の人ようく自省して改めるべきなり。さうだ、創作なら、大宰(ママ)の性格を主題とした創作なら、佐藤先生よ、『芥川賞』は批評の余地なき凡作なり。

こうした、「芥川賞」の書き手である佐藤春夫への容赦ない批判は多々みられるのだが、「芥川賞」を全面的には否定しない評においても、佐藤春夫に対するまなざしの変化は避けられないものであったようだ。名取勘助「小説月評」(『新潮』11・12)を引いてみよう。

「改造」――佐藤春夫の「芥川賞」は、これはよくこのままで理解されるものにはされようが、理解されないものには到底理解されない弱点を持つものである。或る程度の文壇的知識を持つ者には、或る程度まで理解はされること必定ながら、それは要するに或程度(ママ)までである。この小説に書かれてゐない事柄をもよく知つてゐるものにこそ、やや作者の真意に近いところまでの理解が得られようか。評者はよくこの作品を理解し得ない人々の側に立つ者の如くである故に贅言を避ける次第。ただ、佐藤春夫の天衣無縫ともいふべき文章とその円熟せる才能とを提げ、堂々数十頁、世に問ふにあたり、斯かる小説を以てせしを遺憾とするのみ、識者は寧ひそかに顰蹙すべき乎。

ただし、いずれにせよ、佐藤批判と身辺小説・私小説批判とが密接に関係している点は注意しておくべきである。無署名「六号雑記」（『三田文学』昭11・12）もみておこう。

> 佐藤春夫の芥川賞（改造）、か丶る作品を売らざるを得ざる春夫の苦衷を察すのみ。〔略〕かつて、所謂「既成文壇」崩壊に頻（ママ）したる事あり。そは「芥川賞」の如き、身辺小説の跳梁したためならずや。

こうした言説は、当時の身辺小説・私小説をめぐる言説編成を視野に入れた上で分析すべき課題であろうが[42]、新田潤は《或る興味で面白く読み通した》ことを認めつつも「芥川賞」が小説であるか否かについては《疑問》を表明している[43]。こうしたことから考えれば、身辺小説や私小説がその小説としての存在理由を疑われるほどに批判の対象とされつつある時期[44]に、その内容的倫理性までもが疑わしい「芥川賞」が徹底的な批判を浴びるのは避けがたい事態であったといっていいだろう。しかし、なお問題なのは、身辺小説や私小説を批判する論者もまた、同様の枠組みにおいて「芥川賞」を受容していたことであり、その帰結は一人佐藤春夫だけではなく、当然もう一人の作中人物にも影響を及ぼさずにはおかない。

> 佐藤春夫「芥川賞」／これは、この作中に書かれてゐるやうに、作者と太宰治とに関する「身辺雑記――事実そのま丶の小説」である。〔略〕太宰治などは、この作に記されてあるやうな背徳者であるならば、その一事だけでもその多少の文学的才能などは社会的に抹殺されてい丶ものだと私は確信

する。

右は岡沢秀虎の「文芸時評」(『早稲田文学』昭11・12)の一節だが、三波利夫もまた「芥川賞」にふれて、《中條氏を云々する前に、太宰治とはそもそも如何なる人物か!》とその矛先を佐藤春夫から〈太宰治〉へと切り替え、次のような人物否定へと向かう。

地方の豪族の子に生れ、三十にもなつて家から百円近くも月々送金して貰つてゐる文学お坊ちゃんではないか、文は人である。僕は太宰治を否定すると共に、その文学をも否定する。たとひかれの才能がどんなに高いものであるにしろ、それが人間を低めるものである限り、僕にはそんなものは用無しだ。(45)

こうして「芥川賞」は、必要以上に太宰治なる作家の私生活情報の開示を促し、〈太宰治〉を《文学的才能》とともに葬り去ろうとする言説を誘発する契機として機能し、結果として《むしろこの作(「芥川賞」/引用者注)ありて太宰の世間価値は下るとも上らず(46)》、〈太宰治〉は〈性格破綻者〉という表象に彩られていく。

こうした状勢の中で、数少ない擁護の弁を述べた山岸外史は、《春夫の作品『芥川賞』を読んで、自分は、その一面的構造を有してゐることに極度に驚いた》・《すべての事象が、佐藤春夫にだけ、きはめて都合よく書かれてゐる》と指摘して佐藤春夫を批判する。もちろんそこには、自身も実名で作中人物にされた山岸の《激怒》もあろうが、次の一節もある。

ああ、書かれ、ああいふ太宰治の見方をして貫つたのでは、治は、ほんとの『やくざ者』の典型として公表されたことになるだけなので、恐らく、あれでは、世の編輯者、以来、治に作品を依頼しなくなるのに決つてゐるのである。——そこが、重点である。

これは、佐藤春夫が《時代の青年といふものが、どれだけ、真実に高揚してゐるかといふことを知らない》ことに対する、同世代を生きる青年の主張でもあるのだが、それは同時に、太宰治なる作家の事情を知るかつての《友人》の弁でもあった。

治は護つてやらなければならぬ。その上、治は現在、脳病院の中で檻禁されてゐる。恐らくこの作品も読むまいし、恐らく、駁論することは出来まい。その治を、治の悪癖のパピナールの故に自分は捨てたものではあるが、しかし、それはそれ、これはこれである。治その人は捨てても治の文学の価値を捨てた訳ではない。(47)

ここでは、第一回芥川賞後の〈太宰治〉を反復するかのように、〈太宰治〉を人物（人格）と作品（才能）

にわけた上で、脳病院での檻禁やパビナール中毒といった具体的な情報を開示しつつ《治の悪癖》をあげつらうと同時に《治の文学の価値》が擁護されている。ここに、両者の複雑な関係・心情をみることは可能だが、言説はその遂行的な機能に従って《悪癖》を他の風聞と連携させることで、その帰結は皮肉にも山岸の懸念へと行きつく。

こうして〈太宰治〉には、「創生記」と「芥川賞」、さらには両作をめぐる言説によって、〈性格破綻者太宰治〉の、と要約可能な意味内容が充填されていく。昭和十一年、〈新しい作家〉として様々な視線にさらされた〈太宰治〉の、華やかでスキャンダラスな装いの中には、もうすでに、言説編成から排除されていく萌芽が、着々と胚胎していたのだ。山岸の危惧通り、その後発表された「二十世紀旗手」や「HUMAN LOST」は、小説として一定の強度をもちながらもメディアからは次第に黙殺されていき、ついに昭和十二年末からしばらく、太宰治という署名を付された小説がメディア上に姿をあらわすことはなくなっていく。

注

（1）この詩句については、山田晃「恍惚と不安と」（『国文学』昭51・5）参照。

（2）ただし、引用は奥野健男『太宰治論　増補決定版』（春秋社、昭43）に拠った。

（3）この問題に関連して、「葉」を論じて《〈伝説〉の濃霧に鎖されている〈作品〉を一度、白日の下に曝し〈言葉〉を丁寧に辿りつつ読んでみること》の必要性を説いた、三谷憲正『太宰文学の研究』（東京堂出版、平10）も参照。

（4）太宰治書簡の虚構性については、鶴谷憲三「太宰治書簡における虚構意識――いわゆる前期書簡を中心にして――」（『解釈と鑑賞』昭56・10）参照。

（5）鳥居邦朗「『晩年』」（『一冊の講座　太宰治』有精堂、昭58）
（6）古谷綱武「個性のない作家　十月号の文芸時評（二）」（『信濃毎日新聞』昭13・9・30）
（7）古谷綱武「文芸時評　病床覚え書」（『作品』昭11・2）
（8）東郷克美『太宰治という物語』（筑摩書房、平13）
（9）清水徹『書物について』（岩波書店、平13）
（10）紅野謙介『書物の近代』（筑摩書房、平4）
（11）檀一雄『小説太宰治』（六興出版社、昭24）。なお、菊田義孝「浮草」（小山清編『太宰治研究』筑摩書房、昭31）には『晩年』の肖像写真に言及して《陽の光を真向から浴びて眉をしかめたせいか、その眉がくらく迫つて、鋭くこわい人にも見える。太宰さんの「青春時代」のはげしい苦難を象徴するものとも見え、そう思つて見れば、こわいというよりは、いかにもまぶしげな眉のあたりに、深いただならぬ悲しみが籠つているのも分る気がする》とある。装置として機能した肖像写真が、〝顔〟を回路として実体（論）的な太宰治の内面を表象していた様相がうかがえる。
（12）石上玄一郎「『晩年』出版の頃」（『太宰治全集　第三巻（月報3）』筑摩書房、平1）
（13）福田充「活字メディアにおけるオーガナイザー効果に関する実証的研究――見出し、写真が読み手に与える影響についての認知心理学的再検討――」（『マス・コミュニケーション研究』平7・7）他参照。
（14）浅見淵『昭和文壇側面史』（講談社、昭43）
（15）佐藤春夫「尊重すべき困つた代物――太宰治に就て――」（『文芸雑誌』昭11・4）を指す。
（16）山岸外史「太宰治の短篇集「晩年」を推薦する」（『文筆』昭11・8）
（17）中村地平「「晩年」の讃」（『文筆』昭11・8）。なお、これは『帝国大学新聞』（昭11・7・6）掲載の『晩年』広告「太宰治著　晩年」の宣伝文と同一内容である。
（18）『晩年』以前にも、《まことに太宰治は僕にとつて、僕ら同時代の最も斬新の芸術者の苦しみの相を完璧に憎々しきまで贅沢に表現した若者である》と絶賛した保田與重郎「佳人水上行」(『文芸雑誌』昭11・4)等がある。なお、右の一節を含むこの文章の一部は、『文筆』(昭11・9)に掲載された『晩年』広告にも転載される。
(19) 広告「新刊紹介　△太宰治著『晩年』」(『早稲田文学』昭11・8)
(20) 澤西健「王者の宴」(『日本浪曼派』昭11・9)
(21) 今官一「「晩年」に贈る詞」(『日本浪曼派』昭11・9)
(22) 亀井勝一郎「編輯後記」(『日本浪曼派』昭12・1)。なお、他に亀井があげたのは、伊東静雄『わがひとに與ふる哀歌』、保田與重郎『英雄と詩人』、伊藤佐喜雄『花宴』、神保光太郎『ゲーテ対話の書』である。
(23) 浅見淵「佐藤春夫と太宰治　作品「芥川賞」に関連して」(『早稲田大学新聞』昭11・11・25)
(24) なお、ほぼ同様の文面による『晩年』広告は、『文筆』(昭11・8)の裏表紙全面にも掲載される。
(25) 高見順「文芸時評⑤新進の脆弱」(『中外商業新報』昭11・12・31)
(26) 第一回から第三回までの芥川賞に関する経緯については、相馬正一『評伝太宰治上巻(改訂版)』(津軽書房、平7)所収の「八、芥川賞事件」が詳しく、参照した。
(27) 奥野前掲書・注(2)に同じ
(28) 中村三春『係争中の主体　漱石・太宰・賢治』(翰林書房、平18)。また、基礎的な検討として、渡部芳紀「評釈『創生記』」(『解釈と鑑賞』昭60・11)も参照し、示唆を受けた。
(29) 花田俊典「『創生記』──憤怒こそ愛の極点」(『解釈と鑑賞』平13・4)
(30) 寺田達也「作品別同時代評価の問題点「創生記」」(『国文学』平11・6)参照
(31) 海野武二「十月創作評　文壇意識病──「新潮の巻」──」(『時事新報』昭11・9・29)
(32) 楢崎勤「文芸時評(五)宗教を扱ふ一作」(『中外商業新報』昭11・10・1)
(33) 小林秀雄「文芸時評【5】実益なき無理」(『報知新聞』昭11・10・1)

（34）矢崎弾「槍騎兵　文芸と新潮」（『東京朝日新聞』昭11・10・5）
（35）寺岡峰夫「文芸時評」（『早稲田文学』昭11・11）
（36）本書第二章参照
（37）無署名「改造」（『三田文学』昭11・12）
（38）半田美永「佐藤春夫「芥川賞」の意味――触発する太宰治――」（『皇學館論叢』平9・8）参照。なお半田は同論で、《佐藤春夫「芥川賞」は、時代を先取した《太宰治論》だったのであり、更に、太宰治によって触発された佐藤春夫による「事実小説（＝実名小説）」という、新しい小説のスタイルの誕生》だと肯定的に評している。
（39）瀧井孝作「文芸時評（5）描写の立体性」（『東京朝日新聞』昭11・11・4）
（40）室生犀星「文芸時評（3）話術の進歩」（『読売新聞』昭11・11・6）
（41）近藤一郎「文芸時評」（『芸術科』昭11・12）
（42）山東賦夫「壁評論　小説「芥川賞」の事」（『読売新聞』昭11・10・31）には《とにかく「創生記」「芥川賞」など、変った身辺小説が飛び出して来る世の中だ》とあり、テクストに私小説批判が書きつけられた「創生記」もまた、「芥川賞」受容の返照を受けて、事後的に《身辺小説》として括られるという事態も進行していく。
（43）新田潤「虚構といふこと」（『人民文庫』昭11・12）
（44）こうした動向に関しては、拙論「昭和十年前後の私小説言説をめぐって――文学（者）における社会性を視座として――」（『日本近代文学』平15・5）参照。
（45）三波利夫「敗北者の群――文芸時評――」（『三田文学』昭11・12）
（46）旗伝八「速射砲　何の為の抗議ぞ」（『報知新聞』昭11・10・23）
（47）山岸外史「春夫の『芥川賞』観察」（『作品』昭12・1）

II　〈太宰治〉の小説を読む

これは必ずしも太宰治に限ったことではないのだが、今日〝文豪〟と称されるクラスの作家にあってなお、よく論じられる作品とそうでない作品とがある。こうした偏りには、作家の特徴をよく表した（ようにみえる）作品とそうでない作品、あるいは当時評判になった（ようにみえる）作品とそうでない作品など、多くの原因が考えられるが、いずれにせよ何かしらのものさしに即して作品が取捨選択されてきたことは間違いない。

そして、本書の主題である太宰治の場合、そのものさしとして作家の存在が、ことのほか重視されてきた。つまりは、太宰治という作家（人物）のことを理解する手がかりになりそうな作品ほど注目を集めてきたのであり、極端にいえば、心中未遂事件などの実生活に題材を取った自伝的小説が、今も昔も、集中的に論じられてきたのだ。

その際、作家のことを調べたり考えたりすることである作品を理解しようという動機と、作品解釈を通じて作家のこと（思想）を理解したいという動機とが、みわけのつかない状態になることが、これまでのところよくあったように見受けられる。『斜陽』の主要登場人物である母・かず子・直治・上原をそれぞれ太宰治の分身と見立てたり、『人間失格』の主人公・大庭葉蔵を太宰治その人と重ねたりする議論が、それに当たる。いわば、太宰治の実生活と虚構の小説作品とが、虚実の閾を超えて混同されたり、同一視されてきたのだ。

こうした小説の読み方（あるいは、作家理解の方途）は、それ自体としては、ねらいもはっきりしているし、そのことで明らかになる事柄もあろうし、その成果が重要な意義をもつことも十分あり得る。それでも、本書「Ⅰ」で論じたような同時代の視座から再検討してみる時、やはり作品の理解として大きな死角があることは否めない。

さて、本書「Ⅱ〈太宰治〉の小説テクストを読む」では、右に述べてきた現状認識に基づいて、作家とは別のものさしを用意する。第一段階として、作家の意図が体現された制作物（従属物）として作品を捉えるのではなく、自律した言葉の織物、つまりはテクストとして捉え直すことで、旧来のものさしをカッコにくくる。その上で、第二段階として、本書「Ⅰ」同様に、昭和十年前後という歴史軸を、新たなものさしとして導入してみたい。そのことで、この時期の〈太宰治〉のありようと併せて、どのような小説が書かれ、どのように受けとめられていったのかを、総合的に捉えることを目指していきたいのだ。

こうした戦略から、〈青年〉という主題にたどりついた本書「Ⅰ」でも部分的にとりあげた「ダス・ゲマイネ」、「虚構の春」に続いて、第六章からの四つの章では、「彼は昔の彼ならず」・「道化の華」・「ダス・ゲマイネ」・「狂言の神」を中心的にとりあげ、本文のていねいな検討に即して、具体的に論じていくことにしたい。ここでも、右の作品群を貫く主題は、〈太宰治〉のそれと等しく、〈青年〉であったことが明らかになる。つまりは、昭和十年前後の〈太宰治〉をめぐって、本書「Ⅰ」と「Ⅱ」とはコインの表裏ともいうべき関係にあり、両面から〈青年〉という歴史的な主題を浮き彫りにすることを目指しているのだ。

第六章　反射する〈僕―君〉、増殖する〈青年〉
――「彼は昔の彼ならず」

1

太宰治作品群中の《代表作の一つ(1)》と評されもする「彼は昔の彼ならず(2)」（『世紀』昭9・10）は、これまで同時代の問題系に、いわゆる太宰治的特徴を交錯させるかたちで位置づけられ、評価されてきた。具体的には、太宰治なる作家が転向後に体現したと思しき〝自意識過剰〟や〝近代人の無性格〟が、「僕」と木下青扇との《合せ鏡(3)》と評されるかけあいから読みとられ、作中読者である「君」への語りかけや人称などが《潜在二人称的な説話体(4)》という観点から問題化され、先行研究の主流を形作ってきた。もっとも近年では、同時代ロシア文学との交響が読みとられるなどの展開もみられる(5)が、多くの論者が注目してきたのは、二度の一行あきによって区切られた三つのパートから成るテクストの構造である。

構造からみた「彼は昔の彼ならず」は、《全体が大きく三つに分けられており、最初が〈序〉、最後が〈結〉、その間にはさまれたストーリーの中心をなす部分が〈本論〉とでもいうべき体裁(6)》をとるとされる。こうした把握は多くの先行研究に共有されており、妥当なものでもあるが、《この小説は現在、過去、現在という構造より成ることは明白で、時間の観点で言えば、いわゆる枠組小説・額縁小説である[7]》、あるいは《冒頭と結末との部分はダイアローグもどきの形式によって、本題の部分はモノローグ形式によって語られる[8]》といった具合に、時間軸／形式／話法など複数の角度から説明可能でもある。総じて、冒頭部と結末部とが、「僕」が語りの現在から「君」に語りかける額縁として配置され、そこに「僕」の語る青扇をめぐる過去の挿話(エピソード)群が嵌入されている、といった構造が析出できる。

　すると、先にふれた《潜在二人称的な説話体》・《合せ鏡》という評言は、それぞれ冒頭部・結末部（両者を以下〝枠組み〟と称す）と、そこに嵌入されたパート（以下〝内容〟と称す）に関するものであることがみえてくる。つまり、《潜在二人称的な説話体》とは端的に、「僕」から「君」への語りかけ、さらには「僕」が巧みに「君」を語りの中に引き込んでいき、あるいは現実世界の読者にまでその効果が及ぼうかという〝枠組み〟の機能をいいあてた評言であり、《合せ鏡》とは、結末で明らかにされる〝「僕」＝青扇〟という構図を〝内容〟の至るところに見出すことで浮上してくる評言なのである。

　ただし、こうした構造的分析が抱え込む死角にこそ、「彼は昔の彼ならず」読解のポイントはあるように思われる。そもそも、先行研究においては、実体（論）的な太宰治から読者への直接的な語りかけ、といった曖昧ながら支配的な了解機制が陰に陽に自明視されてはこなかっただろうか。本章はこうした課題に向きあい、テクストを読みぬく試みである。

2

ひとたび「彼は昔の彼ならず」を読み通すならば、〝「僕」＝青扇〟という〝枠組み〟の仕掛けが明かされ、結末の一文がテクスト全体を逆照射するように新たな意味が生成され、テクストは閉じられる。そこで、〝内容〟の分析を試みる本節の議論では、〝「僕」＝青扇〟というテクストの帰結をふまえた上で、「僕」が「君」に語る挿話（エピソード）を検討していく。

ここで「彼は昔の彼ならず」のストーリーを確認しておけば、それは「ゑはがきやの店頭で見たプーシユキン」に似ていると思った青扇の顔が「僕の以前の店子であつたビイル会社の技師の白い頭髪を短く角刈にした老婆の顔」へと変容していく物語であり、別言すれば、青扇の変幻自在な「無性格」ぶりについて「He is not what he was.」と想到した後に「みんなみんな昔ながらの彼であつて、その日その日の風の工合ひで少しばかり色あひが変つて見えるだけのこと」と幻滅を抱くまでの過程でもあるが、その具体的叙述は、まとまった時間の省略を何度か差し挟みつつも、ほぼ時系列に即して語られ、以下に論じていくプロット動因（ドライブ）を梃子とすることで、テクストは織り上げられていくだろう。

その一つは、「僕」が青扇に家賃を請求するもので、これが二人の関係をわかち難く結びつけている。そもそも「僕」の長い話（〝内容〟）の語り出しは、次のようなものであった。

あの家は元来、僕のものだ。三畳と四畳半と六畳と、三間ある。間取りもよいし、日当りもわるくないのだ。十三坪のひろさの裏庭がついてゐて、あの二本の紅梅が植ゑられてあるほかに、かなりの大きさの百日紅もあれば、霧島躑躅が五株ほどもある。昨年の夏には、玄関の傍に南天燭を植ゑてやつた。それで屋賃が十八円である。高すぎるとは思はぬ。二十四五円くらゐ貰ひたいのであるが、駅から少し遠いゆゑ、さうもなるまい。高すぎるとは思わぬ。それでも一年、ためてゐる。あの家の屋賃は、もともと、そつくり僕のお小使ひになる筈なのであるが、おかげで、この一年間といふもの、僕は様様のつきあひに肩身のせまい思ひをした。

ここでは冒頭部で「君」に示した「屋根」をもつ家について、その商品価値と「僕」の所有権が声高に語られている。「僕」にしてみれば、「高すぎるとは思はぬ」にもかかわらず「一年、ためてゐる」ということ、それゆえに「肩身のせまい思ひをした」ことが、青扇への惚れ込みと幻滅、さらには青扇自身との「相似」を認めた後の、語りの現在から語られている。つまり、こうした金への執着は、一年前から現在に至るまで、濃淡はあるものの一貫して二人の関係を下支えしてきたものだといえる。

「昨年の三月」に青扇と出会ってからしばらく、「僕」は敷金をめぐって翻弄され、その過程で青扇の人となりに否が応でもふれながら、将棋や酒によって青扇のペースに巻き込まれ、「ずるずると僕たちのをかしなつきあひがはじまつ」ていく。「僕」は、「青扇の家主として、彼の正体のはつきり判るまではすこし遠ざかつてゐたはうがいろいろと都合がよいのではあるまいか」と考え、「それから四五日のあひだは知らぬふり」をするが、「知らぬふり」のできない局面はいずれ訪れる。つまり、「三月が過ぎても、四月が過ぎても、青扇からなんの音沙汰もない」という事態に、敷金への執着は捨てるものの、「屋賃をいれてくれないのには、弱つ」てしまう。「五月のをはり」に「思ひ切つて青扇のうちへ訪ねて行くこと」を余儀なくされた「僕」だが、いつも通り青扇のペースに巻き込まれ、家賃の支払いはまたしても引き延ばされてしまう。ここで重要なのは、一連のやりとりの帰結として、〝集金〟と併せてもう一つのプロット動因（ドライブ）が浮上してくる点にある。「父親の遺産のおかげで」暮らしている自らを省みた「僕」は、「青扇の働けたらねえといふ述懐」に理解を示した上で、「もうかうなつたうへは、どうにかしてあいつの正体らしいものをつきとめてやらなければ安心ができない」と考えるに至る。ここでは、後に明らかにされる〝「僕」＝青扇〟の「相似」が伏線として仕掛けられながら、自己（像）の投影であるところの青扇の「正体」探しへの欲望が、満たされなければ「安心ができない」ほどのものとして着実に準備され、掻き立てられていく。この、「僕」による〝青扇の「正体」探し〟という動因（ドライブ）もまた、「彼は昔の彼ならず」のプロットを突き動かしていくのだ。

　こうした観点から今一度テクストを振り返ってみれば、すでに青扇が越してきてから一週間目に、「僕」は「少しでも青扇の正体らしいものをさぐり出さうとかかつてゐた」はずであるし、その「正体」をめぐって、いくつかの可能性を考えてもいたのだ。

> （マダムと青扇が／引用者注）愛し合つてゐるといふことは知り得たものの、青扇の何者であるかは、

どうも僕にはよくつかめなかつたのである。いま流行のニヒリストだとでもいふのか、それともれいの赤か、いや、なんでもない金持ちの気取りやなのであらうか、いづれにもせよ、僕はこんな男にうつかり家を貸したことを後悔しはじめたのだ。

このように、「彼は昔の彼ならず」では、いわば〝謎解き〟としての要素を併せもつ二つの動因（ドライブ）がプロットを突き動かすことでテクストが織り上げられていくのだが、双方ともその謎が解かれることはなく、家賃はついに支払われず、青扇の「正体」もまた「無性格」ゆえに宙に吊られたまま終わる、という展開には注目しておきたい。つまり、「彼は昔の彼ならず」においては「僕」の抱いた謎を基点としながら、その解明の遅延それ自体がテクストの言葉を紡ぎ出す原動力となっており、「僕」が青扇の言動・人物に対して様々な意味づけを試みる過程そのものが〝内容〟を形成し、さらには「彼は昔の彼ならず」というテクストを成立させているのだ。もっとも、青扇の「正体」をめぐって〝「僕」=青扇〟であることは〝内容〟でも示唆され〝枠組み〟で明示されるものの、肝心の〝「僕」=青扇〟の「正体」はといえば、それは無定形（アモルフ）に拡散していくばかりなのだ。

ここまでみてきたように、〝内容〟においては「僕」の語りが前景化されているが、テクスト構造上もう一点見逃してはならないのが、語りにおける聴き手=「君」への意識であろう。〝枠組み〟で前景化される「僕」から「君」への語りかけは、〝内容〟の展開に伴い後景に退いてはいくが、「いけないとは言へないだらう。」という問いかけや「君も知つてゐるやうに僕は将棋の上手である。」という一節、さらには自身の「薄志弱行」を説明する「僕」の「それは僕の無頓着と寛大から来てゐるといふ工合ひに説明したいところであるが、ほんたうを言へば、僕には青扇がこはかつたのである。」といった記述が散見される。

こうした記述に看取される聴き手への意識は、一方で、語る内容を過去の出来事として対象化する「僕」の語りの位置を示しているのだが、この安定した位置が常に維持されているかといえばそうではなく、他方では、一年を遡って青扇とのつきあいのはじめから時系列に即して挿話（エピソード）を語り継ぐ「僕」は、折々当時の出来事を「いま」のそれとして、つまりは過去という時空間に身を置いたようにして語ってもいるのだ。そこで、どのような挿話（エピソード）を語るに際して過去の出来事が「僕」に現前し、その帰結として安定した語りの位置が攪乱されてしまうのかを、以下に検証していくことにしよう。

青扇が越してきたその日、再び青扇宅を訪れた「僕」が、ようやくのことで敷金の件を口にすると、青扇は銀行が休みだから明日届けるという。次に引くのは、「僕」が日曜であったことに思い至り、二人して「笑ひこけた」後の一節である。

> 僕は学生時代から天才といふ言葉が好きであつた。ロンブロオゾオやシヨオペンハウエルの天才論を読んで、ひそかにその天才に該当するやうな人間を捜しあるいたものであつたが、なかなか見つからないのである。〔略〕いま僕は、かうして青扇と対座して話合つてみるに、その骨骼といひ、頭恰好といひ、瞳のいろといひ、それから音声の調子といひ、まつたくロンブロオゾオやシヨオペンハウエルの規定してゐる天才の特徴と酷似してゐるのである。たしかに、そのときにはさう思はれた。

引用末尾の一文に明らかなように、右の場面で「僕」はすぐさま安定した過去回想の位置を回復しているが、天才という参照枠(9)(理想像)を経由しながら、目の前に「対座」する青扇と向きあっているその瞬間を「いま」と感じている。つまり、語る現在においてもなお、天才に二重写しされた青扇(像)が、「僕」に現前しているということになる。このことは、「僕」が今なお、過剰なまでに青扇に価値ある何かを見出し、距離がとれないほどに同一化の欲望が漲っていることを示唆していよう し、こうした局面が語りの現在において語られる以上、〝「僕」=青扇〟という自覚は、今なお「僕」にとって肯定的な自己像としてあるに違いなく、してみれば「彼は昔の彼ならず」とは〝相補的な自己同一性(アイデンティティ)確認の書〟という側面も併せもつテクストなのだ。

もう一箇所、長くなるが次の会話もみておこう。


「なぜ働かないのかしら?」僕は煙草をくゆらしながら、いまからゆつくり話込んでやらうとひそかに決意してゐた。

「働けないからです。才能がないのでせう。」相変らずてきぱきした語調であつた。

「冗談ぢやない。」

「いいえ。働けたらねえ。」

僕は青扇が思ひのほかに素直な気質を持つてゐることを知つたのである。胸もつまつたけれど、このまま彼に同情してゐては、屋賃のことがどうにもならぬのだ。僕はおのれの気持ちをはげました。

〈略〉

僕は二本目の煙草をくはへ、またマツチをすつた。さつきから気にかかつてゐた青扇の顔をそのマツチのあかりでちらと覗いてみることができた。僕は思はずぽろつと、燃えるマツチをとり落したのである。悪鬼の面を見たからであつた。

「それでは、いづれまた参ります。ないものは頂戴いたしません。」僕はいますぐここからのがれたかつた。

右は、〝集金〟を契機として「僕」が青扇と向かいあう場面だが、傍線部に明らかなように、「僕」は現在において語り直しながらも、自らの語る青扇との距離がとれないほどの存在感に引き込まれているかのようだ。先の引用が、青扇のポジティブな一面だとしたら、ここで「僕」が体感しているのはネガティブな一面である。しかし、両者は別のものではなく、青扇という人格において共存している以上、「僕」自身が抱え込んだ自画像でもあるはずだ。

ここで、これまで分析してきた〝内容〟についての議論をまとめておこう。まず、とめどのない語りにみえもする〝内容〟だが、その実、〝集金〟と〝青扇の「正体」探し〟という疑似的な謎がプロット動因(ドライブ)として仕掛けられ、それらが「君」という聴き手への意識に裏支えされるかたちで構成されている。また、現在の「僕」は、語りの位置を乱すほどに青扇に囚われ、深い拘泥をみせている。つまるところ、〝内容〟において前景化されているのは、確かに青扇という特異な「青年」(像)なのだが、より正確にいえば、青扇といふ特異な「青年」（像）に囚われたもう一人の「青年」＝「僕」だということになる。従って本章3では、この二者の交錯点である「青年」という主題に照準を絞っていきたい。

3

後に「僕」は「はじめからいけなかつた」と振り返っているが、青扇にはじめて出会った時の印象は「痩せてゐて背のきはめてひくい、細面の青年」で「たしかに青年に見えた」という。そして「僕より十も年うへ」の「四十二歳」だということも後から知るのだが、「僕」はその年齢が嘘である可能性も認めた上でなお青扇を「青年」と呼んでいる。ここで重要なのは、青扇が嘘をついたか否かでもその実年齢でもなく、「青年に見えた」という一点である。本節では、小説世界内での実体的な条件は問わず、文化表象であるところの「青年」として描かれた人物（像）を〈青年〉と表記して議論を進めていきたい。こうした〈青年〉は、「彼は昔の彼ならず」において多く青扇の言動を通して描かれることになる。家を借りる際に、「自由天才流書道教授」という名刺を残した青扇だが、「床の軸物」を指して「僕」に尋ねられた時には、次のように返答してみせる。

「自由天才流？　ああ。あれは嘘ですよ。なにか職業がなければ、このごろの大家さんたちは貸してくれないといふことを聞きましたので、ま、あんな出鱈目をやつたのです。怒つちやいけませんよ。」

〈略〉「これは、古道具屋で見つけたのです。こんなふざけた書家もあるものかとおどろいて、三十銭かいくらで買ひました。文句も北斗七星とばかりでなんの意味もないものですから気にいりました。私はげてものが好きなのですよ。」

右の一節は、書と同時に青扇の「出鱈目」さを端的に示した台詞だが、まず書の「北斗七星」という文字(シニフィアン)が「なんの意味もない」ものとして青扇の嗜好に適している点を確認しよう。これは、同棲する女性ごとにその言動を真似、「あのひとに意見なんてあるものか」とマダムに指摘される青扇という人物（像）と見事なまでの相同性をもつ。また、同様に青扇の「嘘」も「出鱈目」も「なんの意味もない」もので、それは単にT・P・Oに適宜あわせた言動の帰結にすぎない。そもそも、言語に代表される記号（行為）において「嘘」が可能なのは、記号内容と記号表現とが原理的に分離可能なため[10]で、その意味で「彼は昔の彼ならず」とは、様々な水準で言語記号の特質／臨界を体現したテクストでもある。こうした側面をふまえつつ議論を戻せば、つまり、青扇に託して描かれた〈青年〉とは、身体という器に意味内容が所与のものとして一対一で対応していないところにその特徴をもち、適宜「嘘」・「出鱈目」・「真似」などを介して無定形(アモルフ)な何かが充填され、あるいは空っぽであったりしながら、それでいて身体という物質的な同一性をもちあわせているがゆえに、その齟齬が常時意識されるような主体として形象されているのだ。こうした様相は、「僕」が銭湯屋で青扇に出くわした際の、次の挿話(エピソード)からもうかがえよう。

青扇は、さきに風呂から出た。僕は湯槽のお湯にひたりながら、脱衣場にゐる青扇をそれとなく見てゐた。けふは鼠いろの紬の袷を着てゐる。彼があまりにも永く自分のすがたを鏡にうつしてみてゐるのには、おどろかされた。やがて、僕も風呂から出たのであるが、青扇は、脱衣場の隅の椅子にひつそり坐つて煙草をくゆらしながら僕を待つてゐてくれた。僕はなんだか息苦しい気持ちがした。

右の場面が、青扇の自己同一性(アイデンティティ)の危機を示すと同時に、それを確保しようとする振る舞いでもあることは、「鏡」という小道具からも容易に想定されようが、重要なのは、〝鏡をみている青扇を、「僕」がみている〟ことであり、その帰結として「僕」が「なんだか息苦しい気持ち」になったことである。青扇の側からみれば、その身体は、鏡の中の青扇自身と「僕」とからみられており、つまりは鏡を介しての自照と他者(「僕」)のまなざしが、青扇を意味づけ、承認しているということになる。こうした構図は、物語内容における〈青年〉のありようとしてだけでなく、後にふれる人称の問題からみても極めて重要である。

しかもこの〈青年〉は、テクスト内の記述によって歴史化されてもいる。一つには、青扇が発明家を自称した際に「いまのわかいひとたちは、みんなみんな有名病といふ奴にかかつてゐる」という指摘に続き、「あなたがた近代人」という一節に垣間みられる歴史認識である。さらに、決定的に重要なのは、青扇が「私はね、むかし森鷗外、ご存じでせう? あの先生についたものですよ。あの青年といふ小説の主人公は私なのです。」と森鷗外『青年』の「主人公」を自称することである。この発言を受けて、「意外」の感に打たれた「僕」は、様々に思いをめぐらせた後、次のような問答をはじめる。

「はじめて聞きました。でもあれは、失礼ですが、もつとおつとりしたお坊ちやんのやうでしたけれど。」
「これは、ひどいなあ。」青扇は僕が持ちあぐんでゐた紅茶の茶碗をそつと取りあげ、自分のと一緒にソフアの下へかたづけた。「あの時代には、あれでよかつたのです。でも今ではあの青年も、こんなになつてしまふのです。私だけではないと思ふのですが。」

右の「今」を、「彼は昔の彼ならず」初出から単行本収録期の昭和九〜十年と捉えるならば、「あの時代」とされる『青年』発表時(11)（初出『スバル』明43・3〜44・8）からは二十余年の月日が経っていることになるが、重要な指標(メルクマール)となるのはプロレタリア文学の盛／衰という昭和初年代の動向であろう(12)。その時期を過ごした後には、かつて「水蓮のやうな青年」であった青扇が、「僕」の前にあらわれた〈青年〉となったという変貌とその過程それ自体に、歴史性が刻印されているのだ。ここでもまたことの真偽は問題ではない。多分に疑わしい青扇の『青年』についての話を聞いた「僕」が、次の感慨を抱いたことにこそ注目すべきなのだ。

帰途、青扇の成功をいのらずにをれなかつた。それは、青年についての青扇の言葉がなんだか僕のからだにしみついて来て、自分ながらをかしいほどしをれてしまつたせゐでもあるし、また、青扇のあらたな結婚によつて何やら彼の幸福を祈つてやりたいやうな気持ちになつてゐたせゐでもあらう。みちみち僕は思案した。あの屋賃を取りたてないからといつて、べつに僕にとつて生活に窮するといふわけではない。たかだか小使銭の不自由くらゐのものである。これはひとつ、あのめぐまれない老いた青年のために僕のその不自由をしのんでやらう。

本章2で述べた〝集金〟というプロット動因(ドライブ)によって展開した右の場面も、青扇の語る〈青年〉が無意識裡に「僕」の共感を誘ったようで、当初の目的(「屋賃」)を「老いた青年」のために忍ぶ気になっているようだ。その後さらに「僕」は、「ふと口をついて出たHe is not what he was. といふ言葉をたいへんよろこばしく感じ」、「青扇に対してある異状な期待を持ちはじめ」る。こうして〈青年〉=青扇への「僕」の惚れ込みは決定的となり、「二月のはじめ」にマダムから青扇が「女の影響」で振る舞っていたにすぎないと聞かされた時も、「いまここに青扇がゐるなら彼のあの細い肩をぎゆつと抱いてやつてもよい」と思うほどだ。

ところで、こうした〈青年〉の属性は、テクストにおいて青扇だけが担うものなのだろうか。青扇の「真似」には何度もふれてきたが、それが越してきた初日の「僕の口真似」からはじまっていたことは確認しておこう。その後、青扇とお酒を飲んで「したたかに酔」った「僕」は「もつともつとおのれを相手に知らせたいといふやうなじれつたさを僕たちはお互ひに感じ合つてゐたやうである」。こうして「僕」と青扇との関係は、当初感情的なものとして胚胎するのだが、「五月のをはり」にまたしても家賃集金に失敗した後には、青扇への共感(シンパシー)の深まりだけでなく、その身の上の相同性をも確認していくことになるだろう。そして、「七月のをはり」に青扇を訪れた後、ついに「僕」はあることに気づく。

ふと僕は彼の渡り鳥の話を思ひ出したのだ。突然、僕と彼との相似を感じた。どこといふのではない。〈略〉彼が僕に影響を与へてゐるのか、僕が彼に影響を与へてゐるのか、どちらかがヴアンピイルだ。どちらかが、知らぬうちに相手の気持ちにそろそろ食ひいつてゐるのではあるまいか。僕が彼の豹変ぶりを期待して訪れる気持ちを彼が察して、その僕の期待が彼をしばりつけ、ことさらに彼は変化をして行かなければいけないやうに努めてゐるのであるまいか。あれこれと考へれば考へるほど青扇と僕との体臭がからまり、反射し合つてゐるやうで、加速度的に僕は彼にこだはりはじめたのであつた。

右の一節を以て、結末部を読む前に〈青年〉としての「相似」に裏づけられた〃「僕」＝青扇〃という等式が示されるのだが、重要なのは「僕」と青扇がお互いに反照鏡(プロジェクター)と化し、〈青年〉としての意味内容が無限増殖的に充填されていくテクストの機構(メカニズム)である。さらに、「彼は昔の彼ならず」における《分身的な関係》を、《叙述の内容はもとより、その文法的形式において読者は認知せざるをえなくなる[13]》。というのも、改めて右の引用を読めば、「僕と彼」・「君も僕も」・「彼が僕に」・「僕が彼に」・「僕が彼の」・「青扇と僕」・「僕は彼に」といった二者関係がことのほか強調されており、「彼」・「青扇」という表記上の三人称も対話の実質において、「僕」を拠点にすれば二人称的存在に他ならず、こうした二人称的関係においては、双方が相互に交換可能なのである。ここでは、言語における人称性の普遍性を確認した上で、《きわめて一般的に、人称は《わたし》と《あなた》の立場にのみ本来的なものである》と指摘する、É・バンヴェニストの議論を参照しておこう。

> わたしが《自我》から出て、ある存在と生きた関係を結ぼうとすれば、私はどうしても《あなた》と出会うか、さもなければ《あなた》を設定することになる。それは、わたしのそとにおいては、想像しうる唯一の《人称》なのである。この内在性と超越性という特質は、固有のものとして《わたし》に属するものであり、しかもそれは《あなた》に入れ換わる。(14)

ここで改めて確認しておくべきなのは、一人称＝《わたし》と二人称＝《あなた》の、対話の場における交換可能性である。〝内容〟における〝「僕」＝青扇〟という等式（「相似」）は、人称構造においても保証されており、青扇が担う〈青年〉の符徴は転移とも呼び得る心的な共感（シンパシー）からだけでなく、文法的回路を経て「僕」にも共有されるべきものなのだ。こうして反照鏡（プロジェクター）に映った「僕」／青扇は、テクスト構造の中で増殖しながら、「彼は昔の彼ならず」における〈青年〉という主題を活性化・前景化していくだろう。

ただし、こうした対話＝語りの場は、右にバンヴェニストが想定するほど安定したものではない。

発話行為が統一体ではなく裂け目だとしたら、発話行為における話者の現前をどのように語ることができるのだろう。さらに、発話行為の主語と発話行為の身体（シュタイ）が発話行為において分離しているなら、どうして「対話の審級」における話者を統一体、「不可分体（個人）」であるかのように語れるのだろうか。発話行為で起こる（場所を占める）ものは現在（現前）ではなく、絶え間なく逃れ、横滑りする現在なのだ。(15)

右に酒井直樹が指摘する《横滑りする現在》が差し出す非対称的な対話＝語りの場において、「彼は昔の彼ならず」の〝内容〟、さらには本章4でふれる作中読者／現実の読者の問題は捉え返していくべきだろう。こうした、バンヴェニスト／酒井直樹経由によってテクストの力学を析出し得た地点においてこそ、青扇についての次の評言は正しく理解できよう。

明確な目的にあわせて意志的に自己を変革してゆく近代が夢見た自我の実体こそが、むしろ虚偽であり、結局、自我とは無に映じた、他者と自己の要請した夢の影絵にすぎなかったのではないか。とすれば、彼（青扇／引用者注）は人間の実質にきわめて忠実に振る舞っただけなのだ。むしろ彼は、私＝〈僕〉であり、君であり、われわれ自身の代名詞なのではないのか。(16)

注目すべきは傍線を付した最後の一文だが、〝内容〟の分析のみを以て〝枠組み〟に登場する「君」やテクスト外の《われわれ自身》までを論じるのはいささか性急にすぎよう。

4

本節では、〝枠組み〟における作中読者＝「君」の問題に照準をあわせ、テクストが内包する読書行為／読者（論）的機制までを明らかにし、「彼は昔の彼ならず」の読解可能性を、歴史的かつ今日的に切り拓いてみたい。

まず、テクスト冒頭部に配置された〝枠組み〟からみていこう。「彼は昔の彼ならず」は、次のような「君」への語りかけからはじまった小説である。

> 君にこの生活を教へよう。知りたいとならば、僕の家のものほし場まで来るとよい。其処でこつそり教へてあげよう。
>
> 僕の家のものほし場は、よく眺望がきくと思はないか。郊外の空気は、深くて、しかも軽いだらう？　人家もまばらである。気をつけ給へ。君の足もとの板は、腐りかけてゐるやうだ。もつとこつちへ来るとよい。

右の一節に明らかなように、「僕」に語りかけられる「君」は身体を併せもつ極めて実体的な登場人物として描かれ、それでいてその言動は主導権（イニシアチブ）をもつ「僕」の語りによって完全に封殺され、その言葉の端々から想像するしかない存在でもある。

> 見渡したところ、郊外の家の屋根屋根は、不揃ひだと思はないか。君はきつと、銀座か新宿のデパアトの屋上庭園の木柵によりかゝり、頬杖ついて、巷の百万の屋根屋根をぼんやり見おろしたことがあるにちがひない。巷の百万の屋根屋根は、皆々、同じ大きさで同じ形で同じ色あひで、ひしめき合ひながらかぶさりかさなり、はては黴菌と車塵とでうす赤くにごらされた巷の霞のなかにその端を沈没させてゐる。君はその屋根屋根のしたの百万の一律な生活を思ひ、眼をつぶつてふかい溜息を吐いたにちがひないのだ。

こうして「僕」は、「ちがひない」を二度繰り返しながら「君」を規定していく。ただし、この「君」とはあくまで「彼は昔の彼ならず」という小説に内在する（内包された読者ではなく）作中人物であり、「僕」による規定にも明らかなように、現実世界の読者が無媒介的に自らの読み（の位置）を代入できるスペースではない。従って、《潜在二人称的な説話体》なり現実世界の読者への語りかけを「彼は昔の彼ならず」から読みとろうとするならば、テクストが差し出す読解の回路とその切り結びの要点を検証しておく必要がある。

さて、「僕」はこれから提示するのが「百万の一律な生活」とは違うことを強調し、「僕の君に知らせようとしてゐる生活は、こんな月並みのものでない」といいながら、次第に「君」と視界・視点・視線を共有しようとしていく。

こつちへ来給へ。このひがしの方面の眺望は、また一段とよいのだ。人家もいつそうまばらである。あの小さな黒い林が、われわれの眼界をさへぎつてゐる。〔略〕あの紙凧から垂れさがつてゐる長い尾を見るとよい。尾の端からまつすぐに下へ線をひいてみると、ちやうど空地の東北の隅に落ちるだらう? 君はもはや、その箇所にある井戸を見つめてゐる。いや、井戸の水を吸上喞筒で汲みだしてゐる若い女を見つめてゐる。それでよいのだ。はじめから僕は、あの女を君に見せたかつたのである。

こうして「僕」は、「君」の視線=興味を「あの女」=「マダム」へと誘い[17]、「孟宗竹」や「紅梅」に目配り[18]をしながら、自分が「マダム」の言動を知悉していることを顕示し、その上で、次のようにして自らの語りの場を確保していく。

あのうすあかい霞の下に、黒い日本甍の屋根が見える。あの屋根だ。あの屋根のしたに、いまの女と、それから彼女の亭主とが寝起してゐる。なんの奇もない屋根のしたに、知らせて置きたい生活がある。ここへ坐らう。

こうした「僕」の周到な語りから構成される冒頭部の〝枠組み〟は、以下に展開される〝内容〟が、「僕の家のものほし場」に腰かけた「君」に対して、視界・視点・視線を同じくする「僕」が語る「知らせて置きたい生活」であることを示している。

次に、結末部の〝枠組み〟の検討に移ろう。このパートでは、〝内容〟でも示唆されてきた〝「僕」＝青扇〟という等式が明示されるのだが、注目しておきたいのは、青扇との一年を経た後の「僕」が「君」にその一部始終を「生活」として語るほどに青扇に囚われているということ、そしてそれが他人どころではなく、「一層息ぐるしい結果」といわざるを得ないほどに青扇の存在が近いという「僕」の体感であろう。本章3の〝内容〟分析を想起するならば、この「息ぐるし」さは、「僕」に青扇の担う〈青年〉の意味内容が転移したことの帰結なのだ。となれば、〝枠組み〟においてもまた、〝「僕」＝青扇〟と「君」というペアによって二人称的関係が構築されているといえよう。

総じて、「彼は昔の彼ならず」とは、後述の現実世界の読者の問題も含めて、内容／文法を貫く二人称的関係が重層化されたテクストとして織り上げられており、そのことは双方の交換可能性を回路として様々な負荷（要素）の増殖・転移を促進することになるだろう。結末部の〝枠組み〟においても、長らく後景に潜んで聴き手としての役割を演じてきた「君」は、「僕」と青扇を「似てゐる」ということによって（「僕」の声によって表象される）、いつしか二人にとっての反照鏡(プロジェクター)の役割を演じており、そのことで〝内容〟における二人の「反射」を「相似」と承認し、〈青年〉という自己同一性(アイデンティティ)を保証する役回りを演じていくのだ。それが可能であった以上、「君」にも〈青年〉としての共感(シンパシー)が生成していたはずで、〝枠組み〟

の二人称的関係は、「反射」を介して新たな転移をもたらすだろう。そして、テクストにおいては、囚われるかのように話を聴く者をいつしか二人称的関係に巻き込んでいく力学が作動しており、冒頭から「僕」の話し相手として見込まれていた「君」は、いずれ〈青年〉という主題が感染せざるを得ない位置にあったはずである。こうして、代名詞（シフター）を介して〈青年〉という主題はテクストに蔓延していくのだが、最後に、「彼は昔の彼ならず」がどのような読解の回路によって現実世界の読者との関係を切り結ぶのか、検討しておこう。

> おい。見給へ。青扇の御散歩である。あの紙凧のあがつてゐる空地だ。横縞のどてらを着て、ゆつくりゆつくり歩いてゐる。なぜ、君はさうとめどもなく笑ふのだ。さうかい。似てゐるといふのか。――よし。それなら君に聞かうよ。空を見あげたり肩をゆすつたりうなだれたり木の葉をちぎりとつたりしながらのろのろさまよひ歩いてゐるあの男と、それから、ここにゐる僕と、ちがつたところが、一点でも、あるか。

右に引いたのは「彼は昔の彼ならず」の結末部であるが、ここで「君」は、「僕」と並び青扇をみながら「とめどもなく笑」い、「似てゐる」といったはずだ。それに対し、「僕」が発した台詞が「よし。」以下ということになろうが、注目すべきなのは、この問いに対する答えが語られる前にテクストが閉じられているという物質的な事実である。つまり、「僕」の問いに対する答えは、いかなるかたちでもテクストには書き込まれておらず、しかし問いが発された以上その答えは空白としてテクストに内包されるだろう。そして、「彼は昔の彼ならず」の読解に際して現実世界の読者が投企的に関わるとしたら空白を前にしたこの地点をおいて他になく、この問いに対して応答した時（空白の読みによる充填）、はじめて現実世界の読者はテクストにおける「君」の位置を領有し、虚構世界に参入することになるだろう。その際、答えの内容は二次的な問題にすぎず、応答それ自体によって、現実世界の読者もまた「僕」との二人称的関係に組み込まれ、交換可能性に晒されていくというテクストの力学こそが重要なのだ。どのように応答するにせよ、現実世界の読者が問い＝空白に向きあった時、「僕」と青扇の「相似」が問題になる以上、そこには〈青年〉という主題が浮上せざるを得ない。こうして結末部に至って、「彼は昔の彼ならず」を読む現実世界の読者もまた、そこに積極的にコミットするにせよしないにせよ、二人称的関係の中で〈青年〉という主題を「反射」させ、何らかのかたちで引き受けていくことになるのだ。

†

こうして重層化された二人称的関係の中で、テクスト内／外の一人称が自ら担う〈青年〉という主題／主体の承認を求め、求められた二人称の相手に〈青年〉の問題系が転移していくという力学を孕んだ「彼は昔の彼ならず」は、ついには現実世界の読者をもその力学圏に引き込みながら、そこに描かれた〈青年〉という主題を増殖させていくだろう。これこそが、このテクストに内在する機構なのだ。そして、この〈青年〉という主題に、テクスト内において明治末期とは差異化されたこの時期固有の歴史（性）が刻印されていたことを想起するならば、「彼は昔の彼ならず」とはテクストを読みぬくことによって昭和十年前後の〈青年〉のありようを浮かび上がらせる、すぐれて歴史的なテクストでもある。

そして、このようにして、現実世界の読者がテクストと二人称的関係を切り結んだ時、ようやく「彼は昔の彼ならず」を〝語りかけるテクスト[19]〟と呼ぶことができるだろう。

注

(1) 長部日出雄・野原一夫・井上ひさし・小森陽一「太宰治「メタフィクション」の劇場人」(井上ひさし・小森陽一編著『座談会昭和文学史　第三巻』集英社、平15) における野原一夫の発言。なお、続いて野原は《『晩年』では、あの作品が太宰の側面を一番よく出している》とも述べている。

(2) 同人雑誌『世紀』や執筆・発表経緯等については、相馬正一「「彼は昔の彼ならず」」(『解釈と鑑賞』昭58・6) に詳しい。

(3) 奥野健男『太宰治論　増補決定版』(春秋社、昭43)

(4) 奥野前掲書・注 (3) に同じ

(5) 川崎和啓「「彼は昔の彼ならず」の作品的意味――太宰治と自我喪失の不安――」(『国文学攷』平2・9)、小林幹也「太宰治「彼は昔の彼ならず」論」(『日本語・日本文学』平16・3) 参照

(6) 川崎前掲論文・注 (5) に同じ

(7) 鶴谷憲三「《喪失》の自覚――「彼は昔の彼ならず」と「渡り鳥」と――」(『日本文学研究』平9・1)

(8) 傳馬義澄「『彼は昔の彼ならず』――自我の分裂を映す多面鏡――」(『解釈と鑑賞』平11・9)

(9) 「天才」をキーワードにした、山口俊雄「隣人は天才かもしれない――太宰治「彼は昔の彼ならず」論――」(『愛知県立大学文学部論集 (国文学科編)』平17・3) も参照。

(10)佐藤信夫『記号人間』(大修館書店、昭52)参照。なお、「僕」の言葉を鵜呑みにすることの危険性については、永井博「太宰治「彼は昔の彼ならず」論覚え書――「僕」のことばの信憑性をめぐって――」(『金沢大学国語国文』平16・3)参照。

(11)当時の〈青年〉の一側面については、岡義武「日露戦争後における新しい世代の成長(上・下)――明治三八～大正三年――」(『思想』昭42・2、3)他参照。

(12)この間、さらに昭和十年前後の〈青年〉については、本書第三章・第八章参照。

(13)小森陽一「人称性のゆらぎ――太宰治と語り――」(『文学』平10・4)

(14)É・バンヴェニスト/岸本通夫監訳『一般言語学の諸問題』(みすず書房、昭58)。なお、R・バルトは「なぜバンヴェニストを愛するか」(花輪光訳『言語のざわめき』みすず書房、昭62)でバンヴェニストの仕事にふれ、《《主体》なるものは存在せず(したがって、《主観性》なるものも存在せず)、ただ話し手だけが存在するのであり、さらに言えば――バンヴェニストがたえず注意を喚起しているように――対話者しか存在しないのである。》と述べているが、「彼は昔の彼ならず」はこの言を図らずも体現した、日本語の小説テクストだと思われる。

(15)酒井直樹/酒井直樹監訳『過去の声――一八世紀日本の言説における言語の地位』(以文社、平14)

(16)服部康喜『終末への序章――太宰治論――』(日本図書センター、平13)

(17)確かに「あの女を君に見せたかったのである。」とあるが、〝内容〟に入る直前では知らせて置きたいのは「生活」とされており、テクストに即す限り、必ずしも「あの女」=マダムを中心化して〝内容〟を読む必要はない。この論点については、長原しのぶ「太宰治『彼は昔の彼ならず』論――「マダム」像からの考察」(『日本文芸研究』平13・3)も参照。

(18)これまで注目されてこなかったが、〝枠組み〟に限らず、「彼は昔の彼ならず」に実に多く描写された庭の植物は、テクストにおいて時間の流れや季節の変化を関数とした状況の変化を指し示す読解コードとして機能していると思われる。

(19)　拙論「語りかけるテクスト──太宰治「カチカチ山」」(『国文学』平20・3)参照

第七章　黙契と真実
――「道化の華」

1

太宰治「道化の華」（『日本浪曼派』昭10・5）は、長らく太宰治なる作家への関心に基づいて読まれてきた。例えば臼井吉見は、「道化の華」の《混乱した形式》が《おのれの全存在にかかはる、にがい苦悩の真実》に起因するとし、作品から《自己を喪失しつくした彼の、いのちを賭けた苦悩の真実性》を読みとっている(1)。こうした、実体（論）的な作家と作中人物とを虚／実の閾を超えて二重写しにする〝太宰神話〟型の読解は、『人間失格』（『展望』昭23・6〜8）連載中の情死報道（昭23・6）を一つの契機として生成されていき、その時『人間失格』と同様の題材・主人公（大庭葉蔵）を擁する「道化の華」もまた〝太宰神話〟型の読解枠組みに領有されていったと思われる。もっとも、その後の「道化の華」研究は、鶴谷憲三によれば《太宰治への作家的関心から、自立したテキストの分析へ》と展開してきたというのだが、なお《問題点は数多い(2)》という。私見では、その問題の最たるものは、様々なレベルの〈読者(3)〉やそれに関わる諸条件がほとんど議論されてこなかったことにある。(4) しかも、テクストの言語編成、ならびに、その読解コードに注目するならば、〈読者〉をめぐる問題系の分析は「道化の華（テクスト）」自体の要請でもあるはずなのだ。このことは、文学テクストを構造からみた時、その《始まり（ナチャーロ）》が《テキストにおけるコード化機能》を担うというYu・M・ロトマンの指摘(5)とともに、「道化の華」冒頭部を読むことで明らかになるだろう。

「ここを過ぎて悲しみの市（まち）。」
友はみな、僕からはなれ、かなしき眼もて僕を眺める。友よ、僕と語れ、僕を笑へ。ああ、友はむなしく顔をそむける。友よ、僕に問へ。僕はなんでも知らせよう。僕はこの手もて、園を水にしづめた。僕は悪魔の傲慢さもて、われよみがへるとも園は死ね、と願つたのだ。もつと言はうか。ああ、けれども友は、ただかなしき眼もて僕を眺める。

右の引用箇所の読解で重要なのは、作中小説家「僕」（以下〈僕〉）のねらいを、その個別具体的な事情に即して把握することである。自分のもとに駆けつけた飛騨の「煮え切らぬそぶり」をみて、「もつとうち解けて呉れてもよいと思」う折も折、葉蔵は遅れてやってきた小菅と飛騨との次の会話を、病室で漏れ聞いてしまうのだ。

「どんな気持ちだらうな。」（小菅）
「わからん。――大庭に逢つてみないか。」（飛騨）
「いいよ。逢つたつて、話することもないし、それに、――こはいよ。」（小菅）
　ふたりは、ひくく笑ひだした。（括弧内の発話者名は引用者による補足）

　そして、病室にいた真野が二人を注意した後で食堂へと誘い、葉蔵が一人病室に残されたところで「最初の書きだしへ返る」のだ。つまり、冒頭部における葉蔵の内話文は聴き手の希求を意味しており、それが「僕のけふまでの生活」を賭した冒頭の引用に導かれ、テクスト総体の読解コードとして配置されているのだ。

　右に述べてきた基本的な問題意識に基づき、以下、本章のねらいを示しておく。「道化の華」は、大庭葉蔵を中心とした青松園での出来事を描く物語部分（以下、〝小説〟）と〈僕〉による様々な註釈部分（以下、註釈）という、画然とは分離し得ない二種の言葉によって織りなされている。〝小説〟は、「一九二九年、十二月のをはり」・「青松園といふ海浜の療養院」を舞台として、心中未遂後の療養患者＝大庭葉蔵を中心に、葉蔵の友人の飛騨・小菅と看護婦の真野を交えた青年たちによって展開され、そこに警察・葉蔵の兄・院長・婦長ら大人たちが対置されることで、《〈おとな〉対〈青年たち〉といった対決の構造》[6]を内包した〝青春群像劇〟の体裁をとる。ただし、そこに正確な意味での〝劇〟はなく、そもそも葉蔵の心中をめぐっては《奇抄(ママ)な空白》[7]があるだけで、しかも当初は多様な解釈を誘う深遠さを有していた自殺の「原因」が、結末近くでは内面的な動機を排した任意の一行動にすら変質されている。葉蔵たちにとって自殺とは、散歩途中の「窒息するほど気まづい思ひ」に「いつそ気軽げに海へ身を躍らせ」そうになる程度のものなのだ。こうした小説表現における自殺（心中未遂）というモチーフは昭和初年代／十年代の切断を示し、その意味で「道化の華」は〈知識人青年〉の自殺という同時代的主題の〝現代性〟＝新しさを担ってもいたのだ。[8]

逆にいえば、「道化の華」は『日本浪曼派』読者層[9]などの問題系を共有した〈読者〉に比して、一般には理解され難い側面をもっていたとも考えられるが、注目すべきは〝小説〟の大人たちが単に作中人物としての役割に留まらず、その（主に葉蔵に対する）言動を通じて青年たちの言動に関する読解コードとしても作用していく点である。葉蔵に対して、例えば警察は「女は死んだよ。君には死ぬ気があつたのかね。」と詰り、兄は「お前も、ずつと将来のことを考へて見ないといけないよ。〔略〕これから生れ変つたつもりで、ひとふんぱつしてみるといい。」と諭し、院長は退院に際して「これからはほんたうに御勉強なさるやうに。」と忠告する。こうした言葉は、葉蔵批判として彼の社会的・倫理的位置づけをテクスト内で示すと同時に、他者からまなざされる葉蔵の立場をも照らし出す。また、こうした青年／大人のズレは、何を「大事件」と捉えるかに関しても顕著に示される。大人たちにとっての「大事件」とは当然葉蔵の心中未遂事件で、そのことは兄の「お前たち（葉蔵たち／引用者注）は、のんきさうだが、しかし、めんだうな事件だよ。」という台詞にも明らかである。しかし、当事者である葉蔵はといえば「罪人のひけ目」を感じるのが限度だし、青年たちにとっては、葉蔵が少女の患者に「得意の横顔を見せてゐる」ことや、小菅が温泉場の宿屋で「同宿のわかい女とすれちが」うことこそが「大事件」とされているのだ。

以上、〝小説〟の要諦を確認してきたが、太宰治なる作家の伝記的事実とも符合する物語内容ゆえに、従来の研究史では実体（論）的な太宰治との距離の測定やその自意識・方法意識が興味の中心とされてきた。具体的には、〝小説〟を津島修治の「縊死未遂事件」の再現＝表象として、註釈を「縊死未遂事件」を書く作家の自意識として読むことで、前衛的とも評される「道化の華」には、その実、安定した理解がもたらされてきたのだ。

こうした流れに決定的な衝撃（インパクト）を与えたのは、「道化の華」を論じて《物語部分に呈示された芸術観及び対人関係論と、それに対する注釈部分のディスクールとの、読者による接合によって、独特の表意作用が実現するように仕組まれ》・《両者が「決定的な癒着」を行うところにこそ構造的な枢要部が存する》[10]と断じた中村三春である。テクスト構造をメタフィクション論から捉え返す中村の議論は、しかし現在からみれば表現構造の分析が抽象的にすぎる難があるし、山﨑正純が指摘するように、「道化の華」のすべてがメタフィクションという分析枠組みに収斂するわけではなく、その時死角となる《言葉の力学》にも配慮すべきであろう[11]。そこで本章では、中村論文を批判的に受け継ぎ、実体（論）的な太宰治を前提とした議論に代えて、テクストの言語編成とその機能の具体的な分析を目指す。研究史上最大の難問（アポリア）ともされてきた〈僕〉は、先に引いた冒頭部に続き早速顔を出し、〝小説〟の主人公＝大庭葉蔵（という名）を「何となく新鮮」・「古めかしさの底から湧き出るほんたうの新しさが感ぜられる」と意味づけ、「あいつは「私」を主人公にしなければ、小説を書けなかつた」といわれるのを避けるためだという言明を通じて、《小説家としての自尊心をことさら顕示して、ここに書いているのが小説以外でないことを主張《(12)》し、さらには自作を読み返しては批判的言及をみせ、作中読者「君・諸君」（以下〈君〉）に問いかけてもみせる。本章ではこうした多様な註釈を、中村三春に倣って《〈メタ内容レヴェル〉（コンテクスト）》・《〈メタ言語レヴェル〉（コード）》・《〈対読者レヴェル〉（コンタクト）》(13)の三種に腑分けし、新たに〈読者〉という観点を導入して「道化の華」を読んでいきたい。

2

〝小説〟に対する、〈僕〉の言及である〈メタ内容レヴェル〉の註釈とは、〝小説〟における青年たちの言動に関する補足説明によってそれらを解説し、意味づけるとともに、〈読者〉にとっては読解コードとして機能する、例えば小菅の登場直後に差し挟まれる次のようなもの（傍線部）を指す。

小菅といふのである。この男は、葉蔵と親戚であつて、大学の法科に籍を置き、葉蔵とは三つもとしが違ふのだけれど、それでも、へだてない友だちであつた。あたらしい青年は、年齢にあまり拘泥せぬやうである。

このような〈メタ内容レヴェル〉の註釈において特徴的なのは、〈僕〉が青年たちの言動を「青年（彼等）」

と枠づけし、書記行為の参照枠として青年論を導入していく点である[14]。こうした青年論は、青年たちの言動に対して、他の作中人物が批判的な言動をみせた時や〈読者〉の批判的なまなざしを〈僕〉が想定する時、その一面的な解釈に別の〔解釈〕可能性を対置させるようにして示されることが多い。次の一節は、青松園での二日目に、小菅・飛驒・葉蔵・真野の四人が笑っている様子を描写した後に続く場面である。

①彼等は、よく笑ふ。〔略〕彼等はまた、よくひとを笑はす。おのれを傷つけてまで、ひとを笑はせたがるのだ。それはいづれ例の虚無の心から発してゐるのであらうが、②しかし、そのもういちまい底になにか思ひつめた気がまへを推察できないだらうか。犠牲の魂、いくぶんなげやりであつて、これぞといふ目的を持たぬ犠牲の魂。彼等がたまたま、いままでの道徳律にはかつてさへ美談と言ひ得る立派な行動をなすことのあるのは、すべてこのかくされた魂のゆゑである。③これらは僕の独断である。しかも書斎のなかの模索でない。みんな僕自身の肉体から聞いた思念ではある。（丸囲数字引用者／以下同）

ここで〈僕〉は、事件の後らしくもなく「笑ふ」青年たちを表層の物語で断罪せず（①）、「そのもういちまい底」を「推察」することを要請し、不謹慎ともとれる言動の深層に「犠牲の魂」が担保されていることを示唆し、理解を求める（②）。さらに、後に「三人の青年」を「僕たちの英雄だ」と自認するのに先立ち、「僕自身の肉体から聞いた思念」を通路として青年たちと立場を同じくし、共闘することを言明してもいる（③）。従って〈僕〉は、一方では、青年たちに差し向けられる社会的な理解＝批判を先取りして〝小説〟に描きながらも、〈君〉に対しては青年たちへの理解を促す青年論を展開していくのだ。次の箇所は、葉蔵が自殺幇助罪と知らされた直後の註釈である。

①ひと一人を殺したあととらしくもなく、彼等の態度があまりにのんきすぎると忿懣を感じてゐたらしい諸君は、ここにいたつてはじめて快哉を叫ぶだらう。ざまを見ろと。②しかし、それは酷である。なんの、のんきなことがあるものか。③つねに絶望のとなりにゐて、傷つき易い道化の華を風にもあてずつくつてゐるこのもの悲しさを君が判つて呉れたならば！

ここではまず、〈君〉による青年たちへの批判的なまなざしが想定・仮構された上で（①）、その種の理解を「酷」だとして排すと同時に（②）、「彼等の態度」にこそ〝道化の華〟としての「もの悲しさ」を見出すように〈君〉に促している（③）。この時〈僕〉は、青年たちと〈君〉との間に理解の回路を構築しようとしており、こうした註釈は青年たちの言動に対する読解コードとして作用するだろう。さらに、ここで〈読者〉は、〈君〉を参照点として青年たちへの態度決定を迫られてもいく。

テクストのこうした局面を読み、〈（現代）青年〉を主題に据えた「道化の華」受容は同時代にも散見される。「道化の華」を《青年の外面のポーズと内面の空白との間隙を、心中未遂の青年を中心に展げて見せる》と要約する青柳優は、《今日の青年のニヒルの面貌を深い陰影を持たせて描いてゐる》・《今月の傑作》

と評しているし、[15] EAPは《青年として、純粋に生きることのために、却つて唄を失はねばならなくなつた一群の無表情な「青面老人」》の中でも《独尊の光輝を示すもの》として《「道化の華」の太宰治》をあげている。[16] また、昭和十年後半以降、〈太宰治〉は一斉に〈青年〉と表象されていくことになるが、「道化の華」はそうした事態の一翼を担ったと思われる。[17]

以上検討してきたように、〈メタ内容レヴェル〉の註釈はいつしか〈対読者レヴェル〉の註釈へ移行(スライド)していくのだが、この一連の事態から確認したいのは、註釈が単なるメッセージではなく、基本的に〈読者〉に意識的な読解コードでもあるということであり、〈僕〉は〈君〉に向けて〝小説〟に書いた青年たちに対する理解の回路を構築しようとしていく。また、このことは、〈君〉のまなざしを内面化した〈僕〉が、〝小説〟の理解され難さを想定していたことをもうかがわせる。こうした緊張感の中で、〈僕〉は〝小説〟に対して註釈を施していくが、それでも解消されない不安は〈君〉への直接的な訴えとして書きつけられていく。しかし、〈君〉が〈僕〉による想像的な装置である以上、この不安に終わりはなく、ここに〈メタ言語レヴェル〉の註釈が生成されていく(テクスト内在的な)理由があるのだ。

3

〝小説〟総体に対する〈僕〉の註釈である〈メタ言語レヴェル〉の註釈は、研究史において注目を集めてきた争点の一つだが、こうした傾向は同時代からみられる。青柳優が《サナトリアムでの退院までの数日間の道化な遊び、他愛もない生活を、私といふ作者自身を作中に飛び出させたりして野放図に書いてゐる[18]》と好意的に評する一方で、「道化の華」に批判的な荒木巍は構成の不備とともに《心中の片割であるいい気な主人公及び、彼をめぐつての生活全体をもだらしがない程作者が甘やかし過ぎて居る》点に加え、《その上、作者までがいい気になつて、独断や諧謔を弄してゐる》点をあげる。[19]〈メタ言語レヴェル〉の註釈への批評と思しき右の二つの評は、対極の評価を示しながらも《作者》を争点とする構図においては、解釈の台座を共有している。この《作者》＝〈僕〉は、〝小説〟とそれに対する註釈を並置して、次のようにテクストを紡いでいく。

なにもかもさらけ出す。ほんたうは、僕はこの小説の一齣一齣の描写の間に、僕といふ男の顔を出させて、言はでものことをひとくさり述べさせたのにも、ずるい考へがあつてのことなのだ。僕は、それを読者に気づかせずに、あの僕でもつて、こつそり特異なニユアンスを作品にもりたかつたのである。それは日本にまだないハイカラな作風であると自惚れてゐた。しかし、敗北した。いや、僕はこの敗北の告白をも、この小説のプランのなかにかぞへてゐた筈である。できれば僕は、もすこしあとでそれを言ひたかつた。いや、この言葉をさへ、僕ははじめから用意してゐたやうな気がする。ああ、もう僕を信ずるな。僕の言ふことをひとことも信ずるな。

右は〈僕〉が暴露した「ずるい考へ」の自壊過程だが、重要なのは次の類似箇所も含めて、テクスト内において、自己言及的な語りがもたらす効果である。

自分で自分の作品の効果を期待した僕は馬鹿であつた。ことにその効果を口に出してなど言ふべきでなかつた。口に出して言つたとたんに、また別のまるつきり違つた効果が生れる。その効果を凡そかうであらうと推察したとたんに、また新しい効果が飛び出す。僕は永遠にそれを追及してばかりゐなければならぬ愚を演ずる。

ここで〈僕〉は、一見自己の信頼性を貶める危険（リスク）を犯しているようだが、そこには利点（ベネフィット）も生じている。なぜなら、「道化の華」には〝小説〟と並置されて、創作の手の内を露呈してはそれに振り回され、自信を失いながらもなお書き続ける青年作家像が描出されているのだから。テクストを見渡せば、「ここらで一転、パノラマ式の数齣を展開させるか。」という企図が「パノラマ式などと柄でもないことを企て、たうとうこんなにやにさがつた。」という帰結を、「あまくなれ、あまくなれ。無念無想。」という企図が「ああ、無念無想の結果を見よ。僕は、とめどもなくだらだらと書いてゐる。」という帰結を迎えるように、〈企図の開示（註釈）→実作呈示（〝小説〟）→失敗の自認（註釈）〉というプロセスの反復が看取される。しかも〝小説〟に対して「混乱だらけ」・「面白くない」・「こんな小説なら、いちまい書くも百枚書くもおなじだ」・「通俗小説」と徹底して批判的な自己言及を繰り返すことで、〈僕〉は〝小説〟を書くかたわら〝小説の書けない小説家〟としての自己像を上塗りし続けていくのだ。従って、〈メタ言語レヴェル〉の註釈が〝小説〟を読む際の有力な読解コードとして配置されていることに加え、〈僕〉が書記行為の困難を前景化することで、自らを〝小説の書けない小説家〟として印象づけていくことの効果も見逃せない。

こうした、「道化の華」に〝小説の書けない小説家〟を読みとる受容は、昭和十年前後の青年作家という文脈との交錯において、同時代から看取される。「心境小説の新形態1〜3」(『時事新報』昭10・7・18〜20)の連載第三回で「道化の華」に言及する小田嶽夫[20]は、「道化の華」を《百枚程度の力作》であると評した上で、《僕のひそかな要望に答へてくれた作品》だと打ち明け、《太宰氏は小説を書きつづけて来た人だけに、一応通常の小説形式を踏襲し乍ら、その合間合間に作者自身の手許、内幕を暴露する、日本では珍しい手法を用ゐることによつて小説効果を真面目に昂めようと企図してゐる》とその形式的側面に注意を促して次のように述べている。

> 作家の創作営為にたいする自省、懐疑を氏程あけすけに作品に現はした人は無かつた。程度の差こそあれ、作家の誰しもが悩む問題である。人はその悩みを作品の上では知らぬげに装ふ。が氏はその悩みの傍を素通りはできないのだ。その態度を上乗の態度とは言はない。悩みを越え、超えた(ママ)苦悩の上にも安らかに息づく態度こそ至高、理想の境地ではあらう。が、今は過渡に立つ人々について言つてゐる(あゝそして誰がはたして過渡に立つてゐないであらう。)それに太宰氏の企ては結局この「道化の華」一篇を簡単に言つて失敗に終らせてゐるとは思ふ。/だが僕はあらゆる失敗、成功の事情に拘らず、さうせずに居られなかつた、已むに已まれぬ作家の苦しい心情を思ふ。

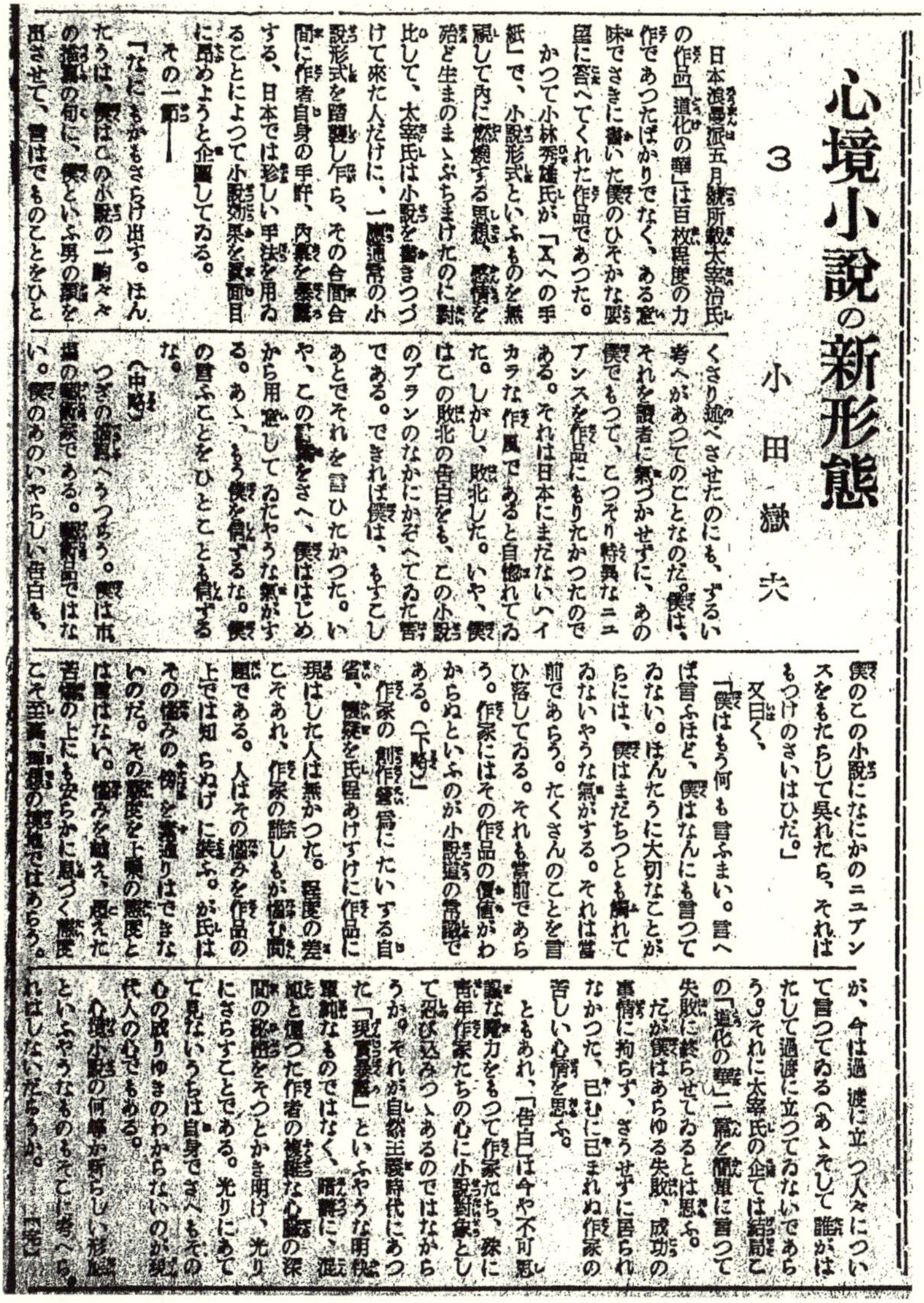

心境小說の新形態 3

小田獄夫

日本浪曼派五月號所載太宰治氏の作品「道化の華」は百枚程度の力作であつたばかりでなく、ある意味でさきに書いた僕のひそかな要望に答へてくれた作品であつた。

かつて小林秀雄氏が「Xへの手紙」で、小說形式といふものを無視して內に燃燒する思想、感情を殆ど生まのまゝぶちまけたのに對比して、太宰氏は小說を書きつゞけて來た人だけに、一應通常の小說形式を踏襲し乍ら、その合間合間に作者自身の手許、內幕を暴露することによつて小說效果を眞面目に昂めようと企圖してゐる。

その一節――

「なにもかもさらけ出す。ほんたうは、僕はこの小說の一齣々々の描寫の間に、僕といふ男の顔を出させて、言はでものことをひとくさり述べさせたのにも、ずるい考へがあつてのことなのだ。僕は、それを讀者に氣づかせずに、あの僕でもつて、こつそり特異なニユアンスを作品にもりたかつたのである。それは日本にまだないハイカラな作風であると自惚れてゐた。しかし、敗北した。いや、僕はこの敗北の告白をも、この小說のプランのなかにかぞへてゐた筈である。できれば僕は、もすこしあとでそれを言ひたかつた。いや、この言葉をさへ、僕ははじめから用意してゐたやうな氣がする。あゝ、もう僕を信ずるな。僕の言ふことをひとことも信ずるな。

（中略）

つぎの描寫へうつらう。僕は市場の藝術家である。藝術品ではない。僕のあのいやらしい告白も、僕のこの小說になにかのニユアンスをもたらして呉れたら、それはもつけのさいはひだ。」

又曰く、

「僕はもう何も言ふまい。言へば言ふほど、僕はなんにも言つてゐない。ほんたうに大切なことがらには、僕はまだちつとも觸れてゐないやうな氣がする。それは當前であらう。たくさんのことを言ひ落してゐる。それも當前であらう。作家にはその作品の價値がわからぬといふのが小說道の常識である。（下略）」

作家の創作營爲にたいする自省、懷疑を氏程あけすけに作品に現はした人は無かつた。程度の差こそあれ、作家の誰しもが惱む問題である。人はその惱みを作品の上では知らぬげに裝ふ。が氏はその惱みの的を素通りはできないのだ。その態度を上乘の態度とは言はない。惱みを越え、超えた苦惱の上にも安らかに息づく態度こそ至高、理想の境地ではあらう。

が、今は過渡に立つ人々について言つてゐる（あゝそして誰がはたして過渡に立つてゐないであらう。）それに太宰氏の企ては結局この「道化の華」一篇を簡單に言つて失敗に終らせてゐるとは思ふ。

だが僕はあらゆる失敗、成功の事情に拘らず、さうせずに居られなかつた、已むに已まれぬ作家の苦しい心情を思ふ。

ともあれ、「告白」は今や不可思議な魔力をもつて作家たち、殊に青年作家たちの心に小說對象として忍び込みつゝあるのではなからうか。それが自然主義時代にあつた「現實暴露」といふやうな明快單純なものではなく、曖昧に、混沌と煩つた作者の複雜な心臟の深間の秘密をそつとかき明け、光りにさらすことである。光りにあてて見ないうちは自身でさへもその心の成りゆきのわからないのが現代人の心でもある。

心境小說の何等か新らしい形態といふやうなものもそこに考へられはしないだらうか。【完】

小田獄夫「心境小説の新形態　3」…太宰治「道化の華」を、当時から作中作者「僕」に注目して論じていた。

さらに小田は、右に論じてきた「道化の華」に看取される作家の達成から、《自然主義時代にあつた「現実暴露」》とは明らかに異なる、《暗欝に、混沌と煙つた作者の複雑な心臓の深間の秘密》としての《現代人の心》を書き得る、《心境小説の何等か新らしい形態》の可能性を見出している。しかもこうしたモチーフは、例えば《作家の秘密といふものは、作家が語るべきものではない。けれども、この秘密を語らねばをられぬところに、近代作家の土俵が新しく出来た》と述べた横光利一「作家の秘密」（『文芸』昭10・6）等、同時代的にも広く共有されていたとみてよい。ここまでの分析をふまえて改めて考えたいのは、〈僕〉に註釈を書かせるように機能してきた〈君〉という装置についてである。

4

そもそも〈対読者レヴェル〉の註釈の対象である作中読者「君・諸君」とは誰／何の謂いなのだろう。テクストでは、本章1で引用した冒頭部に続き、〈僕〉が大庭葉蔵という主人公名へのこだわりを綴った後、「をかしいか。なに、君だつて。」とあるのが最初の用法である。ならば、テクスト内の註釈すべてが〈君〉を意識してのものにもみえるし、〈僕〉は自らの言葉がどのように〈君〉に届くかを絶えず想定してもいたはずである。例えば、〈メタ言語レヴェル〉の註釈である「ここらで一転、パノラマ式の数齣を展開させるか。おほきいことを言ふではない。なにをさせても無器用なお前が。」という箇所では、〈僕〉は〝小説〟への企図を示すと同時にそれへの悲観的観測を綴ることで二重化しているが、こうした自己再帰的な言説が対象化されたものこそ、「道化の華」の〈君〉なのだ。より正確には、〈君〉とは実体的な存在でも抽象的な自意識でもなく、〈僕〉が書記行為時に潜在的／顕在的（この時「君・諸君」と明示される）に意識するテクスト内に仮構された他者なのである。ただし、それは副次的な機能ではなく、〈僕〉が〈君〉への意識の反照として言葉を紡いでいく以上、書記行為の与件でもあり、その意味で「道化の華」には、〈僕〉―〈君〉間の緊張感が動因（ドライブ）となってテクストを織りなす言葉を生成していくダイナミズムが宿っているのだ。ここで、〈君〉に関して、葉蔵と飛騨との関係を説明した後の次の註釈をみてみよう。

つまり、この二人は芸術家であるよりは、芸術品である。いや、それだからこそ、僕もかうしてやすやすと叙述できたのであらう。ほんとの市場の芸術家をお目にかけたら、諸君は、三行読まぬうちにげろを吐くだらう。それは保証する。ところで、君、そんなふうの小説を書いてみないか。どうだ。

ここで意識された複数の作中読者＝「諸君」は、〈僕〉によって反応を想定され、加えて、直接的な問いかけの段階で意識された単数の作中読者＝「君」には、「小説」を書き得る能力が前提されている。こうした、不特定多数の作中読者（複数）から特定の作中読者（単数）へといつしか移行（スライド）していく手法は〈僕〉の常套手段であり、〈君〉は〝小説〟やその作中人物の青年たちへの批判者として想定されながらも、最終的には〈僕〉の理解者としてテクストの言語編成に織り込まれていく。その証左に、自身の註釈によって自縄自縛に陥っていく〈僕〉が、「僕は文学を知らぬ。もいちど始めから、やり直さうか。」という自問に続いて理解者・先導者として頼りにするのは、「君、どこから手をつけていつたらよいやら。」という具合に〈君〉なのだ。そこで考えたいのは〈僕〉と〈君〉との、テクストの言語編成における回路づけの様相である。ここで注目しておくべきなのは、〝小説〟再読を試みる次の〈メタ言語レヴェル〉の註釈であろう。

> いつたいこれは、どんな小説になるのだらう。はじめから読み返してみよう。／僕は、海浜の療養院を書いてゐる。この辺は、なかなか景色がよいらしい。それに療養院のなかのひとたちも、すべて悪人でない。ことに三人の青年は、ああ、これは僕たちの英雄だ。これだな。むづかしい理窟はくそにもならぬ。僕はこの三人を、主張してゐる、だけだ。

〈僕〉の「読み返してみよう」という誘いかけは、〈読者〉に〝小説〟の内容を改めて喚起するだろう。続いて〈僕〉は、〝小説〟の焦点を「三人の青年」に絞ると言明し、〝小説〟の青年たちとの連携＝共闘を主張する。もちろん、この言明は読解コードとしても機能し、〈読者〉は「三人の青年」を「英雄」としてテクストを再編成していくことになるだろう。なぜなら、〝「三人の青年」＝「英雄」〟という読解コードは「僕たち」という一人称複数の代名詞（シフター）によって示されることで、いつしか〈君〉、さらには〈読者〉までをもその承認の渦に巻き込んでいくのだから。ここで、もう一箇所、再読の件（くだり）をみてみよう。

僕たちはそれより、浪の音や鷗の声に耳傾けよう。そしてこの四日間の生活をはじめから思ひ起さう。みづからを現実主義者と称してゐる人は言ふかも知れぬ。この四日間はポンチに満ちてゐたと。それならば答へよう。おのれの原稿が、編輯者の机のうへでおほかた土瓶敷の役目をしてくれたらしく、黒い大きな焼跡をつけられて送り返されたこともポンチ。おのれの妻のくらい過去をせめ、一喜一憂したこともポンチ。質屋の暖簾をくぐるのに、それでも襟元を掻き合せ、おのれのおちぶれを見せまいと風采ただしたこともポンチ。僕たち自身、ポンチの生活を送つてゐる。そのやうな現実にひしがれた男のむりに示す我慢の態度。君はそれを理解できぬならば、僕は君とは永遠に他人である。

ここでも〈僕〉は、「僕たち」という一人称複数の代名詞(シフター)によって〈君〉を〃小説〃の再読へ誘い、自身の生活を唐突に開示してみせる。ただし唐突とはいえ、「ポンチ」という言葉を結節点として、〃小説〃における「四日間の生活」と〃小説の書けない小説家〃＝〈僕〉と〃道化の華〃を演じざるを得ない青年たちの等価性が示されている。「彼等のこころのなかには、渾沌と、それから、わけのわからぬ反発とだけがある。或いは、自尊心だけ、と言ってよいかも知れぬ。」と青年たちを註釈していた〈僕〉の、「僕こそ、渾沌と自尊心とのかたまりでなかつたらうか。」という後の自問にも、その等価性はうかがえよう。その上で、注意深く〈君〉を選別し、「理解できぬ」者を「他人」として排除する。逆にいえば、〈僕〉が理解可能ならば青年たちも理解され、その時〈君〉もまた、青年たち・〈僕〉と回路づけられ、現代青年に対する読解枠組みを共有していくことになる。と同時に、こうして〈君〉、さらにはそれを参照点とする〈読者〉を限定する言説は、その返照として「道化の華」自体を、現代青年を理解し得る〈読者〉に向けたテクストとして枠づけることになり、〈僕〉はその書き手たる青年作家として改めて意味づけられていくだろう。こうした事態の中、〝小説〟の終章近くでは、「僕たち」という共同性はいつのまにか既成事実と化していく。

こゝで結べたら！　古い大家はこのやうなところで、意味ありげに結ぶ。しかし、葉蔵も僕も、おそらくは諸君も、このやうなごまかしの慰めに、もはや厭きてゐる。お正月も牢屋も検事も、僕たちにはどうでもよいことなのだ。

こうして〈大庭葉蔵〉—〈僕〉—〈君〉が「ポンチ」という言葉を回路として接続されることで読解コードが共有され、揃って「お正月」・「牢屋」・「検事」よりも〝小説〟の行方に興味が示されていく。先の引用にすぐ続く箇所は、次のようなものである。

僕たちはいつたい、検事のことなどをはじめから気にかけてゐたのだらうか。僕たちはたゞ、山の頂上に行きついてみたいのだ。そこには何がある。何があらう。いさゝかの期待をそれにのみつないでゐる。

こうして〈読者〉を包含した「僕たち」は、書かれるべき未知の「何」=空白に向けて渾然一体と化し、〈僕〉は〝小説〟/註釈という境界の成立し得ない言葉を生成していく。

このように、〈メタ読者レヴェル〉の註釈は「諸君は、かへつて僕のこんな註釈を邪魔にするだらう。」と、〈君〉による自作への否定的評価を想定しながら構成されることで、そのコンスタティブな意味作用の裏で、〈君〉が〝小説〟を理解するための回路を遂行的に築いていく。つまり、青年作家たる〈僕〉は、〝小説〟/註釈の双方を書き続けることで自らを〝小説の書けない小説家〟として成型する一方、テクスト内においては昭和十年前後の〈(現代)青年〉という主題系を回路づけて活性化し、テクスト各所の仕掛けによって〈読者〉をもその主題の問題圏に巻き込んでいく。

総じて、「道化の華」一篇とは、〈僕〉が作中読者(〈君〉)という装置を仮構し、その上で言表の主体が〈読者〉を想定するというかたちで、〝いかに読まれるか〟という問題意識を不在の支点として構造化されたテクストなのだ。

5

最後に、青年たち・〈僕〉・〈君〉に通底する〝道化の華〟という表象について、〈読者〉という視座から検討しておこう。

ここでは、具体的に大庭葉蔵の心中原因をめぐる空白をとりあげたい。この話題は、小菅と飛驒の間で

「大議論」が戦わされて幕を開ける。小菅は「思想だよ、君、マルキシズムだよ。」と、心中の原因を政治青年としての側面にみるが、「しかし、――それだけでないさ。芸術家はそんなにあつさりしたものでないよ。」と述べる飛騨は女をその一因に想定している。それに対し小菅は、葉蔵のうちでは「女が原因」と決めつけていた事態を批判しながら「女はただ、みちづれさ。別なおほきい原因があるのだ。」という。しかし、議論の帰結は「――ほんたうのことは、大庭でなくちやわからんよ。」という飛騨に、小菅も「それあさうだ。」と応じて終わる。こうして、心中原因＝「ほんたうのこと」が大庭葉蔵の内面に空白として構成され、葉蔵の前で反復される右のやりとりは、次の一節へと続いていく。

葉蔵は長い睫を伏せた。虚傲。懶惰。阿諛。狡猾。悪徳の巣。疲労。忿怒。殺意。我利我利。脆弱。欺瞞。病毒。ごたごたと彼の胸をゆすぶつた。言つてしまはうかと思つた。わざとしよげかへつて呟いた。

「ほんたうは、僕にも判らないのだよ。なにもかも原因のやうな気がして。」

ここでは葉蔵は、「ほんたう」の心中原因を「判らない」というが、同時に「彼の胸をゆすぶつた」混沌の行き着く先には「なにもかも」と示されてもいる。続く註釈では「彼等の議論は、お互ひの思想を交換するよりは、その場の調子を居心地よくととのふるためになされる」という青年論を枕に、右の場面への〈メタ内容レヴェル〉の註釈が差し挟まれる。

なにひとつ真実を言はぬ。けれども、しばらく聞いてゐるうちには、思はぬ拾ひものをすることがある。彼等の気取つた言葉のなかに、ときどきびつくりするほど素直なひびきの感ぜられることがある。不用意にもらす言葉こそ、ほんたうらしいものをふくんでゐるのだ。葉蔵はいま、なにもかも、と呟いたのであるが、これこそ彼がうつかり吐いてしまつた本音ではなからうか。〔略〕葉蔵がおのれの自殺の原因をたづねられて当惑するのも無理がないのである。――なにもかもである。

〈僕〉は、葉蔵の「なにもかも」という言葉に「ほんたうらしいもの」を見出し、それを葉蔵の心中原因として保証している。従って右の註釈は、空白を充填するための有力な読解コードとして〈読者〉に提示されたことになるが、葉蔵の「なにもかも」という「真実」は、あくまで空白とそれをめぐる言葉（＝読解コード）によって仮構されたもので、読書行為に左右される不安定なものに留まる。この事情はすでに、「道化の華」が《内実としての真実へと読者を誘っているのではない》と指摘する跡上史郎によって、《真実とされるものは先送りにされたり、空白になっているのであり、そのような誘いかけによって真実が錯視させせられている》[21]と論じられている。しかも、以後も真野は「思想でもない、恋愛でもない、それより一歩てまへの原因を考へ」ており、また、「放蕩をして金に窮したから」・「恥かしい病気にでもかかつて、やけくそになつた」という兄の臆測も伝えられ、警察からは自殺幇助罪として起訴される。つまり、テクストは多様な可能性を提示・許容しつつも、「真実」をそのメタ・レベルに位置づけているのだ。

こうしたテクストの様態に応じて理想的な読者を演じたのは、《「道化の華」早速一読、甚だおもしろく存じ候。無論及第点をつけ申し候》と評した佐藤春夫である。佐藤は〈僕〉による先の註釈を引用した上で、《ほのかにあはれなる真実の蛍光を発するを喜びます。恐らく真実といふものはかういふ風にしか語れないものでせうからね》と述べ、「道化の華」から《真実》を読みとるだけでなく、その語り口までをも評価している。[22] ここで想起されるのは、《真理は、語る者においては確かに現前してはいるが不完全であり、自分自身に対して盲目であって、それが完成し得るのは、ただそれを受け取る者においてのみである》と述べたM・フーコーの言葉だろう。[23] つまり、大庭葉蔵の「真実」を受けいれ、〝小説〟の青年たちや〈僕〉を〝道化の華〟として受けいれるか否かは、ひとえに〈読者〉の読書行為にかかっている。もちろん、〈読者〉がそもそも《旅人》であり、《自分が書いたのではない領野で密猟をはたらく遊牧民[24]》でもある以上、これは素朴な確認事項にすぎないが、同時代の小説表現に比しても「道化の華」はいかに読まれるかに関して高い問題意識を内包したテクストである。[25] 本章1でも指摘したように、〝道化の華〟たる大庭葉蔵が、聴き手を求めるところから「道化の華」ははじまったのだし、〈僕〉も同様のモチーフから〈君〉を仮構しつつ、後半になるに従い次第にその註釈の量を増やしていくのだ。また、各所で析出した読解コードが張りめぐらされたテクストの紋様が何よりその証左になるだろう。従って、「道化の華」を「日本にまだない小説[26]」と呼び得るとすれば、それは複雑な機構（メカニズム）を内包した言語編成において、常に〈読者〉を意識した言葉が書かれていたことを以てということになろう。

ただし、そもそも「道化の華」の読み方に関するレッスンは、すでにテクスト内でも実践されていたはずなのだ。

彼等は、おのれの陶酔に水をさされることを極端に恐れる。それゆゑ、相手の陶酔をも認めてやる。努めてそれへ調子を合せてやる。それは彼等のあひだの黙契である。

〝小説〟における青年たちの規則――それは「黙契」であったはずである。それを〈僕〉は、〈君〉を仮構することで顕在化してきたのだが、「僕たち」という一人称複数の代名詞が断りなしに採用され、〝道化の華〟の担保とされた「真実」の伝達が確信犯的に綴られていることを思えば、〈読者〉もまた、「彼等」に倣い「黙契」を守るべきなのかもしれない。少なくとも、そうした「黙契」を受けいれた読書行為によって、「道化の華」の複雑な機構（メカニズム）を貫く主題――現代青年という問題系は歴史的な文脈の下に活性化され、浮上するだろう。

その意味で「つねに絶望のとなりにゐて、傷つき易い道化の華を風にもあてずつくつてゐるこのもの悲しさを君が判つて呉れたならば！」という、直接は〈君〉に向けられた言葉こそ、テクストの問題構成を集約しては〈読者〉に照準をあわせた投企なのであり、〈読者〉の読書行為も、まずはそこにこそ賭けられるべきだろう。ここに、メッセージの聴き手を希求した冒頭の読解コード、さらには「道化の華」というタイトルの意味も明らかとなる。

注

（1）　臼井吉見「太宰治論」（『展望』昭23・8）

（2）鶴谷憲三「『道化の華』」（神谷忠孝・安藤宏編『太宰治全作品研究事典』勉誠社、平7）

（3）本章にいう〈読者〉とは、作中読者「君・諸君」、同時代評からうかがい得る同時代読者、先行研究の論者、さらには作中読者を参照点とした（現実世界の読者からみた）テクストの読解可能性までを射程とする。

（4）本章の問題構成に基づき、佐藤泰正『太宰治論』（翰林書房、平9）、西原千博「『道化の華』試解」（『稿本近代文学』昭62・12）、鈴木雄史「『道化の華』の仕組みについて」（『語文論叢』昭63・10）、木村小夜「太宰治「道化の華」の構造」（『人間文化研究科年報』平2・3）、鶴谷憲三『太宰治論――充溢と欠如』（有精堂、平7）、吉岡真緒「太宰治「道化の華」論――二人の「僕」と葉蔵と――」（『日本文学論究』平11・3）等の先行研究を参照し、示唆を受けた。

（5）Yu・M・ロトマン／磯谷孝訳『文学理論と構造主義――テキストへの記号論的アプローチ――』（勁草書房、昭53）

（6）渡部芳紀『太宰治　心の王者』（洋々社、昭59）

（7）佐藤昭夫「道化の華――〈僕〉の位置をめぐって――」（『国文学』昭42・11）

（8）安藤宏『自意識の昭和文学――現象としての「私」』（至文堂、平6）参照。なお、こうしたモチーフに関しては、拙論「騙られる名前／〈作家〉の誕生――黒木舜平（太宰治）「断崖の錯覚」」（『解釈と鑑賞』平16・9）も参照。

（9）淀野隆三「日本浪曼派について」（『文芸通信』昭10・9）において、「道化の華」は《知識人の意識過剰がこの作品ほど明晢に定着された作品はない》と評されており、青年をめぐる問題系を共有した同時代青年読者層の受容が垣間みられる。

（10）中村三春『フィクションの機構』（ひつじ書房、平6）

（11）山﨑正純『転形期の太宰治』（洋々社、平10）

（12）亀井秀雄「太宰的話法の誕生」（『信州白樺』昭57・10）

（13）中村前掲書・注（10）に同じ

（14）田邊裕視「太宰治「道化の華」の感覚」（『文化論輯』平6・7）参照。なお、「道化の華」には、「左翼の用語ぐらゐ、そのころの青年なら誰でも知つてゐた。」、「青年たちはいつでも本気に議論をしない。」、「彼等は、よく笑ふ。〈略〉けれども悲しいことには、彼等は腹の底から笑へない。」、「青年たちは、むきになつては、何も言へない。ことに本音を、笑ひでごまかす。」、「彼等は、しばしばこのやうな道化を演ずる。」等々、青年論は頻出する。

(15) 青柳優「同人雑誌作品評」(『早稲田文学』昭10・6)

(16) EAP「同人雑誌の十一月号」(『作品』昭10・12)

(17) 〈太宰治〉と〈青年〉の表象レベルでの交渉については、本書第三章参照。

(18) 青柳前掲論文・注(15)に同じ

(19) 荒木巍「最近の同人雑誌の中から」(『文学評論』昭10・7)

(20) 小田嶽夫は前年、「心境小説」(『世紀』昭9・11)において《出来れば青年作家の一人一人に偽らざる生活心境の告白記を見せて貰ひたい》と述べている。そこには《時代の旋風にまともに向つて立つた青年の良心の声には必らずや人の心魂に徹するものがある》という期待があり、小田は《新時代の心境小説の発生》を望んでいた。

(21) 跡上史郎「「道化の華」の方法」(『文芸研究』平6・1)

(22) 「佐藤春夫氏、昭和十年初夏、著者と共通の友人、山岸外史氏に与へし親書。」(太宰治『晩年』〈砂子屋書房、昭11〉の帯より)

(23) M・フーコー/渡辺守章訳『性の歴史I 知への意志』(新潮社、昭61)

(24) M・de・セルトー/山田登世子訳『日常的実践のポイエティーク』(国文社、昭62)

(25) 同時代の小説表現については、曾根博義「昭和十年前後の「現代小説」」(『昭和文学研究』昭58・2)、鈴木貞美『「昭和文学」のために――フィクションの領略』(思潮社、平1)、佐藤健一「小説の批評から批評の小説へ――あるいは一九三〇年代の「書き手」をめぐって――」(『国文学研究』平3・4)、安藤前掲書・注(8)参照。

(26) 太宰治「川端康成へ」(『文芸通信』昭10・10)

第八章　小説の中の〈青年〉

——「ダス・ゲマイネ」

1

昭和十年十月号——この号は、『中央公論』が「現代作家三四人集」と題し、巻頭の徳田秋声「勲章」、巻末の島崎藤村「夜明け前」完結篇を含め、三十四篇の小説を一挙に掲載して大きな話題を呼ぶ。小説では、伊藤整「馬喰の果」、島木健作「一つの転機」、尾崎士郎「待機」、川端康成「童謡」、評論では宇山雄二「純正小説論」等が話題を呼び、武田麟太郎や林房雄が改めて文芸復興を叫ぶ。文芸懇話会や新進作家についても盛んな議論が湧き起こる。このように、様々な世代・様々な作風の作品が発表された十月号の文芸雑誌において、第一回芥川賞発表の翌月の『文芸春秋』(1)に掲載されたのが、高見順「起承転々」、太宰治「ダス・ゲマイネ」、外村繁「春秋」、衣巻省三「黄昏学校」の四篇である。この四作は、新人小説のサンプルとして大きな注目を浴びるが、本章では「ダス・ゲマイネ」を俎上に乗せ、同時代の視座を仮構しながら、テクストの読解可能性を探っていきたい。

それに先立ち、同時期発表のテクストとして、「道化の華」／「ダス・ゲマイネ」をめぐる当時／現在の位置を確認しておきたい。前章で分析した「道化の華」（『日本浪曼派』昭10・5）は同人雑誌発表ながらも今日まで盛んに論じられてきており、太宰治なる作家に関していえば文壇登場期の、さらには生涯の代表作の一つにも数えられようし、昭和文学（史）という視座からも注目を浴びてきた。一方「ダス・ゲマイネ」は、昭和文学（史）の中で浮上することはおろか、太宰治作品群（テクスト）の中でも特に目立つものではなく、研究も少ない。ところが、同時代においては太宰治・昭和十年の代表作というに留まらず、新進作家・昭和十年の代表作の一つですらあったのだ[2]。もちろんここには芥川賞の力が大きく作用していたはずであるが、〈太宰治〉へのゴシップ的な興味も含めて[3]、「ダス・ゲマイネ」への注目度は高かったとみてよい。こうした事態を引き起こした最大の原因は、『人間失格』に至るまで太宰治作品史の中で繰り返し小説化されていく昭和五年の「鎌倉心中未遂事件」を素材とし、多層化される「私」に作家の自意識（の反映）を読み得る「道化の華」に比して、「ダス・ゲマイネ」が《自分の生活や身辺に材を求めぬ全くの虚構作品[4]》とも呼び得る点に見出せよう。

ただし、こうした「ダス・ゲマイネ」においてさえ、書簡に書き記された言葉が、実体（論）的な太宰治に依拠した議論へと研究を導いてきた。まずは「ダス・ゲマイネ」にふれた太宰治書簡から、「昭和十年九月二十二日　三浦正次宛」（書簡番号八〇）を引いておく。

　こんど「文芸春秋」に「ダス・ゲマイネ」なる小説発表いたしましたが、これは「卑俗（ひぞく）」の勝利を書

> いたつもりです。〔略〕たのみますと言つて頭をさげる、その尊さを書きました。形式は前人未踏の道をとつたつもりです。私自身でさへ、他の作家に気の毒なくらゐに、(絶対に皮肉ではなしに)ずば抜けてゐると思つてゐます。

芥川賞落選後の状況、ならびに、書簡群を総合的に分析した角田旅人は、「ダス・ゲマイネ」を《自からに卑俗を身にしみて感じながら世の中にしっかりとした足取りで乗り出し行こうとする太宰の覚悟を書いた作品》と位置づけ、次のようにまとめている。

> 「ダス・ゲマイネ」とは、従って、一旦は落された「文芸春秋」に再び推参するところに太宰が感じていた「卑俗さ」の意味合いを越えて、「晩年」制作にすがって生きた、自分の姿——そこに救いがたく心に迫っていた自らの卑俗さ——を刺す、その意味で二重に自からの卑俗(ダス・ゲマイネ)を確認する題名であったのだ。(5)

こうして、書簡群から再構成される実体(論)的な太宰治の意図を核に、内容としては「「卑俗」の勝利」を、形式としては「前人未踏」を主題として、研究の主流が形作られてきたのである。しかも、こうした流れに、「地球図」(6)(『新潮』昭10・12)初出時の冒頭に付された次の一節が、さらなる拍車をかけてきた。

> 拙作「ダス・ゲマイネ」は、此の国のジヤアナリズムより、かつてなきほどの不当の冷遇を受け、私をして、言葉通ぜぬ国に在るが如き痛苦を嘗めしむ。

ところが、すでに同時代評を検討した渡部芳紀[7]の指摘があるように、発表当時「ダス・ゲマイネ」は多くの評によって毀誉褒貶に晒され、反応それ自体は「不当の冷遇」というにはほど遠い状況であった。にもかかわらず書簡には「不当の冷遇」と書かれており、「ダス・ゲマイネ」の理想的な理解の仕方が、「「卑俗」の勝利／前人未踏」といった内実の判然としない評語とも相まって、謎＝空白として肥大化し、その結果「ずば抜けてゐる」と書きつけた実体（論）的な太宰治の意図の解明が重要視されてきたのだ。しかし、ここでは作家論的アプローチの有効性を認めつつも、そのことによって例えばテクストがそれとして読まれなかったり、同時代の言説編成における歴史的な位置が問えなくなることを避けるため、同時期に発表された他の小説を参照することで同時代の文脈を導入し、その上でテクストの言葉そのものの読解を目指したい。そしておそらくそれは、「ダス・ゲマイネ」というテクストの内／外を貫く、昭和十年前後の〈青年〉という主題へと至る道でもあるはずなのだ。

2

本節では、昭和十年前後の〈青年〉の描かれ方を、様々な小説から素描してみたい。

昭和十年初頭、行動主義を掲げた『行動』は、その「編輯後記」（『行動』昭10・1）に次のような指針を記していた。

青年をくらい不安のなかから明るい意志へと導びく、青年を救国の中軸となさなければならない。今、能動的精神が起り、新らしい思想の時代が始まつてゐる。ここにわれらは、同じく双手をあげて、若い世代を歓迎する。

この陣営からは、《青年達がいかに生くべきかを書きつけた心情的な手帖》(8)と評された舟橋聖一「青年たちの手帖」（『文芸』昭10・4）が発表される。三章からなる同作に描かれた〈青年〉の頽廃ぶりは様々だが、「現代の矛盾」がその共通項とされている。

現代の矛盾とはそんなら何者だらうか。哲学の停頓、思想の敗北、文学の顛覆――さういふものを綜合して哲学的不安といふなら、現代の矛盾を、さういふ哲学的な地域ではつきり摑んでいくことは大事なことだらう。しかし、まあもつと直接的な問題としての階級社会の矛盾、そいつを出来るだけ具体的に、といふのは、出来るだけ欺瞞のないものとして、骨身にこたへること、――それだけでも、俺たちには容易ならぬ仕事なんだ。（その三　白い森の手風琴）

こうした〝現代性〟は、政治・哲学に限らず、恋愛を主題とした藤沢桓夫「昆虫」(『日本評論』昭10・10)にもみられる。そこでは、「昔/今」の峻別が前景化されていく。

この一二年、彼の頭の中は、いつもさうなのだ。何事にも、積極的な興味が感じられず、意欲が起らなかつた。言ふならば、恋愛に対しても、さうなのだ。〔略〕現代の青年の殆どすべてのものがこの無為の表情を余儀なくさせられてゐるのではないだらうか。昔の青年は肉慾の追求だけで充分に厭世家になることが出来た。が、今の青年はもう少し複雑な重荷を負はされてゐるのだ。と、伊木は考へた。伊木のやうな科学者に近い仕事に従事してゐる人間にも時代の逼迫は充分に厭搾的な空気となつて灰色に作用するのだ。充分な神経衰弱の症状であるかも知れない。が、さうだとするなら、これは病理的なそれではなく社会的な神経衰弱である。

《いづれも行き詰つた現代青年の頽廃の記録》(9)だと評されもした、芥川賞落選作家による『文芸春秋』四作のうち、外村繁「春秋」では、帝大生=〈(知識人)青年〉の卒業式の一齣が次のように描かれていた。

Y講堂の前にはもう大勢の学生達が三々五々集つてゐた。が彼等の顔は、どの顔もどの顔も何といふ物憂げな顔ばかりであらう。〔略〕当時澎湃として湧き起つた思想運動によう加はることをし得なかつた、小心な、然し多分に良心的な彼等学生達は、多少の差こそあれ皆それぞれに何か卑怯な落伍者のやうな自嘲的な憂悶を懐いてゐない者はなかつた。其の上に彼等を待つてゐるものは一昨年の金融界の大動揺後の肺患のやうな不況ではないか……

右にあげてきた新進作家の小説に描かれた〈青年〉には、確かにこの時期固有の歴史性（傍線部）が刻まれている。[10] こうした青年作家による小説表現を視野に収めるならば、多くの小説において、昭和十年前後の〈青年〉が主題化されていた文脈が浮上してこよう。

ここで同月発表の島木健作「一つの転機」（『改造』昭10・10）を参照することは、「ダス・ゲマイネ」の同時代的位置を明らかにし、その〈青年〉の特質を解明するのに有効だろう。高見順「起承転々」と太宰治「ダス・ゲマイネ」両作が《作家の態度の不真面目で取材の稚拙極まること殊に前二作において然り》と非難された際、《島木健作の諸作の真摯さ》は対比的に顕揚されており、[11] この時期の〈青年〉の様相を探る目安ともなろう。もちろん、太宰治と高見順の親近性は時折語られるものの、前二者に島木健作を加えた三作家は、その経歴・作風・文壇での位置やその後の評価等、それぞれに異なることはいうまでもない。それでも、ここで、同時代の言説編成の中で奇しくも〈青年〉と表象された三作家を論じようとするのは、同世代の〈青年〉としてそこに織り込まれた、通底する歴史性を重視したいからである。また、前記三作家は、その関わり方や深度においてやはり振幅を抱えながらも、いずれも左翼運動に参加して挫折した、いわゆる転向作家でもある。ただし、この三作家が、同時代の他の多くの転向作家と異なる点は、私小説への後退として揶揄される類の小説を書くことなく、転向（後）の課題を引き受けながら、強度をもった小説を書いた点にある。ここでは、そうした視座から、補助線として島木健作と高見順を召喚してみたい。

島木健作「一つの転機」は、《視点人物の高木信吉が、閉じ込められた部屋から脱出して街へ出、古い仲間に逢い、組織へ連絡をつけ、組織からふたたび脱出する過程を描いた物語[12]》であり、転向問題と組織批判が、高木信吉という人物の主体的再生を主軸に描かれたものだといえるだろう。では、「一つの転機」を読んで《心をうたれ》、涙まで流したという杉山平助「文芸時評①「一つの転機」」(『東京朝日新聞』昭10・10・8)からみてみよう。

> 現代に生きる一切のインテリゲンチヤは、眞に正しく確信的に生きるべき途を失つてゐる。刹那的享楽による自己麻酔にあらざれば、現実から遊離した心理的分析によつて「真理」を探求する自己欺瞞だ。いづれにせよ、現実に直面して、正しい生き方を探求しようといふ精神が、極度にまで去勢されてゐる時代なのである。〔略〕青年を支配するものは、うはつ面だけチヤツカリと悧巧に生きて行く、皮層な現実主義である。／かういふやうな雰囲気の中にあつて、「一つの転機」は、腐朽しかゝつてる精神にも、なほ防腐剤的注射のやうな効能を具へてゐることは、この作者と立場を異にする私にすら与へた興奮をもつてもおしはかられるであらう。

杉山は、同時代の〈(知識人)青年〉という問題系[13]を浮上させることで、「一つの転機」に現実に対する積極的な姿勢を読みとり、右の絶賛へと至っている。同様の評価軸は、『文芸春秋』四作に《時代の現実に背を向けようとしてゐる冬眠作家といふ印象》(14)を抱きながら、「二つの転機」に《襲ふ現実と素肌で組みうつ情熱》(15)を読みとる矢崎弾にも共有されている。

では実際に、「二つの転機」本文を検討してみよう。まず、高木信吉は、自分と自分をとりまく環境を次のように認識している。

——五年の刑期を終へてこの春出て来たとき、何よりも僕は階級戦線の異常な激化と緊張に瞠目しなければならなかつた。昨秋の秋には満洲に事変が起り、今年二月の総選挙に引きつゞく検挙のあとを受けて陣営内はまだその痛手から完全に起き上つてはゐず、一種悽惨な雲行きが低迷してゐた。そのまん中に放り出され、よろめき立ちながら僕は世にもみぢめな道化者である自分の姿を見たのである。

右は、組織へのつてを求めて「一抹の不安は感じながらも、新しい生活に向つて確かな第一歩を踏みしめる気持で、市ヶ谷の刑務所にほど近い××会(ママ)の事務所に訪ねて行つた」際に、「驕慢な小娘」である矢野みち子に語った「ざんげであり、同時にまた自己批判」である。重要なのは、これが「この女個人」ではなく、「この女が所属してゐる組織」への訴えとして自覚されている点である。つまり、高木信吉は組織との関係において転向後の主体的再生を志しているのだ。結局二百円の集金という要求に十円しか集められなかった高木は、矢野と「側の男」に愚弄され、「くらくらつとたぎりたつてくる怒りを感じ」て組織を去り、「気持に余裕が生じ」てくると、矢野を「唾棄すべき徒花」と呼ぶのを皮切りに組織批判を展開していく。ここで、組織の腐敗の「社会的原因」が「日本的現実の特殊な発展」に結びつけられるのは先の諸テクストと同様だが、その後で高木は「今後の自分をどうするかといふせつぱつまつた問題につ
いて考へつゞけ」る。

しかし第一の道が閉されたそのとたんに、第二の道が、――そしてそれはおそらくのこされた唯一のものであるその血路が、もう彼の前に開かれてゐた。たゞその血路につき進むためには、今までにも増して大きな決意と勇気とが必要とされるのである。〔略〕高木はかつて彼が働いてゐた地方へふたたび帰つて行かうとしてゐるのだつた。

そして「降り出して来た雨のなか」、高木が「下りの急行」に乗るべく急ぐところでテクストは閉じられる。こうして、実際的な権力の圧力を受けた高木は、その後、組織に戻ることとの現実的な困難と幻滅を抱きながらも、「血路」であるところの「地方」（＝農村運動）へ帰ろうとしていく。高木の立場からすれば大きな差異をもつこの二つの道は、しかし構図としてみた時、あるイデオロギーを担った集団への自己同一化による転向後の主体化、といった形式においては相似形を描いてもいる。つまり、転向後の〈（知識人）青年〉＝高木信吉が反復する内面の苦悩・葛藤、ならびに、現実に向けての行動が、主体的再生へ

の模索として「正しく確信的に生きる」ために方向づけられているのは確かだが、それが再び集団の思想的基盤に支えられることで成立するものだという点は確認しておく必要がある。

ただし、「一つの転機」に描かれた〈青年〉だけが昭和十年における唯一の〈青年〉でもなければその排他的な代表でもない。なぜなら、太宰治という署名を付された「ダス・ゲマイネ」もまた、世代的な青春の喪失という《悲劇の中に住む、現代青年の苦悶を描いたもの[16]》という評言を代表として、同時代にあって〈青年〉と表象されていくのだから。

3

本節では、昭和十年前後の〈青年〉をめぐる諸相をふまえて、「ダス・ゲマイネ」のテクスト分析に移るが、まずはテクストの形式構造から検討していくことにしたい。

> 恋をしたのだ。そんなことは、全くはじめてであつた。それより以前には、私の左の横顔だけを見せつけ、私のをとこを売らうとあせり、相手が一分間でもためらつたが最後、たちまち私はきりきり舞ひをはじめて、疾風のごとく逃げ失せる。けれども私は、そのころすべてにだらしなくなつてゐて〔略〕謂はば手放しで、節度のない恋をした。好きなのだから仕様がないといふ嗄れた呟きが、私の思想の全部であつた。

右のように語りはじめられる「ダス・ゲマイネ」冒頭部で、「私」は時間指標に基づき自らの過去を顧みることで、語る現在の「私」／語られる過去の事象を整序し、自らの内面を構築・充填しては、自身の語りによって遂行的に語る主体と化していく。

友を得たと思つたとたんに私は恋の相手をうしなつた。それが、口に出して言はれないやうな、われながらみつともない形で女のひとに逃げられたものであるから、私は少し評判になり、たうとう、佐野次郎といふくだらない名前までつけられた。いまだからこそ、こんなふうになんでもない口調で語れるのであるが、当時は、笑ひ話どころではなく、私は死なうと思つてゐた。幻燈のまちの病気もなほらず、いつ不具者になるかわからぬ状態であつたし、ひとはなぜ生きてゐなければいけないのか、そのわけが私には呑みこめなかつた。

ここでもやはり時間の整序に基づき、語り得ない私的領域を「私」自身に確保＝充填することで、失恋や自殺願望や性的な告白をするに足る内面が事後的に構築されていくのだ。

さらにもう一点、「私」の語る行為が前景化され、語りの場に聴き手の存在が前提されている点にも注目しておきたい。

なんといふ型のものであるか私には判らぬけれども、ひとめ見た印象で言へば、シルレルの外套である。〈略〉そのつぎには顔である。これをもひとめ見た印象で言はせてもらへば、シユーベルトに化け損ねた狐である。

言ひ忘れてゐたが、馬場の生家は東京市外の三鷹村下連雀にあり〈略〉頗る言ひにくい話であるが、彼とふたりで遊び歩いてゐると勘定はすべて彼が払ふ。

ああ、どうやらこれは語るに落ちたやうだ。つまりそのころの私は、さきにも鳥渡言つて置いたやうに金魚の糞のやうな無意志の生活をしてゐたのであつて、〈以下略〉

こうして物語る現在の「私」は、テクスト内に聴き手を仮構することで、自らの語りを生成すると同時に語りの場を構築していく。従って、「ダス・ゲマイネ」というテクストの構造的把握には、作中世界と水準を異にする〝語り手—聴き手〟というメタ・レベルの設定が必要なのだが、こうした把握に留まっては、語り手死後の「四」に関してはまだ説明がつかない。そこで「四」が会話（の再現）のみで構成されている点、ならびに、テクストの中じきりとしての章・小見出し・エピグラフ（初出誌ではゴシック）の存在に注目してみよう。

一　幻燈／当時、私には一日一日が晩年であつた。
二　海賊／ナポリを見てから死ね！
三　登竜門／ここを過ぎて、一つ二銭の栄螺かな。
四　（小見出し・エピグラフなし）

「四」から考えるならば、ここでは馬場・佐竹・菊の会話を語る媒介者（＝物語る現在の「私」）は不要であり、それらは直接言表の主体によって言説化されていると考えられる。ならば、「一」〜「三」についても、会話や書簡引用等、語り手の主観がセーブされるところに一時的に想定可能であったように、やはり語り手＝「私」の声は、言表の主体によって言語化されていたのだ。つまり、〝語り手―聴き手〟を対象化し得るメタ・レベルに、新たに書記（行為）のレベル――言表の主体を位置づけることで、テクスト総体の構造的把握が可能になるのだ。右に引いたエピグラフについていえば、「一」は佐野、「二」は馬場、「三」は太宰にそれぞれ即したものと考えられ、テクストの統括機能は物語る現在の「私」ではなく言表の主体にあり、そのことが「ダス・ゲマイネ」一篇の主題でもある、佐野の引き延ばされた死を語ることを可能にしているといえる。

以上でテクストの形式的な整理はひとまず終えたいのだが、読書行為を考えた場合、署名＝作家名と同一の名・職業をもつ作中作家「太宰治」の意味（作用）を検討しておく必要がある。「三」において展開される市場の芸術家論を、直接実体（論）的な太宰治と重ねる議論に興味はないが、ここではテクストの

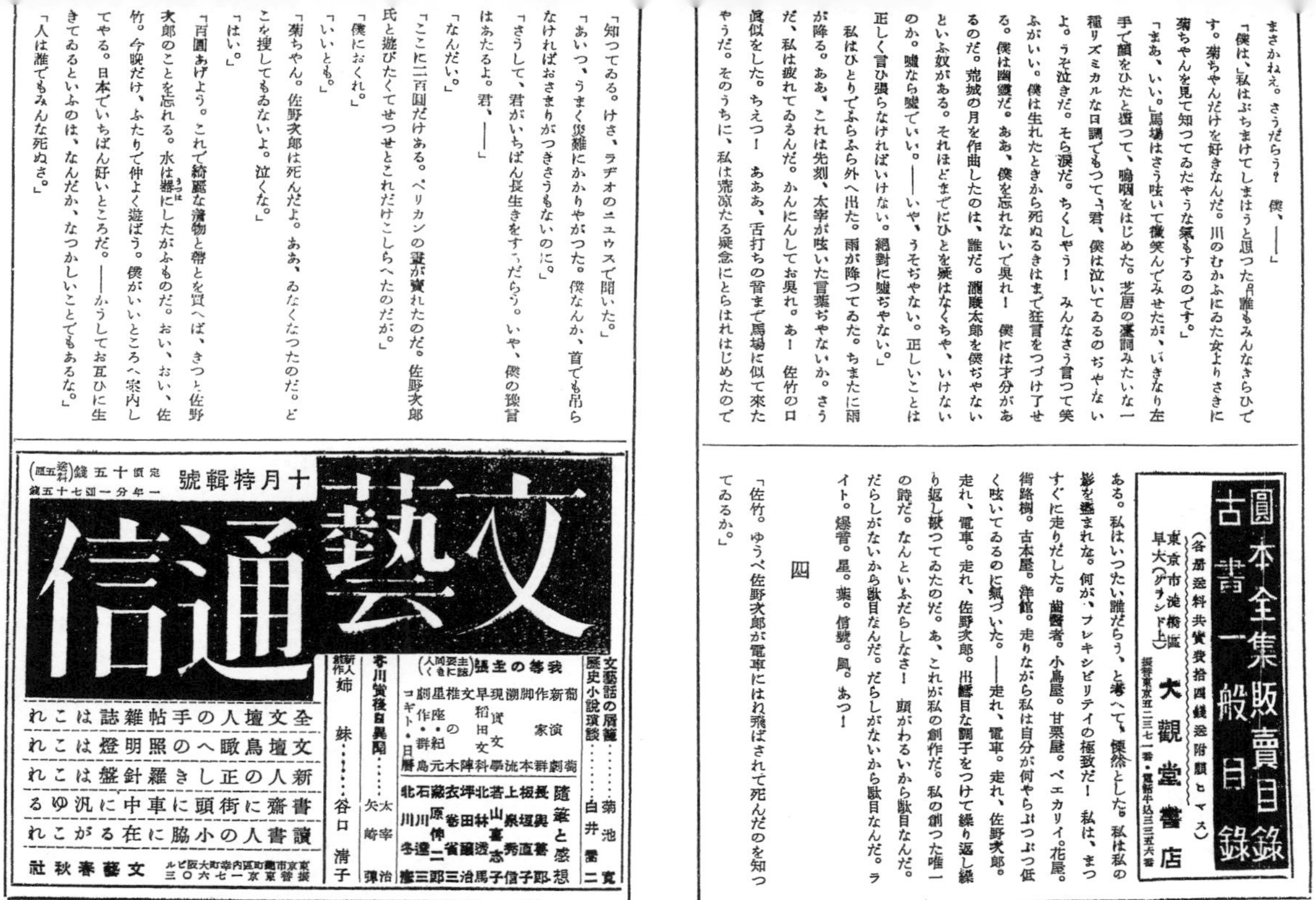

まさかねえ。さうだらう？　僕、——」

「僕は、」私はぶちまけてしまはうと思つた。「誰もみんなきらひです。菊ちやんだけを好きなんだ。川のむかふにゐた女よりさきに菊ちやんを見て知つてゐたやうな氣もするのです。」

「まあ、いい。」馬場はさう呟いて微笑んでみせたが、いきなり左手で顔をひたと覆つて、嗚咽をはじめた。芝居の臺詞みたいな一種リズミカルな口調でもつて、「君、僕は泣いてゐるのぢやないよ。うそ泣きだ。そら淚だ。ちくしやう！　みんなさう言つて笑ふがいい。僕は生れたときから死ぬるきはまで狂言をつづけ了せる。僕は幽靈だ。ああ、僕を忘れないで呉れ！　僕には才分があるのだ。荒城の月を作曲したのは、誰だ。瀧廉太郎を僕ぢやないといふ奴がある。それほどまでにひとを疑はなくちや、いけないのか。噓なら噓でいい。——いや、うそぢやない。正しいことは正しく言ひ張らなければいけない。絶對に噓ぢやない。」

私はひとりでふらふら外へ出た。雨が降つてゐた。ちまたに雨が降る。ああ、これは先刻、太宰が呟いた言葉ぢやないか。さうだ、私は疲れてゐるんだ。かんにんしてお呉れ。あ！　佐竹の口眞似をした。ちえつ！　あああ、舌打ちの音まで馬場に似て來たやうだ。そのうちに、私は荒凉たる疑念にとらはれはじめたのである。私はいつたい誰だらう、と考へて、慄然とした。私は私の影を盜まれた。何が、フレキシビリテイの極致だ！　私は、まつすぐに走りだした。齒醫者。小鳥屋。甘栗屋。ベエカリイ。花屋。街路樹。古本屋。洋館。走りながら私は自分が何やらぶつぶつ低く呟いてゐるのに氣づいた。——走れ、電車。走れ、佐野次郎。走れ、電車。走れ、佐野次郎。出鱈目な調子をつけて繰り返し繰り返し歌つてゐたのだ。あ、これが私の創作だ。私の創つた唯一の詩だ。なんといふだらしなさ！　頭がわるいから駄目なんだ。だらしがないから駄目なんだ。だらしがないから駄目なんだ。ライト。爆音。星。葉。信號。風。あつ！

四

「佐竹。ゆうべ佐野次郎が電車にはね飛ばされて死んだのを知つてゐるか。」

「知つてゐる。けさ、ラヂオのニユウスで聞いた。」

「あいつ、うまく災難にかかりやがつた。僕なんか、首でも吊らなければおさまりがつきさうもないのに。」

「さうして、君がいちばん長生きをするだらう。いや、僕の豫言はあたるよ。君、——」

「なんだい。」

「ここに二百圓だけある。ペリカンの畫が賣れたのだ。佐野次郎氏と遊びたくてせつせとこれだけこしらへたのだが。」

「僕におくれ。」

「いいとも。」

「菊ちやん。佐野次郎は死んだよ。ああ、ゐなくなつたのだ。どこを捜してもゐないよ。泣くな。」

「はい。」

「百圓あげよう。これで綺麗な着物と帶とを買へば、きつと佐野次郎のことを忘れる。水は器にしたがふものだ。おい、おい、佐竹。今晩だけ、ふたりで仲よく遊ばう。僕がいいところへ案内してやる。日本でいちばん好いところだ。——かうしてお互ひに生きてゐるといふのは、なんだか、なつかしいことでもあるな。」

「人は誰でもみんな死ぬさ。」

「ダス・ゲマイネ」初出誌最終ページ下段には、太宰治による川端康成への論駁文を掲載した『文芸通信』の広告がレイアウトされる。

読解枠組みという機能的な面に限って注目してみたい。すでに同様の観点から分析を試みた千葉正昭は、《小説として皮膜的世界の中に、どのようにしたら真実らしさがもり込め且つ、虚構としての趣向あるものが出来上がるのかという試案のひとつ》を《実名「太宰治」の効用》としているが[17]、もう一歩その機構（メカニズム）にふみ入ってみよう。口論半ばで、馬場は「太宰治」をその芸術において非難する。

「ちえつ！　また御託宣か。――僕はあなたの小説を読んだことはないが、リリシズムと、ウヰットと、ユウモアと、エピグラムと、ポオズと、そんなものを除き去つたら、跡になんにも残らぬやうな駄洒落小説をお書きになつてゐるやうな気がするのです。僕はあなたに精神を感ぜずに世間を感ずる。芸術家の気品を感ぜずに、人間の胃腑を感ずる。」

右の台詞に端を発する馬場とのやりとりの果てに、「太宰治」は次のように述べる。

「へんなことを言ふやうですけれども、君はまるはだかの野苺と着飾つた市場の苺とどちらに誇りを感じます。登竜門といふものは、ひとを市場へ一直線に送りこむ外面如菩薩の地獄の門だ。けれども僕は着飾つた苺の悲しみを知つてゐる。さうしてこのごろ、それを尊く思ひはじめた。僕は逃げない。連れて行くところまでは行つてみる。」

このシークエンスは「「卑俗」の勝利」と呼ぶにふさわしい「太宰治」の芸術観の表明としても理解可能だが、より重要なのは「太宰治」が署名と接続されることで、一連の会話がテクストそのものへの自己言及と化して「ダス・ゲマイネ」全体が逆照射的に枠づけられていく点であろう。加えて「太宰治」が引き受けた市場の芸術家論――「卑俗」さは、一人「太宰治」のものではなく、「君だつて僕だつてはじめからポンチなのだ。」という台詞もあるように、さらには作中の四青年は後述のように〝四人⇕一人〟なのだから、結局、四青年に等しく分有されているとみてよい。ならば、同時代的には《作者自身を登場させた形式》[18]という指摘もあり、やはり作中人物と署名とを接続する回路が〝太宰治〟という名（シニフィアン）の同一性によって仕掛けられることで、「ダス・ゲマイネ」の読解成果が〈太宰治〉に充填され、逆にすでに流通していた〈太宰治〉（の意味内容）が「ダス・ゲマイネ」読解に作用するといった、相互参照的な回路が同時代の言説編成において機能していたと思われる。これによって「ダス・ゲマイネ」が内包する〈青年〉は、それ自体いわゆる大正型の〝心境〟・〝芸術〟や昭和初年代型の〝集団〟・〝社会（性）〟を主体化の与件としたタイプに対して断絶あるいは反逆の位置を占めるだろう。[19]おそらく、こうした様相こそは、昭和十年前後においてはじめて登場した、〈青年〉の〝現代性〟と呼ぶべきものなのである。

4

本節では、ここまでの議論をふまえた上で、「ダス・ゲマイネ」というテクストに描かれた〈青年〉の、昭和十年前後における〝現代性〟を検討していきたい。

まず、「ダス・ゲマイネ」には《登場人物はいても、通常の小説にあるストーリーや物語の展開はほとんどない[20]》。そのこともあって、議論は登場人物に絞られてきた感があるのだが、奥野健男は次のように論じている[21]。

> 人生の目的や理想を失った当時の青年たちのかなしい虚栄や自意識をカリカチュアライズして批判しながら、その底に一筋の真実を見つけようとしている。佐野次郎、馬場、佐竹、太宰の四人の奇態な芸術青年たちはいずれも作者の分身であり、その分身たちのかけあい漫才めいた会話は、無類の面白さを発揮する。〔略〕お道化た言葉の中に、作者が真剣に考え抜いた芸術観、人生論が表白されている。

こうして奥野は、《分身》という評言によって実体（論）的な作家と作中人物との間に回路を設け、「ダス・ゲマイネ」から実体（論）的な太宰治の《芸術観、人生論》を読みとっていく。この《分身》の系譜は渡部芳紀[22]や川崎和啓[23]らによってなぞられていくが、このような作中人物の《分身》と呼び得る等価性（と差異）に《「虚無」》を見出すことで、東郷克美は「ダス・ゲマイネ」を《このような青年像と彼らが対立葛藤する作品構造を通して、自我の分裂・解体の様相を表現しようとした作品[24]》と評すことになる。

こうした理解は、作中の四青年に起こる、自意識過剰による自己同一性（アイデンティティ）の溶解とでも呼ぶべき事態に由来する。「金魚が泳げば私もふらふらついて行くといふやうな、そんなはかない状態で馬場とのつき合ひをもつづけてゐたにちがひない」と自認する佐野は、馬場から貰った手紙の中で、手紙を読む際の心中を忖度されて「(君曰く、ああ僕とそつくりだ!)」と馬場に書きつけられることで、他者からも類似性を刻まれていく。しかしそれは佐野次郎に限ったことではなく、馬場が「太宰治」のことを佐野を相手に非難している最中にも、「ああ、僕はいつたい誰のことを言つてゐるのだ!」という言葉として訪れる事態なのだ。そして馬場に「僕は君の瞳のなかにフレキシビリテイの極致を見たやうな気がする。」と予言めいたことをいわれていた佐野は、「三」の末尾でついに自/他の境界線を見失っていく。

私はひとりでふらふら外へ出た。雨が降つてゐた。ちまたに雨が降る。ああ、これは先刻、太宰が呟いた言葉ぢやないか。さうだ、私は疲れてゐるんだ。かんにんしてお呉れ。あ! 佐竹の口真似をした。ちえつ! ああ、舌打ちの音まで馬場に似て来たやうだ。そのうちに、私は荒涼たる疑念にとらはれはじめたのである。私はいつたい誰だらう、と考へて、慄然とした。私は私の影を盗まれた。何が、フレキシビリテイの極致だ!

ここで起こっているのは、単に佐野次郎一人の自己同一性(アイデンティティ)の溶解に留まらず、佐野が四青年を代表していた以上、《分身》とされた太宰、佐竹、馬場もまたそれぞれ固有の「影を盗まれた」ことになるはずだ。となると、四人の青年は、馬場をして「たいへんな仲間」・「ははん、この四人が、ただ黙つて立ち並んだだけでも歴史的だ。」といわせしめるほどの個性の持ち主でありながら、必ずしも所与の自律した主体としては描かれておらず、お互いがお互いの相補的な《分身》として〝四人⇕一人〟であり、佐野はテクストの類似という主題による任意の代表にすぎないのだ。テクストの構造的な側面からのアプローチによって、その言葉自体を読もうとする本章の議論にとって、小浜逸郎の次の議論は示唆的である。

この作の主人公は、平準化された四人の登場人物が四面鏡張りの部屋の中で、卍どもえに噛み合うような〈構成〉それ自体であるとも言える。つまり、もしやろうと思えばいくらでも分身を産出できるようになってしまった、作者自身の表現上のシステムにこそ、焦点があてられるべきなのだ。そしてこのシステムは、同時に自己の内部に無数の他者の目を住まわせることをも可能とする。言わばこのシステムの中では、表現において自己を捉えることは、新たに自己の内に他者の目をひとつずつ導き入れることと同義であり、それ以前の自己同一性、自己了解性の〈幻想〉をひとつひとつ壊していくことと同義である。(25)

右の指摘が重要なのは、《分身》という評語をテクスト構造として捉え直すことで、実体（論）的な太宰治（の意図）と作中人物との間にいつしか敷かれる自明視されがちな回路を断ち切り、《他者》という評語の導入によって、「ダス・ゲマイネ」における主体（構築）の問題へと接ぎ木してくれるからである。しかも、以下に検討していく主体構築の過程とは、様々に変奏されて「ダス・ゲマイネ」一篇の主題を織りなしていく。

主要作中人物たる四青年の主体構築は、多分に軽薄な青年像と目されてきた、さりげないポーズにこそ集約されている。はじめて対面した佐野に対し、馬場は次のように話す。

「ひとの見さかひができねえんだ。めくら。――さうぢやない。僕は平凡なのだ。見せかけだけさ。僕のわるい癖でしてね。はじめて逢つたひとには、ちよつとかう、いつぷう変つてゐるやうに見せたくてたまらないのだ。自縄自縛といふ言葉がある。ひどく古くさい。いかん。病気ですね。君は、文科ですか？　ことし卒業ですね？」

「自縄自縛」・「病気」と自覚しながらも、馬場は自らを他者に晒すこと――他者の視線を内面化することで自らを主体化していく、例えそれが「見せかけだけ」にせよ。この点をふまえて、本作の象徴とも目されてきたヴアイオリンケエスの挿話（エピソード）は読み解く必要がある。

馬場はときたま、てかてか黒く光るヴアイオリンケエスを左腕にかかへて持つて歩いてゐることがあるけれども、ケエスの中にはつねに一物もはひつてゐないのである。彼の言葉に依れば、彼のケエスそれ自体が現代のサンボルだ、中はうそ寒くからつぽであるといふんだが、〔以下略〕

ここでは、ケエスの中にヴアイオリンが入ってないことよりも、ヴアイオリンがないにも関わらずケエスを手にしてしまうという〝現代性〟にこそ注目したい。重要なのは内ではなく外で、〈現代青年〉にとって主体とは、実存的に所与のものではなく「見せかけ」あるいは内面化された他者の視線によって漸次構築されていくものとして現象しているのだ。

私（佐野／引用者注）もまたヴアイオリンよりヴアイオリンケエスを気にする組ゆゑ、馬場の精神や技倆より、彼の風姿や冗談に魅せられたのだといふやうな気もする。彼は、実にしばしば服装をかへて、私のまへに現はれる。〔略〕彼の平然と呟くところに依れば、彼がこのやうにしばしば服装をかへるわけは、自分についてどんな印象をもひとに与へたくない心からなんださうである。

ここで馬場との類似性を発見してしまう佐野とは、「友人たちは私を呼ぶのに佐野次郎左衛門、もしくは佐野次郎（さのじろ）といふ昔のひとの名前でもつてした」とあるように、そもそも名指す他者がいなくては存在し得ない。結局、テクストにおいて「私」の本名は明かされず、他者が「呼ぶ」ことによって「佐野次郎」は「佐野次郎」であり得るのだ。こうした相互依存的な主体化は、先の引用後半部に明らかなように、外部の他者に明示される「服装」や「印象」を契機としてなされていく。《自己をうつし出してくれる〝まなざし〟》によって《他者の目に自己がいかに映ずるかという「印象」を先取りしてゆく》方法を「ダス・ゲマイネ」に見出す安藤宏が指摘するように、《確固とした内容がまず先にあって、それにまつわる印象や解釈が二次的に派生してゆくのではなく、周囲に与える印象こそが本体を決定してゆく、あるいはあえてそのように装ってみせてゆくという逆転劇》[26]が演じられていく。

右の安藤の指摘にここまでの議論を重ねてみる時、シニフィアン／シニフィエという二項対立によって「ダス・ゲマイネ」を構成する主題系の総体的な把握が可能となるだろう。つまり、シニフィエ〈主体的内面〉を前提にシニフィアン〈外見・印象等〉が生成されていくのではなく、シニフィアンこそが事後的にシニフィエを構築していくという転倒〈とみなされがちな事態〉――この主題系は、ヴァイオリンケスの挿話(エピソード)を始めとしてテクスト内で反復され、「四」末尾、馬場による菊への次の台詞に極まる。

「百円あげよう。これで綺麗な着物と帯とを買へば、きつと佐野次郎のことを忘れる。水は器(うつわ)にしたがふものだ。〔以下略〕」

ではいよいよ、このようなシニフィアン／シニフィエをめぐる転倒が、「ダス・ゲマイネ」において最も劇的に演じられた〝死〟と〝恋愛〟の様相を検討してみよう。とはいえ、「ダス・ゲマイネ」においてこの両者は別のものではない。何しろ、失恋を語った後にそれと関連づけるかたちで佐野は自殺を考えた自らを顧みており、当初は失恋後の内面的苦悩にその他の問題を重ねることで自殺が目論まれていたのだ〈本章3、二三二頁の引用参照〉。もちろん「ダス・ゲマイネ」的な主体構築の規則とは一八〇度異なる発想であるが、実際のところそのようなかたちでの自殺は成就せずに生き長らえ、「佐野次郎」という名前を与えられ、同人雑誌をめぐるいきさつに巻き込まれることで、佐野の死は引き延ばされていく。

それでも《「死」の交響曲》(27)と呼ぶにふさわしく、テクストには死をめぐる言葉の網目が張りめぐらされている。例えばしきりに死を口にする馬場は、「僕はあしたあたり死ぬかも知れないからね。」と嘯きながら、「死なないばかりか、少し太つ」ていき、「僕もまた、かつては、いや、いまもなほ、生きることに不熱心」だと自称しながらも、「病気と災難」とを「歯痛と痔」を持病として抱えながら待つだけであるし、窓からやってくるのは「盗賊」ではなく「蛾と羽蟻とかぶとむし、それから百万の蚊群」にすぎないのだ。また「四」では、佐野の死を話題にして、馬場は「うまく災難にかかりやがつた。」と、佐竹は「人は誰でもみんな死ぬさ。」と語ってもいる。結局「ダス・ゲマイネ」においては〝死〟というものの重みがほとんど感じられないほどに希薄化されており、それは個人の主体的内面の問題ではなく「ラヂオのニユウス」で語られるような事故死＝大衆社会の一コマにすぎない。この変容を体現する佐野次郎は、自らの内面的苦悩に基づく自殺の試みをLe Pirateをめぐって引き延ばされた揚げ句、偶然の事故による唐突な〝死〟を迎える。ここに、自殺すら不可能な、昭和十年前後の〈青年〉の一面を読むことは、「ダス・ゲマイネ」の物語内容とそれに関わる文脈の把握として妥当なものであるはずだ。つまり、〝死〟というシニフィアンはそのままにシニフィエの横滑りが起こっているのだが、こうした事態は単に外部からの働きかけに起因するのではなく、実はすでに佐野次郎自らが選択していたものでもあり、それは自死への契機ともなった「恋の相手」と菊の語り方に明確に刻印されている。「甘酒屋」に通う理由を、語り手＝「私」が次のように述べていたことを想起しよう。

その店に十七歳の、菊といふ小柄で利発さうな、眼のすずしい女の子がゐて、それの様が私の恋の相手によくよく似てゐたからであつた。私の恋の相手といふのは逢ふのに少しばかり金のかかるたちの女であつたから、私は金のないときには、その甘酒屋の縁台に腰をおろし、一杯の甘酒をゆるゆると啜り乍らその菊といふ女の子を私の恋の相手の代理として眺めて我慢してゐたものであつた。

後に両方の女性をみた馬場にも、「やあ、似てゐる。似てゐる。」と承認されるほどの似ようらしいが、もちろんかかる金銭の多寡をはじめとした差異がシニフィエとして刻まれている。それにも関わらず「私」は、「恋の相手」と「菊」とを「様」の類似によって「代理」と承認していたのだ。このような個性（差異＝シニフィエ）の平準化を伴う表層的類似（シニフィアン）は、「菊ちゃんだけを好きなんだ。川のむかふにゐた女よりさきに菊ちゃんを見て知つてゐたやうな気もするのです。」という自己欺瞞への復讐として、佐野に、他の三青年に、さらにはテクスト総体にも及ぶことで、「ダス・ゲマイネ」一篇の主題をも成していたのだ。

では最後に、この時期、太宰治や島木健作と並んで〈青年〉と表象されていた高見順の『故旧忘れ得べき』[28]（『日暦』昭10・2～7、『人民文庫』昭11・4～9）を参照することで、「ダス・ゲマイネ」に描かれた〈青年〉の、昭和十年前後における〝現代性〟を見極めておこう。

作家である高見順の分身とも評される多くの〈青年〉たる登場人物たちは、いずれも昭和初年代の左翼運動への参加と挫折を、スネの傷のようにして抱えることで、〈〈知識人〉青年〉たる表徴を与えられている。そして、こうした〈青年〉たちのあり方それ自体が、《非決定性に由来する不安定な生を送る人物達が、自殺したかつての仲間の追悼を契機にして、「ずるずる」と延ばし続けた生の過程における一つの「敷居」を跨ぐまでの話[29]》を成立させていく。そして、ここで高見順『故旧忘れ得べき』を参照することで考えてみたいのは、やはりその〝死〟（自殺）というモチーフをめぐる様相である。

まず、「ダス・ゲマイネ」との差異／同一性を確認しておくなら、『故旧忘れ得べき』には「小関の虚無的な気持、待てよ、そいつは俺のものでもある、同時に俺達と同時代の青年の大半が現在陥つてゐる暗さだ」という篠原の内話文もあり、作中の青年たちが〝四人⇕一人〟として描かれている点[30]で「ダス・ゲマイネ」との著しい相同性をもつ。しかし、その上で注目したいのは終章の第十節で描かれる、自殺した沢村の追悼会である。その会場を語る前に、饒舌に現在と運動当時をしきりに往還する『故旧忘れ得べき』の語り手は、昭和四年の出来事を綴った「手記」を引用した後で、「この時分が、沢村にとつて、否同時代の誰にとつても、生き甲斐のあつた頃であつた」として、昭和初年代と転向後の昭和十年前後の断絶を、まずは提示する。「どうして自殺したのか遺書がないので分らない」という沢村稔の追悼会での参会者のコメントは、それぞれ個人としての沢村を語りつつも、Eという登場人物が次のように述べるところに、『故旧忘れ得べき』の特質が集約的に示されている。

「自殺したと聞いて多少意外に思つたが、僕はそれを特別な事件とは思つてゐない。〔略〕多くの人は、沢村君の死は反動期における行き詰つたインテリゲンチアの苦悶の象徴であると言つた。大ざつぱに言へばそれに相違ないだらう。しかし若し、沢村君にしてその壁を突き破る努力を最後までつゞけてゐたとすれば、さういふ風に一概に言つてのけるのは故人に対して気の毒だ。彼は死ぬ半年ほど前まで階級のために或る程度まで尽してゐたのだから。——往年の戦闘的な気魄はなかつたにせよだ。」

テクストにおいては、この追想談に続き、小関の提案によって「故旧忘れ得べき」が歌われることになるが、やはり右の一節は、看過できない問題を孕んでいる。傍線部に明らかなように、『故旧忘れ得べき』においては、「インデリゲンチアの苦悶」という読解コードがテクストによって与えられることで、原因不明の死因＝空白に向けて様々な意味内容が追悼記のかたちをとって充填されていくことになるだろう。ここで今一度、〝死〟の意味があたう限り希薄化されていく「ダス・ゲマイネ」の〝現代性〟を想起するならば、その〝死〟が意味（死因）を引き寄せてしまう『故旧忘れ得べき』との決定的な差異は明らかであろう。もちろん、傍線部に続いて死因を「一概に言つてのける」ことの忌避が目指されてはいるが、それはひとたび口にされてしまったなら、いかなる註釈も追いつかない速度で空白を埋めようとする求心力をもってしまう。だからこそ、「ダス・ゲマイネ」は、自殺をあたう限り遅延し続け、むしろ、自殺を遅延することでその理由を空白にしようとする運動それ自体がテクストを紡いでいったといってもよく、その意味で時代の前衛に位置していたといえるのだ。

総じて、太宰治「ダス・ゲマイネ」とは、テクストの内／外双方に関わって、昭和十年前後の〈青年〉を主題化した現代小説に他ならない。物語世界では四人の青年が、また物語行為のレベルでは語り手＝「僕」が、それぞれ他者（内在化された他者の視線）によらずしては主体化し得ない事態が叙述され、そのような〈青年〉による同人雑誌（企画）は物別れに終わり、冒頭と結末に書き込まれた〝死〟すら何の物語も生成しない。こうして、差異化を志向しながらも類似性にからめとられていく言葉の運動が織りなす「ダス・ゲマイネ」とは、《表面的には全く架空で出鱈目な世界を描いてゐるが、その出鱈目な世界の行間に切ない行き場を喪つたインテリゲンチヤの自意識過剰の心情を滲ませてゐる》[31]といった評価とともに、毀誉褒貶相半ばしながらも同時代の歴史（〝現代性〟）にあって〈青年〉を表象していく――少なくとも〈太宰治〉が〈青年〉を代表＝代行＝表象していく契機として重要な役割を果たすことになったテクストとして銘記されるべきだろう。

注

（1）当該号の「編輯後記」（『文芸春秋』昭10・10）には、《◇石川達三氏芥川賞授（ママ）賞の後をうけ、更に積極的に新人の抜擢によつて文壇一新の鋭気に燃えてゐる本誌は受賞候補者だつた新人四氏を以て本号創作欄を充した。》とある。

（2）例えば、青野季吉「文芸時評（2）作品界の通観」（『読売新聞』昭10・11・24／後に『文芸年鑑』にも収録）には、《太宰治の「ダス・ゲマイネ」、高見順の「故旧忘れうべき（ママ）」なども、ことしの作品として長く残るものであらう》とある。

（3）初出本文最終ページ下段には、「芥川賞後日異聞」を掲載した『文芸通信』十月号の広告が掲載されている。

（4）松本鶴雄「「ダス・ゲマイネ」について」（無頼文学研究会編『太宰治1 羞らえる狂言師』教育出版センター、昭52）

（5）角田旅人「『ダス・ゲマイネ』覚書き」（東郷克美・渡部芳紀編『作品論太宰治』双文社出版、昭49）

（6）「地球図」に関しては、拙論「〈翻訳〉の織物――太宰治「地球図」精読――」（『日本近代文学』平17・10）も参照。

（7）同時代評を含め、多くの資料を紹介・分析した渡部芳紀「ダス・ゲマイネ［太宰治］」（三好行雄編『日本の近代小説Ⅱ』

東京大学出版会、昭61）参照。
（8）豊田三郎「遮断機　苦悶・昂揚・生成」（『帝国大学新聞』昭10・3・18）
（9）海野武二「十月創作評　青年の頽廃の記録――『文芸春秋』の巻――」（『時事新報』昭10・9・25）
（10）他にも藤田郁義「玩具」（『新潮』昭10・10）、森本忠「柿渋」（『文芸』同）等、同様の主題を抱えた同時代の小説は多い。
（11）竹亭「学芸サロン　不真面目が取柄の新人」（『中外商業新報』昭10・10・20）
（12）大久保典夫「島木健作ノオト〔2〕――転向文学論（その二）」（『文学者』昭35・8）
（13）谷崎精二「文芸時評」（『早稲田文学』昭10・11）でも、《左傾運動に加はつて下獄したインテリ青年の出獄後の思想的悩みが詳さに語られてある》と評される。
（14）矢崎弾「文芸時評【2】芥川賞四候補」（『報知新聞』昭10・9・24）
（15）矢崎弾「文芸時評【4】新作家への鞭」（『報知新聞』昭10・9・26）
（16）中村地平「文芸時評（二）新人の場合（下）」（『都新聞』昭10・9・29）
（17）千葉正昭「太宰治『ダス・ゲマイネ』一面――感情表現の意味――」（『文芸研究』昭62・1）
（18）海野前掲論文・注（9）に同じ
（19）この点に関しては、本書第二章参照。
（20）川崎和啓「太宰治・「ダス・ゲマイネ」論――『晩年』からの脱却――」（『昭和文学研究』平5・7）
（21）奥野健男『太宰治論　増補決定版』（春秋社、昭43）
（22）渡部前掲論文・注（7）に同じ
（23）川崎前掲論文・注（20）に同じ
（24）東郷克美「『ダス・ゲマイネ』虚妄の青春」（『解釈と鑑賞』昭58・6）

(25)小浜逸郎『太宰治の場所』(弓立社、昭56)

(26)安藤宏「「ダス・ゲマイネ」試論」(『太宰治研究』平8・1)。なお、本章2でとりあげた「一つの転機」には、「うちに深くたくはへられた精神が、人間の外貌を美しくもし醜くもする平凡な事実」という記述があり、「ダス・ゲマイネ」と対照をなす。

(27)松本前掲論文・注(4)に同じ

(28)本文は、高見順『故旧忘れ得べき』(人民社、昭11)の、特選名著復刻全集近代文学館版(日本近代文学館、昭49)に拠った。なお、転向という視角から、寺田道雄『知の前衛たち―近代日本におけるマルクス主義の衝撃―』(ミネルヴァ書房、平20)も参照した。

(29)関谷一郎「故旧忘れ得べき[高見順]」(三好行雄編『日本の近代小説Ⅱ』東京大学出版会、昭61)

(30)辻橋三郎「高見順「故旧忘れ得べき」考」(『論集(神戸女学院大学)』昭47・11)参照

(31)寺岡峰夫「散文精神の確立――「詩的精神に反抗する散文精神」――」(『早稲田文学』昭10・12)

第九章　〈青年〉の病＝筆法
——「狂言の神」

1

昭和初年代からのプロレタリア文学（運動）の盛／衰と佐野学・鍋山貞親の転向を経た昭和十年前後とは、複数の局面から〝表象の危機〟という問題意識が高まった時期である。[1] 井口時男は、《昭和十年前後、文学において、表象機能の混乱・失調をもっとも先鋭なかたちで自覚し、実践したのは、小林秀雄の後続世代に属する太宰治と保田與重郎だった》とした上で、太宰治に関して次のように述べている。

太宰は昭和の青年たちの自意識の解体のすさまじさ、表象機能の失調の深刻さを実演している。しかも、太宰自身、自分の病が時代の病であること、この病こそが新世代の青年の「新しさ」の証明であることを自覚していた。現に彼は、この病を語りの構造へと転移させることで、自己言及的なメタ・フィクションの語りの地平を切り開いてみせた。[2]

本章では、こうした〝表象の危機〟の時代に発表されたテクストとして太宰治「狂言の神」（『東陽』昭11・10）をとりあげるが、その際、重要な補助線として保田與重郎を参照することになるだろう。保田は、太宰治と同世代の〈青年〉[3]であるばかりでなく、「狂言の神」において特権的な役割を担う固有名でもあり、保田もまたそれにわずかばかり先立つ時期に「佳人水上行」（『文芸雑誌』昭11・4）と題した太宰治論を草しており、それぞれに、〈青年〉が担わざるを得なかった歴史的な課題を深く共有してもいるのだ。再び井口の議論に拠れば、《太宰治の自己言及的な語りが彼の病の方法化だったとすれば、保田の病の思想的方法化を担ったのは「イロニー」という概念である》と、根を一つにする《病》とその表出の差異までが論じられており示唆に富む[4]。本章では、こうした見通しをふまえ、自己言及(性)とイロニーを併せもった「狂言の神」を検討対象として、テクストにおいて〝表象の危機〟を体現した歴史的な小説表現としての相貌を取り戻すことを[5]、当面のねらいとする。

ここで、〝表象の危機〟の時代における〈青年〉という表象の様相を、「狂言の神」というテクストに即して探っておこう。まず、題材とされた、太宰治なる作家（津島修治）の「縊死未遂事件」（昭10・3）を検討しておく。ここでの興味は、現実世界の事件が小説や新聞へと言説化される際に織り込まれた歴史(性)にこそある。というのも、「縊死未遂事件」は、新聞紙上で報道された後、中村地平のモデル小説「失踪」（『行動』昭10・9）に書かれるなど、メディア上の事件として流通していくのだから。そして、こうした様相は単なる状況証拠に留まるものではなく、「狂言の神」の次の一節が招き寄せるものでもある。

自殺しようと家出をした。そのやうな記事がいま眼のまへにあらはれ出ても、私は眉ひとつうごかすまい。〔略〕私に就いての記事はなかつたけれども、東郷さんのお孫むすめが、わたくしひとりで働いて生活したいと言うて行方しれずになつた事実が、下品にゆがめられて報告されてゐた。

実際、東郷元帥令孫失踪事件は津島修治の失踪事件と同時期に報じられており[6]、併せてこの時期、〈〈知識人・芸術家〉青年〉の失踪（家出）がメディア上で喧しく報じられる状況も看取され、《新聞報道において〈知識人—厭世・悲観—自殺〉という強固な表象上の連鎖が、具体的な因果関係や実状を差しおいて機能[7]》していたとみてよい。また、自らも同世代の〈青年〉である中村地平は、「失踪」に時代の表徴たる文学志望者たちの青年群像を描き、表象上の連鎖に従うかのように、三島修二（太宰治をモデルとした作中人物名）の失踪から自殺未遂へとプロットを展開している。同作は、同時代評によってモデル小説であることが明らかにされもし、《〝知識人（青年）の苦悩〟を体現し・代表するよりふさわしい表象の一つとして〈太宰治〉を他の作家と差異化する契機[8]》を成した。

続いて、「狂言の神」本文をみてみよう。冒頭から「笠井一」は、「一点にごらぬ清らかの生活を営み、友にも厚き好学の青年」と紹介されていたが、「狂言の神」が昭和十一年に発表されたことと、「笠井一」名義で書かれた履歴書の年号に注目すれば、「私、太宰治」とはマルクス主義旋風が吹き荒れた時期に主体形成し、「七年まへ」の回想として反復される「若き兵士」として左翼運動へ参加／脱落したのだと想定される。こうした設定による含意は、保田與重郎による次の一文によって浮き彫りにされるだろう。

世代的に云つても僕らの青年の経歴の主なる時期は、一九二〇年代の末から三〇年代の始めにまたがる。かつて僕らの日本の過去に於て、かやうなはげしい時代の青春を経験した青年の時代はないのだ。〔略〕この豊富な時代、左翼に制せられ、右翼に抑へられ、家庭に、還境（ママ）に、情緒に、恋愛に、右往左往し、前後の極微のものにさへはげしい全身的関心をひかれた心情だけが、次代の文学のために準備せられる(9)。

こうした文脈を読み込めば、「私、太宰治」が自嘲的に語った「自己喪失症とやらの私」という言葉も、「自殺の虫の感染は、黒死病の三倍くらゐに確実で、その波紋のひろがりは、王宮のスキャンダルの囁きよりも十倍くらゐ速かつた」という一節も、昭和十年前後の表徴と化し、「狂言の神」というテクストを歴史化していくだろう。プロレタリア文学（運動）の破産を経た〝表象の危機〟の時代に〈青年〉を見舞ったのは、《自殺の季節(10)》なのだから。

七年まへには、若き兵士であつたさうな。ああ。恥かしくて死にさうだ。或る月のない夜に、私ひとりが逃げたのである。とり残された五人の仲間は、すべて命を失つた。私は大地主の子である。地主に例外は無い。等しく君の仇敵である。裏切者としての厳酷なる刑罰を待つてゐた。撃ちころされる日を待つてゐたのである。けれども私はあわて者。ころされる日を待ち切れず、われからすすんで命を断たうと企てた。

「七年まへ」の自分自身を「若き兵士」といい切れずに「さうな」を付してしまう自己批評（性）が「ああ。恥かしくて死にさうだ」との一節を産み出し、以後も自嘲的な自己言及・批評（性）が言葉を生成していく。ここで、履歴書とも符合する「私、太宰治」の出自と、《一九二〇年代の末から三〇年代の始め》という世代的な文脈を重ねあわせてみるならば、「狂言の神」とは単に「私、太宰治」ばかりでなく、昭和十年前後を生きる〈青年〉の《青春》が刻印された、より広範な射程をもつテクストだといえよう。

死んでしまつたはうが安楽であるといふ確信を得たならば、ためらはずに、死ね！　なんのとがもないのに、わがいのちを断つて見せるよりほかには意志表示の仕方を知らぬ怜悧なるがゆゑに、慈愛ふかきがゆゑに、一掬の清水ほど弱い、これら一むれの青年を、ふびんに思ふよ。

ここでも言表の主体の位置は定め難いが、目下死に向かう「私、太宰治」もまた「一むれの青年」の一人であることは間違いない。ならば右の一節は、昭和十年前後における〈青年〉の自殺を主題としたテクストが、同時代の歴史と切り結んだ結節点の一つに他ならない。

2

本節では、〝表象の危機〟という《病》を生きる〈青年〉を描き出していく「狂言の神」の筆法である、自己言及の構造を分析していく。《引用とパロディと肉声を混じり合わせた文体の乱舞[11]》とも評される「狂言の神」は、多くの固有名が紛れ込んだこともあって実に多様な意味作用を生成する可能性を孕んでいるが、ここではテクストに潜む運動の規則に迫っていきたい。《作家「太宰治」と作中人物との意図的な混交》を《「作中人物的作家」の手法》と呼んで評価する東郷克美は、「狂言の神」の動的な様相を次のように要約している。

現に書きつつある「狂言の神」なる作品に自己言及しつつ、当初予定していたという「道具だて」や「意図」「しくみ」を明かした上でそれをあっさり放擲し、以後は「私、太宰治」の「身のうへ」のみが語り続けられていく。入れ子の物語になるはずであった笠井一の自殺譚の枠は、作品がはじまったばかりのところで早くも捨てられ、作中に侵入して来て内在化された語り手自身の現在進行形の物語へ移行するという荒唐無稽ぶりである[12]。

以下、《荒唐無稽》の一句を実体（論）的な太宰治（の内面の問題）に還元することなく、「狂言の神」というテクストを織りなす言葉を対象とした読解を展開していきたい。

まずは、問題含みの「狂言の神」冒頭部から引いておこう。

今は亡き、畏友、笠井一について書きしるす。

笠井一。戸籍名、手沼謙蔵。明治四十二年六月十九日、青森県北津軽郡金木町に生れた。亡父は貴族院議員、手沼源右衛門。母は高。謙蔵は、その六男たり。同町小学校を経て、大正十二年青森県立青森中学校に入学。昭和二年同校四学年修了。同年、弘前高等学校文科に入学。昭和五年同校卒業。同年、東京帝大仏文科に入学。若き兵士たり。恥かしくて死にさうだ。眼を閉ぢるとさまざまの、毛の生えた怪獣が見える。なあんてね。笑ひながら厳粛のことを語る。と。

右の引用を語りの枠組みから考えれば、「笠井一」の履歴を知悉し、「数行の文章」を深読みする言表の主体が「狂言の神」という小説を書いていると想定できる。言表の主体の解釈に従えば、当初まじめに書き綴られた「数行の文章」において、「若き兵士たり。」に続いて「恥かしくて死にさうだ。」という内面を吐露せずにいられなかったのは、「かれの生涯の悪癖、含羞」によるものだという。さらに、「眼を閉ぢるとさまざまの、毛の生えた怪獣が見える。」とふざけては、「「なあんてね」の韜晦の一語がひよいと顔を出さなければならぬ事態に立ちいた」る。その帰結として、「数行の文章」は「かれ日頃ご自慢の竜頭蛇尾の形に歪めて置いて筆を投げ」て終わる。こうした《語り手が次の瞬間には、次元を越えて批評家となってしまう(13)》ようなテクストの自己言及・批評(性)が、「狂言の神」を冒頭から複雑にみせていく。何しろ「狂言の神」においては、右の引用に仮構された〝言表の主体が笠井一について語る〟という語りの枠組み自体が虚構であることまでが、テクスト内で突如明示的に露呈されるのだから。語りのモードの劇的な転換点を、次に引いておこう。

今は亡き、畏友、笠井一もへつたくれもなし。ことごとく、私、太宰治ひとりの身のうへである。いまにいたつて、よけいの道具だてはせぬことだ。私は、あした死ぬるのである。はじめに意図して置いたところだけは、それでも、言つて知らせてあげよう。私は、日本の或る老大家の文体をそつくりそのまま借りて来て、私、太宰治を語らせてやらうと企てた。自己喪失症とやらの私には、他人の口を借りなければ、われに就いて、一言半句も語れなかつた。たち拠らば大樹の陰、たとへば鷗外、森林太郎、かれの年少の友、笠井一なる夭折作家の人となりを語り、さうして、その縊死のあとさきに就いて書きしるす。その老大家の手記こそは、この「狂言の神」といふ一篇の小説に仕上るしくみになつてゐたのに、ああ、もはやどうでもよくなつた。

こうした様相から確認しておくべきことは、「狂言の神」が、頓挫した同名の作中作「狂言の神」を内包し、語り手を演じる作中人物がテクストの外延に付された署名と同姓同名の「太宰治」と名づけられているという、複雑なテクストの相貌であろう。しかも作中世界のメタ・レベルに位置しているかと思われた言表の主体が作中人物であったことも明かされ、作中人物化された語り手のメタ・レベルに言表の主体という概念が想定可能か否かも疑わしい。そもそも、「狂言の神」においては、「笠井一」の他、「かれ」・「若き兵士」・「大学生」・「男」等々の「ことごとく」が「私、太宰治」と等号で結ばれていく。そこで問題なのは、言表の主体をめぐる表記のゆれということになるが、《太宰的自意識は、「あなた」との距離がとれない》と述べる井口時男が指摘するように、「狂言の神」においても言表の主体は対象との距離をとれず、

《距離がとれないというのは近すぎるということではなく、根本的には、距離を確定できないということで》、《距離が確定できないということは、「私」を提示するための適切な表象を選択できないということ》でもあり、その帰結として《「私」の表象は無数に分裂し浮動し》、《人の言動を支える定点としての「真の」自己、「私自身」は消失する》だろう。(14) ただし、言葉が言葉に折り返していく自己言及・批評（性）に満ちた「狂言の神」においては、「自己喪失症とやらの私には、他人の口を借りなければ、われに就いて、一言半句も語れなかつた」という一節が自己分析よろしく書き込まれ、「私」による「われに就いて」の告白として成立している。換言すれば、「私」は「われに就いて」語れないという語り方によって、その実「一言一句」を語り得てもいる。これは単なる虚言ではなく、「語れなかつた」という過去時制が示すように、冒頭部が書かれた時点では「語れなかつた」ことを指すのだろう。つまりこの種のねじれには、つねに生成され続けるテクストの現在進行中の経過が刻まれており、「狂言の神」とは、言表の位置や表記が転位し続けていく、運動するテクストなのだ。

その上「狂言の神」は、理念的な近代小説の制度に抗うような細部に溢れてもいる。例えば、「今は亡き、畏友、笠井一について書きしるす。」として冒頭部から張られた虚構線に即して考えれば、「風がはりの作家、笠井一の縊死は、やよひなかば、三面記事の片隅に咲いてゐた」以上、笠井一はすでに死んでいなければならない。死因＝空白に投げ込まれた「色様様の推察」はいずれも「はづれ」だとされ、言表の主体は就職試験の「落第」という真の死因を提示しながら、その経緯を語り出すというのが当初の展開である。ところが、言表の主体自ら「笠井一」＝「私、太宰治」と名乗りをあげることで虚構線は破られる。そして、「私は、あした死ぬるのである」として第二の虚構線が張られ、「はじめに意図して置いたところ」が「もはやどうでもよくなつた」地点から、死を明日に控えたテクストは、「文章に一種異様の調子が出て来て、私はこのまま順風を一ぱい帆にはらんで疾駆する。」という自己言及的なフレーズを介して一挙に加速していく。ここには「文章」と「私」のパラレルな関係がうかがえるが、右の引用を含む一節は、自由間接話法によって「笠井一」が「ぶんぶん言つて疾進してゆく自動車」の中にいる場面を引き裂いて書かれており、物語内容／物語言説双方がそのスピードによって混在していくさなか、「私」は「文章」と渾然一体と化していく。というのも、ロジカル・タイプ（階梯）を犯す仕方で言葉が言葉に折り返すことで紡ぎ出されていく「狂言の神」とは、「私」が「私」への自己言及・批評（性）によって新たな「私」を産み出していく、起源なき書記行為（エクリチュール）と別のものではないのだから。

こうしたテクストの運動に関連して、「江の島」という地名を契機に「七年まへ」のことが回想され、「有夫の婦人と情死を図つた」件が書かれた後、先説法による一節をみておく。

（さきに述べた誘因のためにのみ情死を図つたのではなしに、そのほかのくさぐさの事情がいりくんでゐたことをお知らせしたくて、私は、以下、その夜の追憶を三枚にまとめて書きしるしたのであるが、しのびがたき困難に逢着し、いまはそつくり削除した。読者、不要の穿鑿をせず、またの日の物語に期待して居られるがよい）

「さきに述べた誘因」とは、左翼運動からの脱落を指すが、右の一節で「私」は、内面を空白として提示（波線部）して「読者」の意味づけを誘引しながらも、書く「困難」に突き当たった自分自身はやはり書き得ており、しかも奇妙なことに明日死ぬはずの「私」が「またの日」を想定している（傍線部）。もう一箇所、やはり先説法で書かれた、「深田久弥」と象戯を終えた後の、次の「私、太宰治」による空想的内話文もみておこう。

これが深田氏の、太宰についてのたつた一つの残念な思ひ出話になるのだ。「一対一。そのうち勝負をつけませう、と言ひ、私もそれをたのしみにしてゐたのに」

右の二つの引用の傍線部に注目すれば、前者は「私、太宰治」が死なないこと、後者は死ぬことを、それぞれ前提としている。一般的な語りの条件から考えれば、「私、太宰治」が言表の主体ならば、その生存は自明のはずだが、後者においてはその時点では死ぬつもりだったのかもしれない。語りや時制をめぐるこうした錯綜ぶりは、しかし物語論（ナラトロジー）に拠る静的な枠組みとその不断の更新（リニューアル）としてではなく、ここまで検討してきたように、テクストを編成する言葉が混沌のまま「一種異様の調子」で書き紡がれていく、「狂言の神」に内在する運動＝筆法として把握すべきであろう。

総じて、「狂言の神」において言葉は、安定した拠点から書かれるわけでも書くべき対象が前提としてあるわけでもない。むしろ逆に、書きつけられた言葉が拠点を創り出し、揺さぶり、内包された自己言及・批評（性）が動因（ドライブ）となり、その折り返しによって次々と新たな拠点や言葉が生成されていく。従って、言表の主体の位置や時制が不安定・不分明なのは、こうした言葉の運動＝自己言及の筆法による当然の帰結ということになる。

3

自己言及を動因（ドライブ）とした「狂言の神」が、規則ならざる規則＝彷徨を続ける、運動するテクストとして成立しているのならば、いかにしてそれらの言葉は一篇の小説として織り上げられているのだろう。「狂言の神」で、「私、太宰治」は〝自宅→銀座（歌舞伎座）→浅草（ひさごや）→本牧（ホテル）→江の島→長谷（深田久弥宅）→雑木林〟と、絶え間ない移動をしており、これはほぼ物語言説上の展開とも併走しながら、折々場所にまつわる回想が差し挟まれていく。そこで、本節ではこの移動に注目し、「狂言の神」というテクストを成立させているプロットという観点から、改めて本文を読んでいきたい。

第一の虚構線が破られる以前、冒頭近くの一節から引こう。

若き兵士たり、それから数行の文章の奥底に潜んで在る不安、乃至は、極度なる羞恥感、自意識の過重、或る一階級への義心の片鱗、これらは、すべて、銭湯のペンキ絵くらゐに、徹頭徹尾、月並のものである。〔略〕その夜あんなに私をくやしがらせて、つひに声たてて泣かせてしまつたものは、これら乱雑安易の文字ではなかつた。私は、この落書めいた一ひらの文反故により、かれの、死ぬるきはまで一定職に就かう、就かうと五体に汗してあせつてゐたといふ動かせぬ、儼たる証拠に触れてしまつたからである。

後の「笠井一」＝「私、太宰治」という等式を先取りすれば、自己言及・批評（性）が明らかな傍線部に加え、波線部にも注意が必要だろう。波線部では「文字」から解釈される意味ではなく、それら総体が体現する物質性が前景化され（「儼たる証拠」）、意味を削ぎ落とされた言葉が、自己言及・批評（性）を梃子にして、自己増殖的に連鎖していくことで次々と言葉が産み出され、その総体が小説と化していく。

さて、「九十円の小切手」を手に家を出た「かれ」は、歌舞伎座を経て浅草に行き、「けふより四年まへ」に通った安食堂ひさごやに行く。そこでは場所を契機に記憶が語られるのだが、言葉の編成という観点から興味深いのは、こうした回想が挿話（エピソード）の結句「大学生には困難の年月がはじまりかけてゐたのである」に至るまで遅延され、その遅延こそが「私」の「困難」の語り難さを表象しつつテクストを紡いでいく点である。その後、歌舞伎座に続きひさごやからも「遁走」する「私、太宰治」は、次第に「笠井一」を指示する代名詞を減少させ、言表の主体と融和しだしたかと思うと、本章2でふれた語りのモード転換が行われ、「私、太宰治」は「本牧の、とあるホテル」に辿り着く。次は、翌朝発ちがけの一節である。

ああ、ここで遊んでゐたい。遊んでゐたい。額がくるめく。涙が煮える。けれども私は、辛抱した。

お金がないのである。けさ、トイレットにて、真剣にしらべてみたら、十円紙幣が二枚に五円紙幣が一枚、それから小銭が二、三円。一夜で六、七十円も使つたことになるが、どこでどう使つたのか、かいもく見当つかず、これだけの命なのだ。

こうして《「太宰治」は、「お金」の有無によって生死のスタイルを取り決め、その「お金」のメタファーのような数字群のはざまに紛れ込んでいく[15]》が、その主体（性）がいくら希薄化しようが、「金」と（死ぬための）「命」があり、自殺という（仮の）目的がある限り、自己言及・批評（性）を動因（ドライブ）にテクストはその運動を停止することなく疾駆していく。

「江の島へ下車」した「私、太宰治」は、人の多さに入水を諦め食堂に入り、ビールを飲みながら「背を丸くし、頬杖ついて、三十分くらゐ、じつとしてゐた」。そして「このまま坐つて死んでゆきたいと、つくづく思」うが、その際の「新聞の一つ一つの活字が、あんなに穢れて汚く思はれたことがなかつた」という一節では、冒頭の履歴書同様、その意味よりも「活字」の物質性が前景化される。その後、食堂で他の客にビールをこぼされ、「不思議な心地」に至る「私、太宰治」は、自らに「狂気の前兆」を感じる。こうした「狂気」の一歩手前にある「私、太宰治」に共振するかのように、自殺という（仮の）目的に向かう言葉の運動は、無意識の裡にも生成され続け、「まつたく意志を失ひ、幽霊のやうに歩いて、磯へ出」るほどに「私、太宰治」が忘我の状態にあっても、風景描写も含め、言葉は産出されていくだろう。ようやく意識を取り戻した「私、太宰治」が直面するのは、その〝生〟の「困難」であると同時に、ほとんど

〝書くこと〟そのもののような「困難」＝課題である。

私は、ズボンのポケットに両手をつつこみ、同じ地点をいつまでもうろ〳〵と歩きまはり、眼のまへの海の形容詞を、油汗ながして捜査してゐた。ああ、作家をよしたい。もがきあがいて捜しあてた言葉は、「江の島の海は、殺風景であつた」

作家としての苦悩が人生の障碍と重なりあう「私、太宰治」にとって、〝書くこと〟と〝生きること〟が一体化していくのはむしろ必然ともいえ、両者の混沌に併走するかのように、「狂言の神」というテクストの言葉は、混沌を混沌として生きてみせる。

ごつとん、ごつとん、のろすぎる電車にゆられながら、暗鬱でもない、荒涼でもない、孤独の極でもない、智慧の果でもない、狂乱でもない、阿呆感でもない、号泣でもない、悶悶でもない、厳粛でもない、恐怖でもない、刑罰でもない、憤怒でもない、諦観でもない、秋涼でもない、平和でもない、後悔でもない、沈思でもない、打算でもない、愛でもない、救ひでもない、言葉でもつてそんなに派手に誇示できる感情の看板は、ひとつも持ち合せてゐなかつた。

こうして容易には表象し得ない「感情」に向けた不断の運動が、否定辞の連鎖によってテクストを織り上げていく。この時、「感情」を表象することの「困難」＝危機は、「私、太宰治」の「狂気」＝危機と表裏一体で、やはり「狂言の神」というテクストにおいて、「私、太宰治」と「文章」とは、渾然一体と化しているのだ。

「私、太宰治」が次に訪れるのは深田久弥宅である。「芝生の敷きつめられたお庭」を眺めて「筆一本でも、これくらゐの生活ができるのだ、とずいぶん気強く思つた」という「私、太宰治」は、少しの会話と象戯をさして宅を辞すが、この訪問で接した「物静かな生活」は「私、太宰治」にとって一大転機となる。つまり、これ以降「私、太宰治」は寄り道することなく縊死（未遂）へと向かい、言葉は一つの改行も挟まずに結末部まで疾駆していく。雑木林を彷徨う「熊」（＝「私、太宰治」）は、崖の上でお金のことを気にしつつ、ようやく縊死を試みるが、「あまりの痛苦」に叫び、「楽ぢやないなあ」と呟く「私、太宰治」は、「その己れの声が好きで好きで、それから、ふつとたまらなくなつて涙を流」す。

かたちの間抜けにしんから閉口して居ると、私の中のちやちな作家までが顔を出して、「人間の、もつとも悲痛の表情は涙でもなければ白髪でもなし、まして、眉間の皺ではない。最も苦悩の大いなる場合、人は、だまつて微笑んでゐるものである」

こうして「私」は死の直前までをも書き綴り、その自己言及・批評（性）によって自分の声に酔っては、「私の中のちやちな作家」に批評される。やがて「狂言の神」の核ともいえる自己言及・批評（性）は「私、太宰治」の縊死を妨げるだろう。自殺を試み、「はつきり眼を開いて、気の遠くなるのをひたすら待つ」間、「己れの顔を知つてゐた」という「私、太宰治」は、その顔が「中学時代の柔道の試合で見た」という「河豚づら」を想起させ、そのとたんに「ひどくわが身に侮辱を覚え、怒りにわななき」、枝に捕まる。もちろん、縊死する自分の顔など現実的にはみようがないが、「狂言の神」の言葉（の運動）はそうした想像上の自己言及・批評（性）を動因（ドライブ）として産出されてきたはずだ。そして、「一時間くらゐ死人のやうにぐつたりし」た後、「私、太宰治」は「ポケットの中の高価の煙草を思ひ出し、やたらむしやうに嬉しくなつて、はじかれたやうに、むつくり起き」る。この時「私、太宰治」はすでに自殺という（仮の）目的を放棄しており、それと連動するように死に向けて疾駆してきた言葉の運動が決定的な変質を被ることは避けられない。

> 私のすぐうしろ、さらさらとたしかに人の気配がした。私はちつともこはがらず、しばらくは、ただ煙草にふけり、それからゆつくりうしろを振りかへつて見たのであるが、小さい鳥居が月光を浴びて象牙のやうに白く浮んでゐるだけで、ほかには、小鳥の影ひとつなかつた。ああ、わかつた。いまのあのけはひは、おそらく、死神の逃げて行つた足音にちがひない。

これまで、言葉の運動と、不可視ながら期を一にしてきた自己言及・批評（性）が、右の引用では「死神」と名づけ得るほどに対象化され、もはや言葉から言葉への折り返しが「私、太宰治」＝「文章」を突き動かすことはない。「死神」の退場は単に「私、太宰治」の縊死の断念だけでなく、自殺を（仮の）目的として「私、太宰治」に憑依し疾駆してきた言葉の運動の終焉をも意味する。ここに至り「私、太宰治」は、「大家にならずともよし、傑作を書かずともよし、好きな煙草を寝しなに一本、仕事のあとに一服。そのやうな恥かしくも甘い甘い小市民の生活」が「むりなくできさうな気がして来て」、「煙草」、つまりは〝生きること〟を選択して、ついには「筆を擱く」。

こうして、これまで自殺を目論む「私」による自己言及・批評（性）を動因（ドライブ）に、死を遅延し彷徨いながら疾駆してきた運動は完全に停止する。残されるのは痕跡と化した言葉だが、その総体に付されたタイトルが、作中作として挫折したものと同一であることから、「狂言の神」というテクストの外延はやはり不安定さをたたえたまま、特定の意味への収斂を拒み続けていく。そこで、今一度「狂言の神」冒頭に立ち返り、イロニーという観点を導入してみよう。

4

本章2・3で検討してきた、錯乱とも呼び得る「狂言の神」における言葉の運動が、例えば《自己創造と自己破壊の絶え間のない交替》(16)というF・シュレーゲルによるイロニーの定義に擬し得ることにも明らかなように、保田與重郎が〈青年〉の《病》＝筆法としたイロニーは、その実、「狂言の神」を貫くテクストの構成原理ともなっている。

いまさら、なにも、論戦しなければならぬ必要もなし、すべての言葉がめんだうくさくて、ながいこと二人（「深田久弥」と「私、太宰治」／引用者注）、庭を眺めてばかりゐた。私は形而下的にも四肢を充分にのばして、さうして、今のこの私の豊沃を、いつたい、誰に教へてあげようか、保田与重郎氏は涙さへ浮べて、なんどもなんども首肯いて呉れるだらう。保田のそのうしろ姿を思へば、こんどは私が泣きたくなつて、

――だんだん小説がむづかしくなつて来て困ります。

――さう。……でも。

口ごもつて居られた。不服のやうであつた。

会話の後に「しづかな、あたたかな思ひ」に至る、終盤近くの右の一節で注目すべきは、作家としての苦悩を背負って死へと向かう「私、太宰治」が、深田邸において「豊沃」を感じ、その自分を「保田与重郎氏」にこそ「教へてあげ」たいという、やはり世代（論）的な主題構成である。ここでは、「保田与重郎」という固有名（とその意味作用）がテクスト内／外を媒介する回路となっているだけでなく、この結節点によって「私、太宰治」は、昭和十年前後を生きる〈青年〉として、テクスト内に仮構された外部から承認されているのだ。しかもこの時期、《滅びゆく青年の理想の最後の一時を歌ふのだ》[17]と謳い上げていた保田與重郎にも、〈太宰治〉を論じて涙を催すという符合があった。《わが友太宰治は当節天才の異名を以て称せらる》と「佳人水上行」を書き起こす保田は、次のように評している。

太宰治が作品の包蔵する芸術的諸特性、又は美学的範疇の諸相、或ひは近事小説界的意味、それらについてはかの分類的批評家にきくがよい。わが友を語らんとすれば、こゝに太宰治の気質的なものへの共感から、まづ僕わが身を思ふあさましさに耐へない。〔略〕太宰治、と僅かに僕は語る、佳人しかも水上行く姿。あはれ自嘲ともなり難いわが悲しみさへ交へ、太宰治に抛り描くものその一句。(18)

ここに、同世代〈青年〉の共感(シンパシー)は明らかだが、両者の間にはそれだけには留まらない深い繋がりが感じられる。《太宰治の美しさは、心して文学するけふの若者の自意識の事情である》と、共有された世代を前景化する保田は、《何による自意識ぞ、過ぎし芸苑を思へ、いさゝかも他人を悲しむのではない、常にはからずも己を悲んでゐる人の姿の過ぎたる美しさに僕はしばしば涙催すのである》と、奇しくも一致をみた言語化不可能な《涙》という一句において、〈青年〉という歴史的・世代（論）的な問題系が共有されているのだ。

改めて「狂言の神」を振り返ってみれば、そこには保田のそれとして指摘されもする、本来相反するものの混在した様態である《創造と破壊のイロニー》(19)の構造を独自の曲率で変奏した言葉の配置が遍在している。「なんぢら断食するとき、かの偽善者のごとく悲しき面容(おももち)をすな。（マタイ六章十六。）」というエピグラフに始まり、履歴書に付言された「笑ひながら厳粛のことを語る。」、プロットの動因(ドライブ)とも重なる「私は、猛く生きとほさんがために、死ぬのだ。」、自殺直前の「最も苦悩の大いなる場合、人は、だまつて微笑んでゐるものである」という引用句、等々。さらに、テクスト内の自己言及による「一本の外国煙草がひと一人の命と立派に同じ価格でもつて交換されたといふ物語。」という要約、〝小説の書けない小説家〟や〝生きるための死／死のための生〟といったテクストの基底にもまた、「狂言の神」独自のイロニーが貫通している。

もちろん、「狂言の神」のこうしたスタイルは昭和十年前後、〝表象の危機〟という時代が〈青年〉に課したものでもあり、その限りにおいて言説上で相互承認を交わした保田のイロニーと根を一つにする《病》ではあるが、この時期に限っても両者のイロニーには看過できない径庭がある。[20] 保田の初期評論を検討した野坂昭雄は、《過剰な、語り得ぬ何かに対して求心的に機能する装置、あるいはそれに与えられた名前として、「イロニー」という言葉が用いられる》と判じた上で、《本来は対他的なレトリックであるイロニーとは異なり、少なくとも保田のイロニーは内在的、自己回帰的な、欠如を巡る幻想とでも言うべきもの》[21]だと論じている。つまり、欠如に由来する自己内部の何かをイロニーによって表現することで、その本質を想像上の領域に担保するのが保田のイロニーだとするならば、「狂言の神」のそれとの決定的な差異は、その作用の場にある。というのも、《アイロニーの「現場」はコミュニケーションを基盤とする権力関係を含み、否応なしに、排除と包括、介入と回避のような一触即発の問題を含む》[22]というL・ハッチオンの議論を承けて考えるならば、保田のイロニーはこうした投機性を受けいれるのに対し、「狂言の神」はそうしたリスクを回避しているようにみえるからだ。というのも、「狂言の神」のイロニーは、最終的に自己言及（性）の筆法に包み込まれていくのであり、ここでのポイントは「読者」（作中読者）にある。

そもそも、書記行為（エクリチュール）とは、読書行為（レクチュール）に条件づけられた運動であり、両者は密接な相関関係にある。[23]「狂言の神」でいえば、ここまで析出してきた自己言及・批評（性）とは〝すでに書かれたものを読むこと〟にまつわるものに他ならないし、「私、太宰治」とは〝今書かれつつあるこの小説〟の一番はじめの読者でもある。こうした角度からみれば、「狂言の神」は、書記行為（エクリチュール）／読書行為（レクチュール）を主題としたテクストとしての相貌も併せもっているはずなのだ。

さらに、「狂言の神」には「読者」と明示された箇所が二つある。

一度目は、本章2でも引用したカッコに括られた一節である。そこで「私、太宰治」は、過去の入水自殺の動機について「書きしるした」ことを「そつくり削除した」上で、「読者、不要の穿鑿をせず、またの日の物語に期待して居られるがよい」と「読者」に呼びかけている。ここで、削除された部分への「不要の穿鑿」はもちろん、「またの日の物語に期待」する必要もない。重要なのは、こうしたテクストの言葉それ自体が、つねに・すでに「読者」を意識して書き継がれてきたという一点であり、それが「狂言の神」の筆法でもある自己言及・批評（性）に拍車をかけて言葉の運動を活性化させてきたのだ。例えば、「悪臭ふんぷんの安食堂で、ひとり牛鍋の葱をつついてゐる男の顔は、笑つてはいけない、キリストそのままであつたといふ」という一節に挿入された、「笑つてはいけない」の一句には、言葉の運動に内在する対読者意識が垣間みえるだろう。

二度目は、《読者が見せるであろうその失望の軽さとは逆に、死ぬことの絶望的な困難さに逢着している》(24)と評されもする、自殺の断念に伴い言葉の運動が失速した結末部である。

ああ、思ひもかけず、このお仕合せの結末。私は、すかさず、筆を擱く。読者もまた、はればれと微笑んで、それでも一応は用心して、こつそり小声でつぶやくことには、

――なあんだ。

ここで「読者」とは、単にテクストの対読者意識ではなく、身体性が付与され、「私、太宰治」＝「文章」総体への批評の一句をつぶやく役割を演じている。この「読者」の位置を現実世界の読者が占める場合もあろうが、本章の論旨に即すならば、自殺という（仮の）目的＝動因（ドライブ）を失った言葉の運動の帰結として、ついに自己言及・批評（性）が固定化・対象化され、「読者」という名の作中人物が産み出されたのだと理解できる。つまり、「筆を擱く」の一句が示唆するように、書記行為（エクリチュール）の終焉は「読者」（理想の作中読者）の誕生によって贖われたのだ。加えてここで注意しておきたいのは、言葉の配置としてはイロニーの構造を採りながら、「狂言の神」においては、言葉の運動が産み出す内在化された対読者意識によって、それが想像上の領域に抽象されることなく、テクストの自己言及（性）という筆法に包み込まれるようにして再びテクストへと折り返されていく点である。この点にこそ、保田與重郎のイロニーと太宰治「狂言の神」の筆法との決定的な差異が見出せよう。

　しかし、テクストの結句に置かれた「なあんだ」の一言によって、「狂言の神」はまたしても安定した着地点から遠ざけられ、テクストの最終的な意味（作用）は宙吊りにされる。こうして、言葉の運動の軌跡だけが、余韻や解釈の余地を排した物質性において痕跡と化し、ただ「狂言の神」と題されたテクスト

だけが残る。《現代の純文学、特に新しい文学のみじめさは、扱ふ材料そのもののみじめさなのだ。君の生活、君の生活環境そのもののみじめさなのである。それでは何故そのみじめさこそ新人の特権だと感じないか》と述べたのは「新人Xへ」(『文芸春秋』昭10・9)の小林秀雄だが、「狂言の神」とはそうした自覚を、小林より新しい世代の《病》として体現するばかりでなく、筆法にまで転化し得た小説と評すことができる。このようにして、〝表象の危機〟を自己言及/イロニーという筆法によって体現してみせた「狂言の神」は、昭和十年前後の〈青年〉の《病》を、今なお照らし出す。

注

(1) 包括的な議論として柄谷行人「歴史における反復の問題」(『批評空間』平7・10)、党に関して小森陽一「〈知識人〉の論理と倫理」(『講座昭和文学史 第一巻』有精堂、昭63)、各論として、坂元昌樹「日本浪曼派の言説運動――保田與重郎と方法としての〈血統〉」(『解釈と鑑賞』平14・5)、拙論「言語表現上の危機/批評――太宰治「HUMAN LOST」試論――」(『文芸研究』平15・3)参照。

(2) 井口時男『批評の誕生/批評の死』(講談社、平13)

(3) 本書第五章・第七章参照

(4) 井口前掲書・注(2)に同じ

(5) これまで、「狂言の神」は実体(論)的な太宰治を排他的な準拠点とした解釈枠組みの中で論じられてきたきらいがある。例えば、奥野健男『太宰治論 増補決定版』(春秋社、昭43)では、〝虚構の彷徨三部作〟と称される「道化の華」・「虚構の春」とともに《告白し難い心の秘密を、微妙な内面的真実を、さまざまな方法的冒険、スタイルの模索、手練手管によって、どうにか表現しようとした、前衛的小説であり、ある意味でもっとも太宰らしい特徴があらわれている作品》と論じられる。もっとも「狂言の神」を読んでこうした解釈にいきつくのは、関井光男が「「狂言の神」あるいは言語の建築空間」(『解釈と鑑賞』昭58・6)で指摘するテクストの《擬態(ミミクリー)》の効果でもあり、そこでは藤原耕作が「三部作として読むということ　太宰治『虚構の彷徨』」(『敍説』平10・2)で論じるように、《肝心なことは空白のまま残》され、《なぜ心中したのか、なぜ自殺するのか、私たち(読者/引用者注)はそれを意味づけると共に、「太宰治」をも意味づける役割を負わされることになる》という、テクスト内/外にまたがる意味作用の帰結である。

(6)この観点から「狂言の神」を読み解いた、三谷憲正『太宰文学の研究』(東京堂出版、平10)、ならびに、本書第一章参照。

(7)拙論「ある新進作家の文壇登場期――〈太宰治〉をめぐって――」(『立教大学日本文学』平13・7)

(8)前掲拙論・注(7)に同じ

(9)保田與重郎「後退する意識過剰――「日本浪曼派」について――」(『コギト』昭10・1)

(10)安藤宏『自意識の昭和文学――現象としての「私」』(至文堂、平6)

(11)曾根博義「「虚構の彷徨」論――「道化の華」の方法を中心に――」(『一冊の講座　太宰治』有精堂、昭58)

(12)東郷克美『太宰治という物語』(筑摩書房、平13)

(13)三谷前掲書・注(6)に同じ

(14)井口時男「頽廃する二人称または再帰代名詞の喪失」(『ユリイカ』平10・6臨時増刊)

(15)小澤純「太宰治「狂言の神」論――声のピグマリオン――」(『繍』平13・3)

(16)F・シュレーゲル/山本定祐訳「アテネーウム断章」(『ドイツ・ロマン派全集　第一二巻』国書刊行会、平2)

(17)保田與重郎「日本浪曼派のために」(『三田文学』昭10・2)

(18)保田與重郎「佳人水上行」(『文芸雑誌』昭11・4)

（19）野島秀勝「イロニーの彼方——保田与重郎とドイツ・ロマン派」（『ピエロタ』昭48・4）

（20）保田與重郎のその後に関しては、松本輝夫「保田與重郎覚書——イロニーとしての日本——」（『早稲田文学』昭46・12）、奥出健「昭和十年代状況と保田与重郎の位相　その変遷をめぐって」（『日本文学ノート』昭50・12）他参照。

（21）野坂昭雄「保田與重郎試論——初期評論における「欠如」と「イロニイ」」（『昭和文学研究』平9・7）

（22）L・ハッチオン／古賀哲男訳『アイロニーのエッジ——その理論と政治学』（世界思想社、平15）

（23）《『読むこと』は『書くこと』と相関的である》と論じる足立和浩『戯れのエクリチュール』（現代思潮社、昭53）、中野孝次・蓮實重彦・天沢退二郎「特権的体験を超える場」（『現代詩手帖』昭52・7）における《読むことと書くことがあって、その書くことってものは読むことによってほとんど根源的に条件づけられている》と述べる蓮實の発言他参照。

（24）服部康喜「『狂言の神』——ナンセンスへの疾駆」（『解釈と鑑賞』平13・4）

Ⅲ　〈太宰治〉、昭和十年代へ

どのような作家に関しても多かれ少なかれあることなのだろうが、太宰治を論じる際には、こと慣習化されたいくつかの前提が、今なお強く働いていることが多い。そのバリエーションの一つとして、第三章でも批判的に論じた〝太宰治三期説〟という見方がある。これは、太宰治の作品と実生活をパラレル（相互補完的）に説明可能であるために、強い説得力をもってきたし、今なお、広範に用いられている。本書「Ⅰ」・「Ⅱ」での議論では、そうした前提の最重要基盤である作家というものさしを相対化しながら、昭和十年前後の〈太宰治〉をねばり強く論じることを目指し、様々な角度から議論を展開してきた。

さて、本書「Ⅲ　〈太宰治〉、昭和十年代へ」では、ここまでの議論をふまえた上で、昭和十年代へと向かう〈太宰治〉の展開を遠望しながら、本書のここまでの議論に関わる問いに、暫定的なかたちではあるが応えることを試みた。第十章では昭和十二年を、第十一章では昭和十三年を歴史的なものさしとしながら、本書「Ⅰ」・「Ⅱ」の検討対象と方法（論）とを交差させながら「二十世紀旗手」と「姥捨」に関わる問題を論じることとした。

第十章では、「二十世紀旗手」という小説をとりあげながら、テクストに内在的な議論の仕方から、作家というものさしを特権視することの愚を説き、小説を読み拓く道筋を示した。第十一章では、本章第三章の議論を引き継ぐかたちで、昭和十二年にメディアから排除された〈太宰治〉が、どのようにして復帰を遂げていったかを、「姥捨」評の分析を通して論じた。総じて、本書「Ⅰ」・「Ⅱ」の延長線上で議論を展開し、昭和十年代への展望を兼ねることを目指した。

第十章　言葉の力学／起源の撹乱
――「二十世紀旗手」

1

かつて杉森久英が著した『苦悩の旗手　太宰治』（文芸春秋、昭42）を一つの浮標として、直接・間接に「二十世紀旗手」と題された小説を意識して、太宰治なる作家総体（人生・文業）を〈旗手〉として表象しようとする動きは時代を超えて確認できる。そうした場面で用いられる〈旗手〉とは、具体的な小説に端を発しながら、テクストの個別性や歴史性を看過することで、作家の文学的普遍性を盲信することに繋がりかねない危険を孕んでもいる。[1] こうした「二十世紀旗手」をめぐる現状に関しては、川崎和啓が次のように批判している。

太宰治の「二十世紀旗手」ほど、言葉としては有名でありながらその中身がほとんど未解明であるという作品も珍しいのではなかろうか。〔略〕「生れて、すみません」「罪、誕生の時刻に在り」等の

作品中の有名な警句だけが人々の記憶に残り、肝心の作品はそれら警句の後景に追いやられてしまっているかの感がある。(2)

本章では、〈(二十世紀)旗手＝太宰治〉という表象上の連携が作動し続ける現在にあって、初出掲載誌の「編輯だより」で《異色ある小説》と紹介された太宰治「二十世紀旗手」(『改造』昭12・1)をとりあげる。その際、あらかじめ確認しておきたいのは、発表当時の〈太宰治〉の位置(価(3))と、それを関数とした「二十世紀旗手」同時代受容の様相である。昭和十一年末、「文芸時評⑤新進の脆弱」(『中外商業新報』昭11・12・31)で《新進作家の脆弱さが眼立つ》ことを難じる高見順は、次のように〈太宰治〉に言及している。

太宰氏の小説は所謂新時代の人たちに「新しい」として持て囃されてゐるらしいが、形体が変つてゐることによつて、小説が新しいとは言ひ難いのである。更に太宰氏は形体上の破壊的曲芸者といふより小説といふものをそもそも否定する精神で書いてゐるのだ。そこには小説的精神は無い。無は新ではない。それ故、新しさも旧さもないとも言へる。

高見の意見はそれとして、結果的に右の評は〈太宰治〉が《所謂新時代の人たちに「新しい」》と目されていたことの証左でもある。一方、徳永直からみれば「嗚呼いやなことだ」・「起承転々」の高見順も「二十世紀旗手」の太宰治も、《筋の無さ加減、構成力の弱さ。涯しないお喋べりの連続と、大胆と思はれるほどの文章の混乱、微弱な内容に著せかける大袈裟な最大級の形容詞》において同列の《新人》とみなされていた。《舞台も芝居もなく、作者自身が一人でひつかき廻し、半狂乱のやうな状態で、読者に判らうが判るまいが勝手にお喋べりしてしまふやうな描写》の代表として、徳永は石川淳「普賢」・高見順「嗚呼いやなことだ」・太宰治「廿(ママ)世紀旗手」の三作をあげていた。(4)

直接「二十世紀旗手」を論じた、中村光夫の同時代評もみておこう。

> 半年程前に文学界に発表した『虚構の春』と同巧(ママ)異曲の作品である。〔略〕太宰氏の小説を読むたびに、私はいつも何か傷ましい誤算を見る思ひがする。作家が自分の神経質を鼻にかけて通れる時勢でないことは氏自身、痛いほど知つてゐる筈だ。では何故その神経の薄見つともないところを誇示して他人の同情を惹かうとするのか。読者を甘く見てゐるのでなければ、無意味な錯乱ではないか。(5)

小説の言葉よりは、紙背の《神経》やその持ち主を捉えて《無意味な錯乱》と断じる右の評言で興味深いのは、《巧みに配されて多層化された〝太宰治〟に関する作家情報がパッケージングされ、それが(読者の手持ちの太宰治情報の多寡に関わらず)読書行為と同時に読者に伝達される(6)》という機構(メカニズム)を内包したものと評し得る「虚構の春」と「二十世紀旗手」とが、《同巧異曲》だという指摘である。確かに言語編成は複雑だが、さしあたり〝自ら「二十世紀旗手」の矜持を抱きつつも「ロマンス」が書けないことを書いた小説〟である「二十世紀旗手」もまた、同時代評から考える限り〝情報の角度と肉声の濃淡をアレンジして自己言及的に描き出された、太宰治なる作家像がパッケージングされた小説〟の他ではない。

以下、「二十世紀旗手」の先行研究を検証しておこう。

まず、範型となってきた感のある奥野健男の一文を引いておく。

> 「二十世紀旗手」という選ばれてある自負とエピグラフの「生れてすみません」という廃残意識にひきさかれた現代人の複雑な心情を、全十二章からなる断片でモザイク的に構成した作品である。自己の主観的真実を、あらゆる手練手管を用いて、表現しようとした実験作である。ここにはすでに狂乱はなく、計算されつくした意識的な作品と言えよう。(7)

右の傍線部をふまえて「二十世紀旗手」の先行研究を見渡す時、一方にはテクストの言葉が一つの像を結びにくいのを逆手にとって、「二十世紀旗手」全体を一挙に意味づけようとするアプローチがある。大森郁之助は、《この作品において〈二十世紀旗手＝現代の内面生活の最先端に在りその典型又は規範を示している人格〉とされているのは〈太宰治〉なのである》(8)と作中人物「太宰治」を焦点とすることで様々な挿話（エピソード）を《〈苦悩の作家〉》という作家像に回収する。また、伴悦は、「二十世紀旗手」を《自己分裂の心象風景が散文詩風にうたわれ(9)》た作品と捉えることで、その挿話（エピソード）の多様性までをも《自己》に還元しようとする。

他方、具体的な本文に即しつつ、複数の物語／方法を緩衝材（クッション）とすることで「二十世紀旗手」を解釈し切ろうとするアプローチもある。早くは山田有策が《一唱一唱がそれぞれ自立しつつ、かつ、きわめて有機的に連関し、終唱へとなだれ込んでいく構成》[10]を指摘しているが、本格的な分析は《表面上は、実に混乱錯綜した体裁をとる作品だが、じっくり分析して行くと意外に緊密に構成された作品》だと評した渡部芳紀にはじまる。テクストに《連句的構成》を見出す渡部は、《十二唱構成のうちに、恋を中核としつつ、己れの人生観・芸術観を語ったのが「二十世紀旗手」である》と断じながら、方法としての《パロディ的側面》にまで論及している。[11]また、「二十世紀旗手」に《二つの物語》を見出す浦田義和は、《一つの物語は、「私」の「萱野さん」とのロマンス》、《もう一つの物語は、作家「太宰治」物語》だとするが、[12]こうした系譜の達成は川崎和啓によって示された。

> 私見によれば、〈私のロマンス〉が〈参・四・九〉唱と終唱の一部で語られている以外、他の〈唱〉は全て〈作家太宰治物語〉である。ただこの物語には二種類あって、一つは作中人物「私」を使って描く〈太宰治物語〉、他の一つは作中作家「私」の述懐を通して浮き彫りにされる〈太宰治物語〉である。〈略〉そしてこの二つの〈太宰治物語〉は生活者太宰治の作家として生きていく上での苦悩を描いているという点で共通しており、前者では刻苦して創りあげた自分の創作が正当に評価されない苦しみや哀しみを、後者では創作自体が作家に与える不安や作家が現に受けている文学上、実生活上の苦難が描かれている。[13]

こうして、二つの物語（と下位分類）を設けて、唱の配置から「二十世紀旗手」を十全に説明しようとする川崎だが、二つの物語の統御点は、やはり第一のアプローチと同じく《太宰治の自己意識》という単一の作家概念へと収斂していってしまう。

以上みてきたように、「二十世紀旗手」が、〝太宰神話〟の一挿話（エピソード）として読まれてきた研究史をふまえ、以下の議論では、自明視されてきたテクストの統御点（作家なる実体／機能）を与件とせず、小説の言葉をそれとして読むための地平に辿り着くことを目指す。

2

まず、「二十世紀旗手」の特異な相貌を的確に要約した、中村三春の評言を引いておこう。

このテクストの近世戯作的で皮肉な口誦風文体、基調である常体文にしばしば混入する告白風の敬体文、長い長いセンテンスと警句的短文の配合、論理の水準をめまぐるしく変換する比喩（隠喩・寓意・擬人法）の多用、文単位の語り論的な主客構造の頻繁な転換、特に代名詞の転換子（shifter＝文脈によって指示対象が異なる語）的性質を利用した指示対象の移動、などに彩られたディスクールの様式は、一定の審級＝主体の保持を要求する語りという概念図式から見れば、支離滅裂以外の何物でもない。だがこれは、フラグメントの作家・太宰にとっては、真骨頂と言うべきテクストなのだ。

続いて《このディスクールは語り内部での分裂的関係生成であり、その時、語りは統一体としては理解されない》と指摘する中村は、《言葉の主体やイデオロギーなどの責任を問う読者の語り論的なフレームそのものに対して、決定的な無効が宣告される》と論じている。[14] その一方で、作家概念をもち出さずとも「二十世紀旗手」の言語編成には一定の規則が見出せる。本文は「序唱。」と「終唱。」との間に、長短様々な十の断章が、順序通り「壱唱。」~「十唱。」として嵌入され、これら計十二に及ぶ断章すべてに小見出しが付され構成されている。三つ巴のタイトル・署名・エピグラフ、そして唱ごとに断片化された「二十世紀旗手」を前に、まずはその言葉に即してテクスト総体の把握を試みてみよう。

「二十世紀旗手」は、本章1でも述べたように、さしあたり〝「ロマンス」が書けないことを書いた小説〟、いわばメタフィクションである。そのことは「壱唱。」冒頭にすでに明らかである。

壱唱。ふくろふの啼く夜かたはの子うまれけり。

さいさきよいぞ。いま、壱唱、としたためて、まさしく、奇蹟あらはれました。ニツケル小型五銭だまくらゐの豆スポツト。朝日が、いまだあけ放たぬ雨戸の、釘穴をくぐつて、ちやうど、この、「壱唱」の壱の字へ、さつと光を投入したのだ。奇蹟だ、奇蹟だ、握手、ばんざい。

この時すでに「一人二役の掛け合ひまんざい」は始動し、「いま」書かれつつある「この」小説への自己言及（傍線部）が紡ぎ出され、「むづかしき一篇のロマンス」を「語る糸口見つけましたぞ」とその本篇が予告されるのだが、同時に「ここには、私すべてを出し切つて居りませんよ」・「一語はつするといふことは、すなはち、二、三千の言葉を逃がす冷酷むざんの損失を意味して居ります」といった自己言及的な註釈が付されることで、メタフィクションという枠組みすら可変的な運動とともにあることが言明される。この「ロマンス」に関しては、従来「二十世紀旗手」内の物語の一つとして論じられてきたが、テクストで再び「ロマンス」の語が用いられるのは「終唱。さうして、このごろ。」においてである。

> 芸術、もともと賑やかな、華美の祭礼。プウシユキンもとより論を待たず、芭蕉、トルストイ、ジツド、みんなすぐれたジヤアナリスト、釣舟の中に在つては、われのみ簑を着して船頭ならびに爾余の者とは自らかたち分明の心得わすれぬ八十歳ちかき青年、××翁の救はれぬ臭癖見たが、けれども、あれでよいのだ。芸術、もとこれ、不倫の申しわけ、――余談は、さて置き、萱野さんとは、それつきりなの？ ああ、どのやうなロマンスにも、神を恐れぬ低劣の結末が、宿命的に要求される。悪かしこい読者は、はじめ五、六行読んで、そつと、結末の一行を覗き読みして、ああ、まづいまづいと大あくび。よろしい、それでは一つ、しんじつ未曾有、雲散霧消の結末つくつて、おまへのくさつた腹綿を煮えくりかへさせてあげるから。

右の一節には、支離滅裂ともみえる「二十世紀旗手」を織りなす言葉が、このテクスト独自の文法に即して連携したものであったことが問わず語りに語られている（読書行為において、現実世界の読者が「参唱」・「四唱」・「九唱」とから「ロマンス」を抽出せずとも、テクスト内に言語間の指示・相互参照が仕掛けられている）。――「芸術」と「不倫」は不即不離であり、「余談」と「萱野さん」との件は混在し、「ロマンス」とは「萱野さん」との関係（のゆくえ）を指示し、この小説の書き手らしき者の声が折々文章上にあらわれ、物語（結末）に興味の中心を置く作中「読者」を想定しては、ここまでの「二十世紀旗手」の再読・記憶の再編成を促し、今書かれつつある小説への自己言及として脱臼が予告される。逆にいえば、今書かれつつある「ロマンス」とは、いかなる「結末」にも辿り着き得る、すぐれて可変的な言葉の運動の謂いなのである。(15)

「私たちの結婚を妨げる何物もなかつた」という「私」は、「萱野さん」が現在の妻であるらしきことを次の会話で唐突に明かす。

「これが、おまへとの結婚ロマンス。すこし色艶つけて書いてみたが、もし不服あつたら、その個所だけ特別に訂正してあげてもいい。」

かの白衣の妻が答へた。

「これは、私ではございませぬ。」にこりともせず、きつぱり頭を横に振つた。「こんなひと、ゐないわ。こんな、ありもしない影武者つかつて、なんとかして、ごまかさうとしてゐるのね。どうしても、あのおかたのことは、お書きになれないお苦しさ、判るけれど、他にも苦しい女、ございます。」

だから、はじめから、ことわつてある。名は言はれぬ、恋をした素ぶりさへ見せられぬ、くるしく、――口くさつても言はれぬ、――不義、と。

何より、代名詞（シフター）（傍線部）の内実が決定できない以上、「結婚ロマンス」が、ここまで書かれてきた「二十世紀旗手」なのかは確定し得ない。また、それはわからなくとも、この「ロマンス」が出来事の再現＝表象を志向したものでなく、もともと「色艶つけて書」いたものであり「訂正」も可能だとしてメタフィクション性を露呈していく「私」に対する「白衣の妻」の一言は、かろうじて「二十世紀旗手」のモチーフとなるかにみえた「萱野さん」の存在＝物語を全面的に否定し、それはここまでテクストを維持してきたメタフィクションという枠組み（の支点）の自壊をも意味する。しかも、すでに作中「読者」が脱「ロマンス」へと収斂していく物語に巻き込まれていた以上、テクストの言葉を再編成し有意味化していくタイプの読書行為は困難を極めるだけでなく、次の一節によって周到に排除されてもいく。

ああ、あざむけ、あざむけ。ひとたびあざむけば、君、死ぬるとも告白、ざんげしてはいけない。胸の秘密、絶対ひみつのまま、狡智の極致、誰にも打ちあけずに、そのまま息を静かにひきとれ。やがて冥途とやらへ行つて、いや、そこでもだまつて微笑むのみ、誰にも言ふな。あざむけ、あざむけ、巧みにあざむけ、神より上手にあざむけ、あざむけ。

「ひみつ」という空白の確保と秘匿、それが作中読者「君」に対して直接、夥しい反復によって呼びかけられていく。結末近くに示されたこの「あざむけ」という一句こそ、物語というコードが自壊したテクスト結末部において／から、逆照射さながらにテクストを組み替えていく言葉の運動という読解コードとして機能していくだろう。そして「二十世紀旗手」を読み直すという営みは、この読解コードを取り出すことからはじまるのではないだろうか。もちろん、結句には「一行書いては破り、一語書きかけては破り、しだいに悲しく、たそがれの部屋の隅にてペン握りしめたまんま、めそめそ泣いてゐたといふ。」とあるが、これはメタフィクションという枠組みの残滓にすぎず、むしろここでは、なおも言葉が書き続けられていく、その運動こそを読みとっておくべきだろう。

では、「二十世紀旗手」が〝「ロマンス」が書けないことを書いた小説〟ですらないとしたら、言葉の運動という読解コードからはどのような相貌がたちあらわれてくるのだろう。

3

「二十世紀旗手」とは、その本文に先立ち、〝二十世紀旗手〟というタイトル、〝太宰治〟という署名、さらには「――（生れて、すみません。）」というエピグラフが配置されたテクストである。この三つの言葉の配置／拮抗が、すでに「二十世紀旗手」を織りなす言葉の運動の基本的な力学を示唆している。署名の問題は後にふれるが、タイトル／エピグラフが抱え込む対立に代表される「二十世紀旗手」の特徴的な相貌に対しては、奥野健男以来多くの論者が〝分裂〟またはそれに類する評言を投げかけてきた。ここで、その照準をテクストの言葉に絞るならば、ある言葉に対して別の言葉が対置され、しかも双方が同居することで、テクストという場における意味の安定性が失われ、表象が引き裂かれていくという言葉の運動（の規則）は「二十世紀旗手」に顕著にみられ、かつそれは単一の作家概念に回収されるべきものではなく、「唱」を貫くかたちでテクストの言葉に遍在する主題でもある。

「立葵（たちあふひ）の二株」が音楽性（音韻）を伴った文体で語られていく「序唱。神の焔の苛烈を知れ。」では「意外、望外の拍手」／「予期の喝采、起らなかつた」として示される評価の反転。「壱唱。ふくろふの啼く夜かたはの子うまれけり。」では、書くことの困難をしかし書くというねじれた葛藤が、「弐唱。段数漸減の法。」では、形式化・抽象化された上昇／下降が、一方の要素に収斂することなく緊張を保ったまま分裂した運動をみせていく。「参唱。同行二人。」では表象可能性／不可能性を体現する「同行の相手」との「恋」／「不義」が、「四唱。信じて下さい。」では、今書きつつある反「ロマンス」に過去の「ロマンス」がねじ込まれ、朧化された主要人物について「公言ゆるせ」といいながら「公言」してしまう「私」。「五唱。嘘つきと言はれるほどの律儀者。」においては、「嘘つき」／「正直者」が強引に等号で結ばれもする。四通の書簡で構成される「六唱。ワンと言へなら、ワンと言ひます。」ではその主張のすれ違いが示され、「七唱。わが日わが夢。／――東京帝国大学内部、秘中の秘。――」は「内容」が「全部省略（カット）」されながらも「省略（カット）」されたという事態は言明される。「八唱。憤怒は愛慾の至高の形貌にして、云々。」では、作家「失格」を自認しながら、作家としてのあり方を語ってもみせる。浅田夫人＝萱野さんに借金を申し込む「九唱。ナタアリヤさん、キスしませう。」では作中作家「太宰治」像、「十唱。あたしも苦しうございます。」では、「萱野さん」／「浅田夫人」／「家人」像が、それぞれ修復不可能なかたちで解体・混交されていく。「終唱。さうして、このごろ。」では、表象の可能性／不可能性が示された上で、書くことの困難が書かれ、「ロマンス」／反「ロマンス」の葛藤が、「あざむけ」というかけ声の下に紡がれていく。また、章ならぬ「唱」として付された小見出しからテクスト総体を見渡すならば、「二十世紀旗手」とはそもそも声／文字という葛藤がテクスト化されたものであることは、その音韻を有した文体からも明らかであろう。

一連の〝分裂〟の様相を確認した上で重要なのは、こうした言葉の運動がテクスト内にもたらす効果である。「二十世紀旗手」にみられる〝分裂〟を《アイロニー》と表現する大國眞希は、それが《この小説にひろがる空白に関わる》と指摘している。(16) ここで問題なのは、〝分裂〟が産み出す空白をテクスト内の論理から過不足なく充填することが不可能な点である。その時、召喚されるのが、空白の創り手（解を知る者）という超越的存在であり、この地点に至ってようやく、「二十世紀旗手」を対象として〝太宰治〟という作中作家（名）／署名（／実体（論）的な太宰治）を論じることが可能になるだろう。

もちろん、こうした〝分裂〟やテクスト構造が必然的に産み出す空白（不可解さ・謎）に対し、短絡的に作家概念に解を求めてしまうのは、統御点もないままに運動する「二十世紀旗手」を織りなす言葉の無秩序さに拠るのだろう。もっとも、その手続きは様々だが、いずれにしろ、作中作家／署名に通底する〝太宰治〟という記号が重要な（積極的な）役割を果たしたことは間違いない。ここで確認しておきたいのは、「二十世紀旗手」の読解を経て、その空白の回収先として召喚される超越的存在が、〝太宰治〟という当のテクストの作中作家（名）／署名と目されるという、自明視されがちな構図を支えている次の条件である。

作者＝主体は起源と目的の同一性、過程の連続性や同質性を最終的に肯定するような言説的実践と分離不可能である。というより、そのような言説的実践が作者という超越的な存在を必要とすると言うべきであろう。作者＝主体＝起源を問うことは、言説的実践の変革なしには不可能なのである。(17)

作品をめぐる諸条件の中で考えられた右の指摘を、ここではテクスト内部の問題へと応用してみたい。テクスト内部でしきりに〝太宰治〟が召喚される「二十世紀旗手」とは、しかし本当に《超越的な存在》（解）を必要としているのだろうか。より正確に問い直せば、作家論的な枠組みを排して「二十世紀旗手」というテクストに向きあう時、その言葉は《言説的実践》として《作者》に寄与する他ないのか、《作者》なしでは成立し得ないのだろうか。

そもそも、右のような仮説／問いが成立すること自体が、《作者》という起源を支える《言説的実践》というシステムを内包した（ようにみえる）「二十世紀旗手」の特異な相貌を示している。ここで注目したいのは、作中作家（名）／署名として書き込まれた〝太宰治〟という記号が、疑似餌よろしくテクスト内に《作者》なる統御点を仮構する回路を設け、かつ作用させながらも、それが例えば全知の語り手としての強固な支配（コントロール）となることなく、むしろ逆に、ひとたび誘われた《超越的な存在》への依拠（とそれによる運動する言葉の意味づけ）が、統御点の拡散／混乱によって挫折せざるを得ないかたちで構造化されたテクストの紋様である。つまり、「二十世紀旗手」とは、《作者》という起源をめぐるシステムを疑似的に抱え込みながらも、本稿で検討してきた言葉の運動によってそのシステムの攪乱・失効までもが描かれることで、《作者》を統御点とした解釈図式を批判するテクストとして成立しているのだ。だから、そうした言葉の織物（テクスト）を前にしながら、〝太宰神話〟に即して作家ばかりを前景化するのは、実に「二十世紀旗手」にふさわしくない読み方なのだ。

　そうではなく、《超越的な存在》という作家概念によって統御するシステムそれ自体を相対化する批評装置を内包した言葉の織物（テクスト）を前に、今一度虚心にたたずみ、その紋様に目を凝らしてみること。タイトルの意味や射程を問うのは、意味の拡散・断片化を志向する「二十世紀旗手」の言葉を、その運動に即して**小説**として読んでからでも遅くはないだろう。

注

（1）**評論**としての評価はここでは措くが、「二十一世紀旗手・太宰治」と題された田中和生の連載評論（『群像』平17・1〜12→『新約太宰治』講談社、平18）は、その歴史性の欠落ぶりにおいて、こうした事態を徴候的に示した議論である。

（2）川崎和啓「「二十世紀旗手」論」（『太宰治研究』平9・7）

（3）本書第五章参照

（4）徳永直「新人作品の特徴（二）」（『東京日日新聞』昭12・5・14）
（5）中村光夫「文芸時評（3）里見の『金』の矛盾」（『報知新聞』昭11・12・28）
（6）拙論「パッケージングされる作家情報／成型される作家表象——太宰治「虚構の春」論——」（『芸術至上主義文芸』平13・11）
（7）奥野健男『太宰治論　増補決定版』（春秋社、昭43）
（8）大森郁之助「苦悩の旗手——「HUMAN LOST」「二十世紀旗手」など」（『国文学』昭51・5）
（9）伴悦「「二十世紀旗手」」（無頼文学研究会編『太宰治1羞らえる狂言師』教育出版センター、昭52）
（10）山田有策「「二十世紀旗手」論——〈嘘〉の技巧」（『解釈と鑑賞』昭52・12）
（11）渡部芳紀「道化・パロディ——「二十世紀旗手」を視座として——」（『国文学』昭54・7）
（12）浦田義和『太宰治　制度・自由・悲劇』（法政大学出版局、昭61）
（13）川崎前掲論文・注（2）に同じ
（14）中村三春『係争中の主体　漱石・太宰・賢治』（翰林書房、平18）。なお、饗庭孝男は「共同討議　太宰治の作品を読む」（『国文学』昭57・5）で《モノローグの中に他者を同化させてしまう》文体に注意を促している。
（15）大國眞希「『二十世紀旗手』」（『解釈と鑑賞』平11・9）には、《太宰治は山岸外史宛書簡の中で、ヴェルレエヌの《Romances sans Paroles》を「言葉なきロマンス」と訳した。そして、「二十世紀旗手」の中心にあるのも、この〈言葉なきロマンス〉だ》との指摘がある。
（16）大國前掲論文・注（15）に同じ
（17）山崎カヲル「フーコー・作者・マルクス」（『現代思想』昭59・10）

第十一章　再浮上する〈太宰治〉
——「姥捨」受容と昭和十三年

1

太宰治なる作家の〝作品群(テクスト)＝生涯〟を語る際、今なお一般的に、〝前期・中期・後期〟からなる〝太宰治三期説〟が用いられる。こうした、作品群(テクスト)の傾向（とその変化）を実人生と無媒介的に重ねあわせてパラレルに捉える〝太宰治三期説〟に対しては、本書第三章でも疑義を呈した。本章で注目する〝中期〟に関しても、例えば、本格的な〝中期〟論の嚆矢と目される渡部芳紀の一文は、《太宰を論じる場合、前、中、後の三期に分けるのが一般的である》(1)と書き出されているし、近年に至ってもなお、〝太宰治三期説〟を自明の前提として〝中期〟を論じる議論が散見され(2)、その根強い影響（力）がうかがえる。(3)

本章は、昭和十二年に言説編成から排除された〈太宰治〉が、いかにして再浮上を遂げていくのかを、〝作品群(テクスト)＝生涯〟という枠組みに基づく〝太宰治三期説〟とはおよそ異なる問題構成から再検討する試みである。従来、実生活の危機によって説明されてきた昭和十二年に終焉を迎える〝前期〟は、当然その反動として実生活の立ち直りとともに語られ、「満願」(『文筆』昭13・9)・「姥捨」(『新潮』昭13・10)・「I can speak」(『若草』昭14・2)・「富嶽百景」(『文体』昭14・2、3)・「黄金風景」(『国民新聞』昭14・3・2、3)等々の小説が、そのことを示す証左として召喚・論及されてきた。逆にいえば、右にあげた小説の読解に際して、実体(論)的な太宰治の実生活が特権的な参照項として機能することで、実生活と小説の相補的な枠組みの中、〝中期〟の復活は論じられてきたのだ。中でも本章が注目する「姥捨」は、後に太宰治という署名を付して発表された自伝的小説のゆえに、長らくその位置を保証されてきたといってよい。

私は、その三十歳の初夏、はじめて本気に、文筆生活を志願した。思へば、晩い志願であつた。私は下宿の、何一つ道具らしい物の無い四畳半の部屋で、懸命に書いた。〔略〕こんどは、遺書として書くのではなかつた。生きて行く為に、書いたのだ。一先輩は、私を激励してくれた。世人がこぞつて私を憎み嘲笑してゐても、その先輩作家だけは、始終かはらず私の人間をひそかに支持して下さつた。私は、その貴い信頼にも報いなければならぬ。やがて、「姥捨」といふ作品が出来た。Hと水上温泉に行つた時の事を、正直に書いた。

右は、太宰治「東京八景」(『文学界』昭16・1)の一節であり、およそ現在知られている年譜的事実と符合する。(4) ただし、こうした議論は、その相補性に明らかなように、すぐれて〝神話=親和〟的な圏域においてしかその有効性を発揮し得ない。しかし、本章もまた「姥捨」に照準をあわせる。なぜなら、「姥捨」こそが〝中期〟の復活ならぬ、〈太宰治〉の再浮上を可能にした重要な転機だからだ。ここであらかじめ見通しを述べておけば、言説編成（とその規則）からみた時、〈太宰治〉は昭和十三年、「姥捨」（『新潮』昭13・10）を契機としてメディアに再浮上し、言説編成においても（再）承認を受けることになるのだ。

2

〝太宰治三期説〟において、明るい作風とされる〝中期〟の幕開けは「満願」とともに語られることが多いが、同作は発表媒体の流通圏の狭さもあろうが、時評文の類でとりあげられることは、管見の限りではなかった。ということは、小説こそ太宰治という署名の下に発表されながら、それが言説編成と積極的な切り結びをもつには至らなかったと考えられる。言説編成に〈太宰治〉が（再）承認されるには、やはり「姥捨」の発表（あるいはその小説表現）を待たなければならなかったのだ。ここでもまた発表媒体の力[(5)]は無視できないが、「姥捨」によって〈太宰治〉はメディアから、久方ぶりに、そして一斉に注目を浴びるだろう。本節では、同時代評からその受容の様相を分析していきたい。

その前に「姥捨」の概要を確認しておけば、それは〝嘉七とその妻の心中未遂譚〟であり、夫婦生活の荒廃と妻の過失によって心中へと向かう二人の道中と、水上（谷川岳）における心中未遂、さらにはその際の決断に基づく二人の別離が描かれた小説である。

まずは新聞評からみていきたいのだが、古谷綱武は「姥捨」を次のように評している。

> 個性的といふ点では、若い時代では、太宰治や高見順の出現は、一種の新鮮な魅力を、青年の間に投げた。／太宰治の創作集「晩年」は、昭和の青年を代表する、ひとつの名著といふことができる。しかしその後に書いてゐた妙な暴露小説めいたものには感心できなかつた。あの荒廃は私を嘆かした。今月の「姥捨」（新潮）はさういふ荒廃から立て直（ママ）らうとしてゐるもので、心中しようとしてゐる切ない夫婦を扱つてゐる。しかし色あせて、ここに昔日の面影は見られない。あの美しい結晶は見られない。この方向には賛成であるが「姥捨」は失敗作だ。(6)

右の評で古谷は、《昔日》の《一種の新鮮な魅力》を出発点とし、そこから《妙な暴露小説》時代の低迷期を経て、目下「姥捨」によって《荒廃から立て直らうとしてゐる》作家として〈太宰治〉を捉えている。もっとも、「姥捨」は《失敗作》とされているが、それが《昔日の面影》と差異化されて「姥捨」の《方向》が支持されている点こそが重要なのであり、右の評それ自体、「姥捨」を契機として産出されたものに他ならない。もう一つ、「姥捨」を全面的に肯定した窪川鶴次郎の評をみておこう。窪川は、まず次のような見取り図を描く。

> 太宰治氏は、人間の意識や感覚をめちゃくちゃにした世界に、人生の悲痛や夢や甘美を求めて、駄

駄つ子だか気狂ひだか判らぬやうな心情に生きようとした作家のやうに記憶してゐるが、「姥捨」（新潮）はこれまでの作風とは著しく異り、何ら奇異な表現もなく、前後脈絡のある一篇の世界を構成してゐる。

その上で、物語内容を確認した後、《柔かに、素直に書かれた物語》であると評し、《物語の素直さは、お伽噺の世界にも通じてゐる》と述べて、さらに次のように続ける。

兎に角、前の田畑氏の「岩礁」やこの「姥捨」は、確に今日の時局下の生活に対しては水と油のやうなものだ。然し私は、かういふ作品を不健康だと言つて頭つから排斥するのには賛成できない。〈略〉これらの作品がいかに今日の時局に対して水と油のやうなものであらうとそれは今日の生活に対して最も直接的な意味を持つてゐる。それは尠くとも今日の時代に対して最も自然である。現在、何と不自然な作品の多いことだらう。(7)

右の二つの評は、最終的な評価こそ対極をなすが、その論点においては相似形を描きながら「姥捨」・〈太宰治〉を把握している。しかも、その共通項からは「姥捨」の同時代受容をめぐる特徴が析出できる。①かつての〈太宰治〉を否定的に捉え、②ついで「姥捨」を従来の作品と差異化し、③「姥捨」の〈太宰治〉を承認する、という構図がそれである。さらに窪川評では、《今日の時局》の中においても《直接的な意味》

をもつとしてその《自然》さを顕揚するという仕方で、同時代の支配的な言説編成におけるあり得べき位置（とその再定位）が示唆されており興味深い。ここでは「姥捨」を契機として〈太宰治〉の過去／現在が、肯定的に評価される現在から回顧的に整序立てられる、その語りの規則が確認できる。

一方、雑誌メディアに目を向けてみるならば、「姥捨」は掲載誌の『新潮』をはじめ、『文芸』・『早稲田文学』・『三田文学』・『文芸春秋』の各誌にとりあげられている。こうして複数のメディアで時評の俎上に載せられること自体、前年までの〈太宰治〉においてはおよそ考えられないことであり、こうした事態からも、やはり「姥捨」を契機として言説編成における〈太宰治〉の位置（価）は劇的に変化したとみてよい。それは武田麟太郎の《太宰氏が若気のあやまちとしての分裂精神を踏み越えて来たのは注目に値する。まやかし者の印象を与へてゐた作家だが、この頃は汚名を濯ぎはじめたと思ふ》[8]という評価に端的にうかがえるものである。ここには、「姥捨」を契機として〝前期〟と差異化される〈太宰治〉の位置が、（個人の意見としてだけでなく）一般化して照射されている。もちろん、神田鵜平のように《この小説の根柢がしつかりしてゐないので、全体としての実感がぴつたり来ない》という否定的な評も出るが、神田は同時に《「姥捨」は話上手でもあり、名文でもある》[9]と、その文章を顕揚してもいたはずだ。同じく文体に注目した三戸斌は《棘の無い文章で鮮に描かれてゐるので、尠なからず切迫感を無くしてゐる》と評しているが、《一面子供のやうな無邪気さを持つた野性味の勝つた女主人公は、割りにイキイキと描かれてゐた》[10]と、やはり全否定というわけではない。さらには無署名で書かれた評[11]でも、《この作者は巧みな語り手であり、ロマン造りの選手であつて、読者は手もなく化かされることがある。贋物がまぢることもあるのだ》と批判的なまなざしが注がれながらも、冒頭には次のような記述が書き込まれてもいた。

いつもと調子のちがつたもので、あたりまへな書き方が、すらすらと読ませる。だが、太宰の持つ韻律といふものが、おちついて来て、わるく言へば味がうすれて来て、それだけ弾力といふか、調子の高さといふか、さうしたものを失ひつつあるやうな作品である。

右に指摘された諸点は、引用に続く箇所で否定的評価へと繋がっていくのだが、賛／否を措くならば、新聞評から析出した「姥捨」同時代受容の範型と見事な重なりをみせる。

具体的には、否定的に回顧される一連の小説——「虚構の春」（『文学界』昭11・7）・「狂言の神」（『東陽』昭11・10）・「創生記」（『新潮』昭11・10）・「二十世紀旗手」（『改造』昭12・1）・「HUMAN LOST」（『新潮』昭12・4）等、破格の表現をもつ小説——とそれに伴う〈太宰治〉の意味内容からの[12]、「姥捨」における切断こそが、同時代評における語り方の要点なのだ。それまで、否定的な評さえも言説編成からの封殺によって産出されなかった〈太宰治〉にとって、作品評価の賛／否など二次的な問題にすぎず、メディア上で〈太宰治〉が夥しく言及されることそれだけで、「姥捨」は一つの事件だったのだ。

最後にもう一つ、〈太宰治〉の位置（価）の変動に加え、先の窪川同様、時局との関連にも言及した谷崎精二の評をみておこう。

太宰治氏の『姥捨』にはやはり作者自身らしい主人公が出て来る。此の主人公は水上温泉で薬を飲んで夫婦心中を企てるのである。どうして死なねばならないのか、前後の事情が示されてないが、それは大した不満にならない。書かれた場面と情感とは悉く生きてゐる。此の非常時にこんなだらけた生活を描いて何になると云ふ様な非難が出るか知れないが、(不思議にかう云ふ非難の声を発するのは文壇の外の人でなくして、内の人である。読者は文芸作品に対してもつと謙虚である。)作品に湛へられた真実が胸に迫るものがある。(13)

ここでは、《場面と情感》だけでなく、時局に反すると目されがちな《夫婦心中》という物語内容にまで、時局を超えた《真実》が読みとられ、「姥捨」は顕揚されている。また、文壇内／外の受容モードの差異にまで論及し、「姥捨」を価値づけている。

以上、「姥捨」を契機とした同時代評の出現を確認し、その評価軸を分析しつつ、状況証拠的に〈太宰治〉の再浮上を跡づけてきた。相馬正一は、「姥捨」を《これまでの前衛的な作風から一歩も二歩も後退した、古風で地味な作品》(14)と評しているが、相馬が否定的に捉えた特徴こそが、〈太宰治〉をして同時代の言説編成との切り結びを可能にしたのだ。

3

ある歴史的な言説編成において、一つの作家表象がその位置（価）を劇的に変動させるということ。そこには多くの複合的な要因が想定されようが、〈太宰治〉の再浮上という出来事は、〈太宰治〉をめぐる何らかの事態の帰結に思われ、その契機として「姥捨」の役割が注目される。そこで本節では、昭和十三年当時の文壇における支配的な言説編成を確認した上で、その規則と「姥捨」の小説表現に注目していく。

まず、昭和十三年の文学（をめぐる場）の動向は、一般に《戦争の進行に伴い、文学界に対する弾圧は一段と強まり、一方では、戦争文学が次第に盛んになって来る》(15)などと語られ、具体的には石川達三『生きてゐる兵隊』や火野葦平『麦と兵隊』などが時代の表徴と目され、特に後者は驚異的なまでのベストセラーとなる。(16)こうした動向を視野に収めながら、やはり同時期に幅広い注目を集めることになった豊田正子・綴方を中心的検討対象として論じる中谷いずみは、《この年（昭和十三年／引用者注）の大きなトピックであった火野と豊田の出現》を《共通性をもった現象》と捉えた上で、この時期に《体験や実感に根ざした「素朴」なリアリズム》の浮上を指摘し、次のようにまとめている。

コードや記憶の共有、そしてこれらを基盤とする「共通の言葉」を欲する声の中で、「生活」から生みだされる普遍的価値こそ「みんな」が共有し得るもの、即ち「共通の言葉で話し合」えるものであるという規範が形成されていく。こうした場において〈火野葦平〉が、そして〈豊田正子〉が見出されていったのである。[17]

中谷のいう《規範》とは、本章にいう言説編成の規則と重なる評言であろうが、中谷論文ではこの規則の要諦でもある《「素朴」》を体現した《〈綴方〉》が《ジャーナリズムを賑わしていくと同時に、図らずも戦時下の言説を支える枠組みを準備してしまう》ことまでが論及されている。となれば、かつては支配的な言説編成に抗していた〈太宰治〉[18]が、この時期、「姥捨」(の小説表現)によって何らかの折り合いをつけ得たと想定できるだろう。

その叙述形態を分析した西田りかは、《「姥捨」は、過去形で表現されている「嘉七」による客観小説の間に、現在形で変化して行く「おれ」一人称による私小説を切れ切れに挟み込んだ二重構造を持っている》[19]と指摘するが、本章2での同時代評においてそうした読解がなされた痕跡はなく、当時はやはり〝心中未遂・再生譚〟として読まれていたようである。[20] 物語内容における時間軸は、場所の移動を指標としながらなめらかに進行していくし、作中人物が三人称で呼ばれる客観小説の枠組みも揺るぎなく全篇を支えている。空白の多さが小説としての自律性を訝る向きもあるが、心中と未遂、関係の最終的な破綻へと至る言動・心理を追うならば、さしあたり「姥捨」は〝《「素朴」》で安定した物語〟といえるだろう。

また併せて、主人公と目される嘉七の心中思惟としては、物語内容上の要所でもある未遂後の次の件に注目しておこう。

そのとき、はつきり決心がついた。／この女は、だめだ。おれにだけ、無際限にたよつてゐる。ひとから、なんと言はれたつていい。おれは、この女とわかれる。

〈略〉

単純にならう。単純にならう。男らしさ、といふこの言葉の単純性を笑ふまい。人間は、素朴に生きるより、他に、生きかたがないものだ。

巧妙に嘉七に重ねられた語りの機能に即して考えれば、右に示された「単純」・「素朴」への志向は、「姥捨」の主線を成しながら、嘉七がその物語を通して選びとった生き方でもあり、さらには〝心中未遂・再生譚〟という「姥捨」が同時代にみせた外貌にもスムースに接続されていくだろう。「姥捨」に刻まれたこうした側面から考えるならば、同作は昭和十三年の支配的な言説編成に共振し得る小説表現だったといえる。次の箇所もみておこう。

「〈略〉私は、やつぱり歴史的使命といふことを考へる。自分ひとりの幸福だけでは、生きて行けない。私は、歴史的に、悪役を買はうと思つた。ユダの悪が強ければ強いほど、キリストのやさしさの光が増す。私は自身を滅亡する人種だと思つてゐた。私の世界観がさう教へたのだ。〈略〉私ひとりの身の上は、どうなつてもかまはない。反立法としての私の役割が、次に生れる明朗に少しでも役立てば、それで私は、死んでもいいと思つてゐた。〈以下略〉」

右は水上に向かう車中での、窓に向かっての「独りごと」だが、傍線部のような表現・言説構造は、「姥捨」を離れた同時代の文脈においては、嘉七の内省とは異なる次元へ接続されやすい表現でもある（例えば、抽象化を経れば、それは時局的な言説とも共振するだろう）。

もちろん、これらの小説表現を以て「姥捨」と同時代のイデオロギーを議論するのは短絡にすぎるし、そう読まれた形跡があるわけでもない。しかし、当初の問題設定である〈太宰治〉の再浮上は、やはり「姥捨」が内包している素朴さや同時代の言説編成と親和的な小説表現を抜きにしては考えにくい。となれば、個別具体的な「姥捨」周辺（同時代評等の直接の読み手など）への意味作用や現在からの読解可能性（ましてや作家の意図）とは別に、不可視の領域で〈太宰治〉が再び言説編成に参入し、メディアに再浮上するに際しては、「姥捨」に刻まれた同時代的な諸表徴が功を奏したと捉えるのが妥当であろう。そして、他ならぬこの地点から、昭和十年代の〈太宰治〉が（再）始動してくことは間違いない。(21)

4

以上、当初の課題である〝太宰治三期説・中期〟の批判的再検討を目指し、「姥捨」を契機とした〈太宰治〉の再浮上を跡づけてきた。ただし、「姥捨」という小説は今なお同時代評以来の読解枠組みに安住し続けているわけではない。「姥捨」を読み直すという作業は本章の域を越えるが、近年の研究成果を手がかりにその要所は確認しておきたい。

近年特徴的なのは、「姥捨」をいわゆる自伝的小説とみなし、実体（論）的な太宰治の実人生と重ねあわせて読解する半ば自明視されてきた枠組みを、物語論（ナラトロジー）の導入によって乗り越えようとする傾向である。こうした傾向は、本章3で引用した西田論以降顕著だが、[22] 同論を批判的に受け継ぐ山口浩行は、「姥捨」を《単起的物語言説の〈心中行〉と括復的物語言説の〈後日談〉》に分節した上で両者の不連続性に注目しつつ、《語り手と嘉七との二重構造》の支配権争いを追っていく。そして、ひとまずは《〈心中行〉》における嘉七の《〈再生〉》を認めながらも、《〈後日談〉》がそれを否定しているとの見解を示し、次のように論じている。

再生できなかった嘉七のその後に、太宰文学中期の豊穣を据えることはできないだろう。太宰文学の文脈に「姥捨」を定位しようとするなら、嘉七に語りの特権的立場を譲ったように見せつつ、彼を差異化し批判する語り手の創出こそ重視すべきではないのか。嘉七に語りの主導権を譲ったかのように装う語り手は、巧妙な操作を通じて嘉七の挫折物語を紡いでいた。この語り手の位置に、太宰再生を照射する視点を見出せるのである。[23]

本章の議論とは問題関心を異にするが、《再生》という物語内容にではなく、特異な《語り手の位置》から「姥捨」の射程を見極めようとする山口の議論が説得的なのは、ともすると読み流されてしまう《〈後日談〉》を、テクスト総体との関係において意味づけているからに他ならない。ここで示そうとする読解視角も、やはり《〈後日談〉》とその括復的物語言説に関わるものである。まずは問題の《〈後日談〉》、「姥捨」の結末部を引用する。

この叔父は、いいひとだつた。嘉七がはつきりかず枝とわかれてからも、嘉七と、なんのこだはりもなく酒をのんで遊びまはつた。それでも、時をり、

「かず枝も、かあいさうだね。」

と思ひ出したやうにふつと言ひ、嘉七は、その都度、心弱く、困つた。

確かに、実体（論）的な太宰治の年譜的事項と照らしあわせることで、「姥捨」の物語内容の時間を想定することは一応可能であろうが、右の結末部の括復的物語言説（傍線部）は「姥捨」を特異な位置へと連れ去るだろう。というのも、「その都度」という表現はかず枝の想起という出来事の反復を示すのだが、問題はその期間が別れから一体いつまで続いたのかが不明な点である。ただし、「困つた」という結句が過去形である以上、それは永遠に引き延ばされるわけではなく、一定の時間的振幅が想定され、それでいて「姥捨」の小説表現に拠る限り、その具体的な様相が特定されることはない。こうした細部に注目した上で、もう一つのテクストの外延、つまりは「姥捨」の冒頭部もみてみよう。

そのとき、

「いいの。あたしは、きちんと仕末いたします。はじめから覚悟してゐたことなのです。ほんたうに、
もう。」と変つた声で呟いたので、

ここでも事態は同様で、「そのとき」という文字はテクストに刻まれ、その指示内容は作中世界に想定されるものの、かず枝の発話の具体的な契機（「その」）の内実は不明なのである。

いずれも、〝はじめ〟と〝おわり〟というテクストの外延を縁取る位置に置かれた代名詞（シフター）（傍線部）が、その指示内容をテクスト内に想定させつつも具体相は決定不可能とされることで、〝心中未遂・再生譚〟を構成する作中世界は根底から揺さぶられ、不確かな世界の中で嘉七の再生もまたその輪郭を溶解させていくだろう。なぜなら、再生が、ある状態から通過儀礼を経て別のある状態になるものである以上、〝はじめ〟と〝おわり〟の不明確なところに変化など見出しようがないからである。もう少し正確にいい直すならば、嘉七の再生は、なされたようにも十分みえるのだが、テクストはそのことを排他的に承認することはなく、同じ程度に逆の可能性をも招き寄せることで、同時代受容／先行研究の大勢に反して、その実〝不安定な物語〟として織り上げられていたのだ。

†

同時代に「姥捨」が〝心中未遂・再生譚〟として読まれ・作用したと思しきこと、ここでそれ自体を云々するつもりはない。しかし、それを単なる歴史的限界と位置づけるのではなく、そこに働いていた力学を見極めようとしなければ、〝太宰神話〟に囲繞された「姥捨」を今日読む積極的な意義を見出すのは難し

いだろう。その意味で、山口浩行のように《太宰文学》の以後の展開を測る上でも、あるいは作家表象と言説編成との交渉を考える際にも、「姥捨」をどのように位置づけ、いかに読むかは重要なポイントとなるに違いない。(24)

注

(1) 渡部芳紀「太宰治論――中期を中心として――」(『早稲田文学』昭46・11)

(2) 藤原耕作「中期太宰文学のダイナミクス」(『大分大学教育福祉科学部研究紀要』平15・10)他参照

(3) 例えば、亀井勝一郎『無頼派の祈り』(審美社、昭39)には、《昭和十三年は、彼の生涯に一時期を画す大切な年であった。従来の生活に訣別して、再生の志を立て甲州御坂峠にこもって身心の回復をはかった。この転機がなかったならば、太宰はこの時期にすでに死んでいたかもしれない。》と、〝太宰治三期説〟に即した説明がみられる。ただし、近年、〝太宰治三期説〟への懐疑的なまなざしのうかがえる論文も散見される。《太宰中期の作品は決して平坦な、あるいは平静な統一感を与えるものではない》と指摘する服部康喜「撰ばれてあることの信と不信　太宰治・中期素描」(『敍説』平5・1)では、そこに刻まれた聖書の《複雑な影》を作品から抉り出そうとしているし、《初期からはじまる作家太宰の虚構意識や創作方法などに対する探求が、昭和十六年頃まで旺盛に続いていたと考えることができ、このような観点からすると、初代との別離後、一年余の沈黙に入った昭和十二年、十三年の間を前期と中期の分岐点とするこれまでの時期区分に対する再考が求められる》として、小説表現の分析へと向かう孫才喜「太宰文学における虚構意識――前期と中期の作品を中心に」(『日本研究』平14・4)もある。なお、研究史の流れとは一線を画すかたちで、『姥捨』を《女の体が重いことを思い知る男の話》と評した池内紀「フモレスク――「姥捨」考」(『国文学』昭62・1)も、異なる文脈からの〝太宰治三期説〟批判の契機となろう。

（4）この点を注意深く論じた、赤木孝之『太宰治　彷徨の文学』（洋々社、昭63）参照。
（5）村瀬道清「『新潮』」（『国文学』平14・12）に、《『新潮』という雑誌は良くも悪くも、太宰の作家としての文壇、一般における認知度を高めていく機能を果たした媒体だった》という指摘があるが、「姥捨」はこの良い面での代表例といえる。
（6）古谷綱武「個性のない作家　十月号の文芸時評（二）」（『信濃毎日新聞』昭13・9・30）
（7）窪川鶴次郎「文芸時評（3）徳永の佳篇」（『中外商業新報』昭13・10・2）
（8）武田麟太郎「小説精神の探求――文芸時評――」（『文芸春秋』昭13・11）
（9）神田鵜平「創作時評」（『新潮』昭13・11）
（10）三戸斌「創作月評」（『文芸』昭13・11）
（11）無署名「新潮」（『三田文学』昭13・11）
（12）昭和十一年前後の〈太宰治〉については、本書第五章参照。
（13）谷崎精二「十月の創作壇」（『早稲田文学』昭13・11）
（14）相馬正一「『姥捨』」（『解釈と鑑賞』昭62・6）
（15）渡部芳紀「昭和十三年　社会情勢・文壇の動向」（『解釈と鑑賞』昭58・6）
（16）火野葦平『麦と兵隊』をベストセラーとせしめたメディアの歴史的欲望については、拙論「事変下メディアのなかの火野葦平――芥川賞「糞尿譚」からベストセラー「麦と兵隊」へ」（『Intelligence』平17・11）・「〈戦場〉の日記――火野葦平「麦と兵隊」」（『立教大学日本文学』平19・12）参照。
（17）中谷いずみ「〈綴方〉の形成――豊田正子『綴方教室』をめぐって――」（『語文』平13・12）
（18）本書第三章参照
（19）西田りか「太宰治「姥捨」試論――捨てた〝姥〟とは何か――」（『昭和文学研究』平6・7）

(20) 民俗学的なアプローチから、「姥捨」を《嘉七が水上に〈行って・帰る〉物語》と理解する越前谷宏「「姥捨」論」(『太宰治研究』平10・6)では、《心中の行われる空間》に《死と再生をしめす記号や喩》の《氾濫》が指摘され、嘉七の《疑似的な死と再生》が読みとられている。

(21) 昭和十年代、さらにそれ以降の展開については、拙論「小説表象としての〝十二月八日〟——太宰治「十二月八日」論——」(『日本文学』平16・9)・「〈書くこと〉・「文化展望(メディア)」・津軽人——太宰治「十五年間」という小説あるいは「ヤケ酒の歴史」——」(『太宰治研究』平17・6)・「明滅する〈自由〉——太宰治『斜陽』を解読する」(『太宰治スタディーズ』平18・6)を参照。

(22) 西田前掲論文・注(19)に同じ

(23) 山口浩行「再生できない男の物語——太宰治「姥捨」論——」(『昭和文学研究』平13・9)

(24) 山口浩行「太宰治「火の鳥」論——黒色テロリストの死と再生——」(『日本文学』平12・6)・「反復する再生譚の行方——「火の鳥」中絶後の太宰文学——」(『稿本近代文学』平15・12)参照

〈初出一覧〉 ＊ただし、いずれも大幅な加筆訂正を加えた

第一章　「ある新進作家の文壇登場期――〈太宰治〉をめぐって――」（『立教大学日本文学』平13・7）

第二章　「第一回芥川賞と〈太宰治〉の成型――昭和十年の言説布置の中で――」（『文芸研究』平13・9）

第三章　「青年論をめぐる〈太宰治〉の昭和十年前後」（『日本近代文学』平14・5）

第四章　「パッケージングされる作家情報／成型される作家表象――太宰治「虚構の春」論――」（『芸術至上主義文芸』平13・11）

第五章　「昭和十一年・〈太宰治〉に関する諸問題――『晩年』・第三回芥川賞・「創生記」をめぐるノート――」（『立教大学日本文学』平14・7）

第六章　「反射する〈僕―君（シフター）〉、増殖する〈青年〉――太宰治「彼は昔の彼ならず」試論――」（『文芸研究』平17・3）

第七章　「黙契と真実――太宰治「道化の華」を読む――」（『昭和文学研究』平15・9）

第八章　「太宰治「ダス・ゲマイネ」の読解可能性――〈青年〉の昭和十年――」（『立教大学日本文学』平13・12）

第九章　「〈青年〉の病＝筆法――太宰治「狂言の神」試論――」（『文芸研究』平18・9）

第十章　「言葉の力学／起源の撹乱――太宰治「二十世紀旗手」論――」（『立教大学日本文学』平18・12）

第十一章　「「姥捨」あるいは再浮上する〈太宰治〉」（『立教大学日本文学』平17・7）

〈付記〉

＊太宰治テクストの引用は、すべて山内祥史編『太宰治全集』（筑摩書房、平1～4）に拠った。

＊同時代資料の引用は、注記のない限りすべて初出に拠り、適宜ルビ・傍点等を省略し、旧字を新字に改めた。

＊引用資料に付した傍点や強調はすべて原文に拠り、〔略〕・〔以下略〕による省略と各種傍線はすべて引用者による。

あとがき

一書をまとめるにあたり、覚え書きとそれから謝辞とを付したく思い、「あとがき」を書いておくことにしました。

序章をのぞけば、本書はさしあたり初出一覧に掲げた既発表論文をベースにして成ったものですが、私個人の研究の営みとしてはそれ以前にも以後にも関わってきたものです。

扱う期間や作品、つまりは章立てを大幅に変えたものの、二〇〇五年度に立教大学に提出した博士論文『太宰治論――〈青年〉・メディア・昭和十年前後』が、本書のいわば原型にあたります。主査をしていただいた石﨑等先生には、学部時代から長年にわたるご指導を賜りましたこと、この場をかりて、改めて深く御礼申し上げます。また、副査をしていただきました、藤井淑禎先生、加藤定彦先生、それから関谷一郎先生（東京学芸大学）にも、たいへんお世話になりました。博士論文から本書への大幅改稿は、ひとつには博論審査を端緒として成ったものです。

さらにさかのぼれば、二〇〇〇年度、やはり立教大学に提出した修士論文に、今日へとつづく研究モチーフの萌芽を、おぼろげながら見出すことができます。してみれば本書は、大学院進学以来、私なりに展開してきた研究という営みの中間報告書でもあり、その間、大学院で出会った諸先輩や学外の研究仲間をはじめ、直接・間接に受けてきた学恩に拠らずしては成り立ち得なかったものでもあります。

個別にお名前をあげることは差し控えたく存じますが、感謝の念をここに記しておきます。

もちろん、ベースとなった論文をすべて発表した後にも、字句の修正に留まらない改稿・再構成、さらには序章の執筆を経て本書が成ったわけで、その間も、このテーマに関して何かが終わったわけではなく、刊行以後もさまざまに考え続けていきたく思っています。

出版に向けてたいへんお世話になったのは、他ならぬひつじ書房です。私のつたないプレゼンテーションから本書出版を引き受けて下さり、様々なレベルでのご助言をいただきながら書物というかたちにまでこぎ着けることができたのは、房主・松本功氏をはじめ、ひつじ書房のみなさまのおかげです。ことに、ていねいな編集をして下さった森脇尊志氏には、ながらくご迷惑をおかけしましたが、改めて感謝申し上げます。

最後に、私事で恐縮なのですが、大学院への進学を認めて下さったばかりでなく、研究生活を支えてくれた母・みどりと姉・知恵に、心より感謝申し上げます。

二〇〇九年一月七日

松本和也

さ

し

す

せ

そ

た

ち

つ

と

索　引

あ

い

う

お

か

き

く

こ

【著者紹介】

松本和也（まつもと　かつや）

一九七四年、茨城県生まれ。立教大学大学院文学研究科博士課程後期課程修了、博士（文学）。日本学術振興会特別研究員（PD）を経て、信州大学人文学部講師。論文に「戦後メディアにおける〈無頼派〉の形成―織田作之助・坂口安吾・太宰治・石川淳」（『太宰治スタディーズ』二〇〇八年六月）ほか。

昭和十年前後の太宰治

〈青年〉・メディア・テクスト

発行　二〇〇九年三月二三日　初版一刷

定価　二八〇〇円＋税

発行者　松本　功

装丁者　大熊　肇

印刷所　三美印刷株式会社

製本所　田中製本印刷株式会社

発行所　株式会社ひつじ書房

〒一一二-〇〇一一　東京都文京区千石二-一-二　大和ビル二階

Tel. 03-5319-4916　Fax. 03-5319-4917

郵便振替00120-8-142852

toiawase@hituzi.co.jp　http://www.hituzi.co.jp/

ISBN978-4-89476-427-9

ひつじ書房刊行案内

未発選書 1
フィクションの機構
中村三春著　定価三一〇七円+税

未発選書 3
伝承と言語
佐佐木隆著　定価四二〇〇円+税

未発選書 4
読むということ
和田敦彦著　定価二八〇〇円+税

未発選書 7
修辞的モダニズム―テクスト様式論の試み
中村三春著　定価二八〇〇円+税

未発選書 9
文学者はつくられる
山本芳明著　定価三六〇〇円+税

未発選書 10
物語・オーラリティ・共同体―新語り物序説
兵藤裕己著　定価二八〇〇円+税

未発選書 11
メディアの中の読者―読書論の現在
和田敦彦著　定価二二〇〇円+税

未発選書 12
認知物語論とは何か?
西田谷洋著　定価二八〇〇円+税

未発選書 13
「女ことば」はつくられる
中村桃子著　定価二八〇〇円+税

未発選書 14
芸能の〈伝承現場〉論―若者たちの民俗的学びの共同体
大石泰夫著　定価三四〇〇円+税